Na Ubook você tem acesso a este e outros milhares de títulos para ler e ouvir. Ilimitados!

📖 📖 📄 🎤 🌐 🎵

# Audiobooks Podcasts Músicas Ebooks Notícias Revistas Séries & Docs

Junto com este livro, você ganhou **30 dias grátis** para experimentar a maior plataforma de audiotainment da América Latina.

Use o QR Code

**OU**

1. Acesse **ubook.com** e clique em Planos no menu superior.

2. Insira o código **GOUBOOK** no campo Voucher Promocional.

3. Conclua sua assinatura.

ubookapp

ubookapp

ubookapp

ubook

Paixão por contar histórias

# ABREU GRAFIA

## — JOSÉ DE ABREU

LIVRO II | DEPOIS DA FAMA

# ubook ubk
Publishing House

| | |
|---|---|
| COORDENAÇÃO | Alessandra Brito |
| CONSULTORIA EDITORIAL | Rosana Caiado |
| EDIÇÃO | Ana Paula Pinho |
| COPIDESQUE | Lucia Seixas |
| REVISÃO | Mariana Paixão e Diego Franco Gonçales |
| CAPA | Fernanda Mello |
| FOTO DE CAPA | Jorge Bispo |
| ADAPTAÇÃO DE CAPA | Clarissa Duarte |
| PROJETO GRÁFICO | Ubook e Clarissa Duarte |
| DIAGRAMAÇÃO | Studio Oorka |

Dados Internacionais de Catalogação na Publicação (CIP)
(Câmara Brasileira do Livro, SP, Brasil)

Abreu, José de
    Abreugrafia: livro II: depois da fama / José de Abreu. – 1.
ed. – Rio de Janeiro: Ubook Editora, 2021.

    ISBN 978-65-5875-078-9

    1. Artistas - Biografia  2. Abreu Junior, José Pereira de, 1946
I. Título.

21-53879                                           CDD-709.2

**Índices para catálogo sistemático:**

1. Artistas : Biografia e obras 709.2

Aline Graziele Benitez - Bibliotecária - CRB-1/3129

**Ubook Editora S.A**
Av. das Américas, 500, Bloco 12, Salas 303/304,
Barra da Tijuca, Rio de Janeiro/RJ.
Cep.: 22.640-100
Tel.: (21) 3570-8150

Às mulheres que me criaram: Gilda, minha mãe; Maria
Eulália e Maria Elvira, minhas irmãs (in memoriam).
Às mulheres que me ensinaram a ser homem: Neusa
de Oliveira Serroni, Nara Waldemar Keiserman,
Ana Beatriz Wiltgen e Camila Paola Mosquella.
Ao meu amor de outono, último e definitivo, Carolynne
Junger Nogueira de Castro, que aperfeiçoa a cada
dia tudo que eu era quando a conheci.

COSTUMO DIZER QUE PREFIRO FAZER VILÃO, PORQUE MOCINHO TEM QUE ESTAR SEMPRE COM O CABELO PENTEADO, CAMISA PASSADA, TUDO NOS TRINQUES. E, COMO JÁ DISSE ANTES, FAZER MALDADES NA FICÇÃO ME POUPA DE FAZÊ-LAS NA VIDA REAL: PREENCHO MINHA COTA E ADIANTO MEU CARMA.

# SUMÁRIO

# PREFÁCIO

POR **LUIZ INÁCIO LULA DA SILVA,**
EX-PRESIDENTE DO BRASIL

Aprendi a admirar o José de Abreu, antes de tudo, pelos inesque-
cíveis personagens com os quais ele nos presenteou ao longo de
mais de cinquenta anos de ofício. O Nilo de *Avenida Brasil*, o major
Dornelles de *Anos Dourados*, o Chico de *Ti-Ti-Ti*, o Portuga de *Meu Pé
de Laranja Lima*, o Juscelino Kubitschek, que ele encarnou à perfeição
no teatro e no cinema, e tantas outras gentes quase de carne e osso
que nos arrancaram gargalhadas e lágrimas em novelas, filmes,
peças e minisséries.

O talento inesgotável e a profunda dedicação à arte já seriam suficientes para fazer de José de Abreu um ser humano extraordinário.
Mas aprendi a admirá-lo também pelo caráter, pela generosidade, pelo
amor ao Brasil e ao povo brasileiro, e por sua crença na necessidade
e na urgência de construir um país mais justo.

Ao mesmo tempo que consolidava sua carreira de ator, José de
Abreu esteve presente nas grandes causas democráticas do nosso
tempo. Ainda estudante enfrentou a ditadura, foi preso no fatídico
Congresso da UNE em Ibiúna e, sob a ameaça permanente de cair

no ciclo de prisões ilegais, torturas, mortes e "desaparecimentos" promovido pelo regime militar, optou pelo autoexílio. Já artista consagrado, foi um dos mais combativos lutadores contra o golpe que depôs a presidenta Dilma Rousseff e abriu caminho para a ascensão do fascismo no Brasil.

Ousou estar do lado certo da História, e por isso tornou-se um dos alvos preferenciais do ódio que tomou conta deste país nos últimos anos. Ameaçado de morte pelas milícias bolsonaristas, nunca se acovardou. A tudo isso reagiu, e reage, sempre com duas armas poderosas, que maneja como poucos: a coragem e o bom humor.

Meu primeiro contato "ao vivo" com o José de Abreu, a quem conhecia sobretudo da televisão, aconteceu de maneira inusitada. Ao chegar para o grande comício de encerramento da minha campanha à Presidência, em 1989, dei de cara com a multidão que superlotava a Candelária, no Rio de Janeiro. Aquilo me encheu de alegria, é claro, mas ao mesmo tempo me criou um problema: como passar no meio daquele mar de gente para chegar até o palco? Pois ele achou a solução: me colocou sobre os ombros e foi abrindo caminho no meio do povo.

"Socialista sonhador", como ele próprio se define, jamais se filiou a partidos políticos e nunca aceitou cargos públicos. O protagonista dos dois volumes desta autobiografia é um artista, um militante político, um ser humano movido a paixão, que viveu muitas vidas, na ficção e na realidade:

O menino do interior que virou inimigo da ditadura. O jovem que um dia, ao constatar que naquele Brasil careta e autoritário não era possível fazer a "revolução de fora", decidiu fazer sua "revolução de dentro", mergulhando na contracultura e botando o pé nas estradas do mundo. O artista que se tornou um dos atores mais queridos do povo brasileiro, mesmo quando encarna os vilões mais terríveis.

Nesta autobiografia, José de Abreu conta os bastidores da criação dos principais personagens que viveu no teatro, na televisão e no cinema. Relembra seus grandes amores e desamores. Descreve as andanças pelo Brasil e pelo mundo. Abre o coração para falar da perda de amigos queridos e da trágica morte de seu filho Rodrigo.

E nos apresenta, ao mesmo tempo, um José de Abreu pouco conhecido do público, a exemplo do jovem revendedor de queijos a bordo de seu audaz Ford Bigode. Ou o escrivão de polícia, com distintivo e tudo, que abandonou a carreira quando se viu coagido a receber propina. Ou o bem-sucedido vendedor de máquinas de escrever, com dupla jornada de trabalho: entre uma visita e outra aos clientes para apregoar as maravilhas da Olivetti, ele aproveitava para "cobrir os pontos" dos companheiros de organização clandestina, para certificar-se de que nenhum deles havia caído e estivesse naquele momento sendo barbaramente torturado para entregar outros companheiros.

José de Abreu ousou ser fiel às suas convicções políticas, mesmo nos momentos em que isso impunha riscos à carreira profissional ou à própria integridade física.

Jamais abriu mão de sua filosofia de vida, que ele resume nestas páginas: "Sonhe alto, muito alto, porque normalmente não se consegue realizar muito mais que a metade dos sonhos. Se sonhar baixo, não vai realizar nada que valha a pena."

E fez questão de ignorar o conselho de sua mãe, dona Gilda, que lhe dizia: "Tenha cuidado, meu filho, ninguém pode contra a espada."

José de Abreu sonhou sempre alto. E segue acreditando no amor vencendo a espada.

# PRÓ LO GO

Fui criado por três mulheres. Sou o caçula e temporão. Tive duas irmãs mais velhas. Ainda menino, perdi meu pai, que, por motivos de trabalho, era ausente. Isso tudo me fez muito feminino, o que descobri depois de anos de análise. Não sou corporalmente delicado. Pelo contrário, tenho até um jeito de ser considerado másculo. Mas, por dentro, tenho um lado mulher muito bem desenvolvido. Talvez por isso eu tenha mais amizades próximas com mulheres do que com homens. Há coisas que eu jamais diria para um amigo, mas que saem tranquilamente em conversas com amigas. Fatalmente, elas acabavam indo para a cama comigo. A amizade provoca a intimidade e, quando os dois polos se atraem, fodeu. Ou melhor, fodemos.

Nunca fui bom de paquera. Quase sempre fui conquistado. Como tenho imensa dificuldade de dizer "não", fui para a cama com a maioria das mulheres que me paqueraram. Depois, era eu quem me apaixonava primeiro e levava minha escova de dentes para a casa delas. Não sei o que é ter medo de juntar os trapos.

E acontece rápido, logo depois do primeiro ou segundo encontro amoroso. Foi assim com as três mulheres com as quais mais tempo vivi maritalmente: a Nara (minha mulher por 19 anos), a Ana (com quem fiquei por nove anos) e a Camila (também nove). E com outras, com quem vivi por volta de um ano. Se havia paixão, valia a pena; o amor a gente constrói na convivência. É o único jeito. Para mim, pelo menos. Só foi diferente com a Neusa, minha primeira esposa, a única com quem noivei e me casei oficialmente no civil e no religioso.

Minha geração tomou uma ditadura na testa no início da vida adulta, lutou contra ela e sonhou com um país mais justo. Perdeu a luta, usou drogas, trocou a Revolução pela iluminação, o "mudar o mundo" virou "mudar a si mesmo"; meditou, rezou, pirou. Trocou os sapatos por tênis; as calças de vinco, por jeans; e o tripé preto, cinza e azul-marinho das roupas masculinas por todas as cores.

É a geração que se sentou no chão.

Minha geração é a da minissaia, que colocou as pernas das mulheres de fora, provocando uma pequena revolução no comportamento feminino. É também a da pílula, com tudo o que ela significou para a libertação sexual e a correspondente estupefação masculina vinda daí.

Minha geração é a do divórcio também. Fui desquitado para, só anos depois, vir a ser divorciado.

Somos os casais que tentaram o casamento livre, no qual os cônjuges podiam sair com outras pessoas sem que isso fosse o fim do relacionamento. Também a geração que saiu do armário, que assumiu, que relaxou. E a da Aids, que levou mais amigos do que as drogas.

Minha geração popularizou, na voz de mulheres e homens, o verbo transar. Fazer amor virou careta; fazer sexo, impessoal. Transar era muito mais gostoso, tinha um componente safado e outro de igualdade, de troca. Muitas vezes um "Vamos transar?", dito com carinho por qualquer um dos dois, era a única troca de palavras antes de uma noite de felicidade.

Nunca tive uma conversa sequer com alguém da minha família sobre educação sexual. Minha mãe nasceu em 1907, e minhas irmãs, em 1928 e 1942 — eu, em 1946. Quando minha irmã mais nova menstruou — eu vi um paninho com sangue no banheiro, fiquei curioso e perguntei —, minha mãe disse que ela ferira a perna no arame farpado da cerca do quintal de casa. Quando, aos dez anos, fui pego me masturbando no banheiro, ela disse que minha mão se encheria de pelos e todo mundo saberia o que eu andava fazendo. Ah, e eu jurava que era a cegonha que trazia os bebês.

Fui educado para ser um idiota sexual.

Apesar de ter namorado muito, tanto em Santa Rita como em São Paulo, não passava de beijo na boca e roça-roça. Horas excitado, mas sem finalização. Era terrível, as partes baixas doíam, diziam que dava varicocele.

Antes de me casar, minha experiência sexual era quase nenhuma: fui atacado aos 14 anos pela vizinha de um amigo; tive uma experiência triste com uma prostituta, a tia Iolanda, junto com dois amigos adolescentes; e transei com uma biscateira na casa de um tio safado. Tudo muito primitivo e frustrante. Mas eu sentia que havia algo a mais e logo descobri.

Cheiro? Às vezes acho que sim, que a gente exala algum cheiro que desperta tesão nos outros. Eu sentia o cheiro. Quando isso acontecia, não havia palavras. Eram olhares de desejo, um suspiro profundo, um toque de mão que eletrizava os dois e uma voz carinhosa, que podia vir de um ou de outro: "Vamos transar?". E em geral não era apenas uma transa, mas trepadas homéricas — eu me dedicava.

O corpo da mulher me provoca êxtase só no olhar, ainda que de roupa. Cada pedaço de um corpo nu que me é revelado me seduz mais, quase como uma cerimônia religiosa. Daí para considerar o sexo das mulheres a minha igreja, foi um passo. É ali que quero me purificar, comungar. E descobri que o gozo, aquele eterno agora, é a representação momentânea do paraíso, que Deus nos deu para que sentíssemos o gostinho de lá de cima.

Quando comecei a namorar a Neusa, ela era virgem e não queria mais ser. Um dia aconteceu. A culpa bateu, dos dois lados, e acabamos nos casando. Não durou muito. Mas tivemos um menino, o Rodrigo, um carinha tão especial que morreu jovem. Cumpriu seu carma cedo.

Depois vieram Renata (que me inibia, de tão linda), Cecilia (que, como eu, não sabia nada de nada) e Laura (zen total, meditava durante o ato).

Com Nara, aprendi. E despertei para uma sexualidade que eu nem desconfiava que tinha. Nara foi o princípio, o meio e o fim. Ela já havia feito duas faculdades, fazia teatro desde cedo, depois virou professora universitária, fez mestrado na USP, doutorado e pós-doutorado no exterior, enquanto eu era um subintelectual que, como vocês poderão confirmar aqui, mal consegue escrever sobre a própria vida. Com ela, tive três filhos (e eles tiveram cinco). Tentamos as maiores loucuras para permanecer juntos. A cada separação de um casal amigo, nos separávamos um pouco. Mas tentamos: casamento fechado, casamento aberto, aberto só para um... Durou o que tinha que durar e foi bom, muito bom. E tudo o que veio depois também foi.

Ana me jogou para o futuro. Se Nara foi um desafio intelectual, Ana era um desafio comportamental. Garota de Ipanema, nascida e criada na rua Barão de Jaguaripe, nada mais distante de um caipira do interior de São Paulo. Eu corri atrás dela, com todas as minhas forças, e a alcancei. Com Ana vivi a Amazônia e Fernando de Noronha, vivi um ano de viagens pelo Brasil com uma peça de teatro, *mambembeando*, como os circos de outrora. Ana é filha de duas pessoas maravilhosas que, antes de me aceitarem com quatro filhos, haviam aceitado outro genro com dois, também ator. Ana me fez entender a solidão do amor a dois, livre, independente; e contraditoriamente, me deu uma família. Carioca.

Camila me levou de volta ao passado. A um casamento careta. E eu estava precisando muito disso, depois de cinco anos de vida louca que, se continuasse, seria breve. Era convidado para todas as festas, estava bebendo uísque pacas, saindo todas as noites, jantando fora, gastando tudo o que eu ganhava.

Havia começado a análise fazia pouco tempo e percebi que tinha que aterrissar. Geminiano, com lua e ascendente em Peixes, se não colocasse ao menos uma ponta do dedão no solo, eu não duraria muito. E a Camila foi perfeita. O que ela me dava era tudo de que eu precisava. Parei de sair à noite; comer fora, só às vezes e por um motivo especial; e beber, apenas vinho, nas refeições. Comecei a viajar mais e melhor. Aprendi a guardar dinheiro e cheguei até a comprar meu primeiro apartamento. Fomos felizes: ríamos, curtíamos a vida, e o sexo era de primeira. Fiquei mal quando ela, para poder viver seu sonho de ser mãe, quis se separar.

E como qualquer separação, esta também me fez sofrer. Muito. É a dor da morte.

Hoje faz dois anos que estou com a Carol. O amor que sinto por ela é a soma de todo amor que consegui amar em 75 anos de vida. Amor de outono, lindo como as folhas que caem. "Que não seja imortal, posto que é chama, mas que seja infinito enquanto dure."

Caracterizado como Leonel para a novela *Três Marias*, meu primeiro trabalho na TV Globo (1980)

# CAPÍTULO 1

Voltar a morar no Rio em 1980, depois de mais de dez anos passados em cidades de São Paulo, Bahia, Pernambuco e Rio Grande do Sul, e ainda em Paris, Londres, Amsterdã e na ilha grega de Andros, foi um grande barato. Obviamente eu havia crescido muito como pessoa. Tinha vivido no exterior, constituído família, tido três filhos. Em vez de chegar apavorado, como naquele dezembro terrível de 1968 — "o ano que não terminou" —, fugindo do AI-5, eu chegava como ator contratado da Globo, o emprego mais desejado por "nove entre dez estrelas de cinema", como dizia um comercial do sabonete Lux. E com o salário digno de um premiado como melhor ator no Festival de Cinema de Gramado. Na época, o Kikito — nome do prêmio — tinha um valor enorme, assim como o Molière para o teatro e o Air France para o cinema, todos precursores de prêmios como o Shell e o da APCA (Associação Paulista de Críticos de Arte), que vieram a substituí-los em prestígio mais tarde. A importância de receber um Kikito era ainda maior quando o ganhador era um ilustre desconhecido. Os diretores se interessavam, queriam saber de você, qual era sua formação, "de onde saiu aquela cara nova". E isso iria se materializar em inúmeros convites que passei a receber para fazer cinema.

O filme que me dera o prêmio, A Intrusa, fez um relativo sucesso de público, mas foi muito bem de crítica. Também, ninguém poderia esperar que um conto enigmático de Jorge Luis Borges pudesse fazer uma boa bilheteria num país como o Brasil. Ainda mais com uma história de dois irmãos, de certa forma incestuosos, numa antecipação de filmes com temática LGBTQIA+ como O Segredo de Brokeback Mountain, que chegou a concorrer a vários prêmios anos depois, incluindo o Oscar. Brasileiro normalmente não vai ver cinema nacional, com as exceções de praxe: comédias ligeiras, um ou outro filme de apelo específico, como Cidade de Deus ou Tropa de Elite, e fim. Mas A Intrusa me deu algo melhor que sucesso, me deu prestígio.

Eu me sentia absolutamente preparado para encarar novos desafios profissionais. Apesar da insegurança que tinha por achar que não era um bom ator, o fato de ganhar o prêmio no festival de cinema mais importante do Brasil concorrendo com Antonio Fagundes, Lima Duarte e Milton Gonçalves e, em função disso, ser contratado pela Globo tinha que me dar uma base de segurança.

E deu. Pelo menos eu já conseguia enganar gente mais importante! Mas vamos para a Globo e seus corredores na rua Lopes Quintas, no Jardim Botânico, onde os atores das novelas das 6, das 7 e das 8 gravavam. Foi uma loucura, em um mês eu havia conhecido mais colegas do que em toda minha vida. Havia quatro estúdios, nomeados com letras: A, B, C e D. O maior, o estúdio A, era reservado para a novela das 8 de segunda a sábado. O complexo B-C-D, de estúdios pequenos, era dividido entre as novelas das 6 e das 7. Uma gravava às segundas, terças e quartas-feiras; a outra, de quinta a sábado. E todos os dias havia externas das três novelas pelas ruas do Rio ou nas cidades cenográficas, normalmente ao redor de Guaratiba.

Na entrada dos artistas, sempre cheia de fãs pedindo autógrafos, passava-se por uma roleta ao lado do balcão dos seguranças e entrava-se num corredor comprido, acarpetado e sempre com a pintura em dia. As paredes de branco e as portas e os rodapés de um azul profundo. Logo na entrada do corredor, do lado direito, ainda antes da sala de maquiagem, havia a sala da imprensa. Sim, os jornalistas das revistas de tevê ficavam lá, a poucos metros de onde gravávamos os segredos que eles tanto queriam! Do mesmo lado direito do corredor ficavam os camarins, uns quatro ou cinco, divididos por novelas; e, do lado esquerdo, as grossas e pesadas portas antirruído dos estúdios B, C e D. No fundo do corredor ficava a entrada do estúdio A e, ao lado dela, a sala de leitura e o café, ponto de encontro dos atores das três novelas.

Ainda vivíamos os tempos da "Vênus Platinada", apelido que a Globo recebeu ainda antes da saída de Walter Clark em 1977. Quando cheguei, já era o Boni o todo-poderoso, o vice-presidente de Operações, secundado por Daniel Filho, primeiro como diretor dos programas do "horário nobre" e depois como diretor da poderosa CGP (Central Globo de Produção). E mais aqueles diretores executivos, todos com sala no seleto oitavo andar da entrada principal, na rua Lopes Quintas: os irmãos Evaldo e Renato Pacote, o Mauro Borja Lopes — o Borjalo —, o Magaldi, o Mário Lúcio Vaz.

Conheci ainda os diretores mais famosos de novelas, como Paulo Ubiratan e Roberto Talma, a dupla de maior sucesso quando cheguei. Além de Marcos Paulo e Dennis Carvalho, outra dupla que despontava nas novelas das 8, havia aqueles mais velhos e gabaritados, como Walter Avancini, Vannucci e Paulo Afonso Grisolli. Era a época também de Régis Cardoso, Gonzaga Blota, Herval Rossano, Reynaldo Boury e Fabio Sabag. E chegando devagar, a dupla que estouraria na comédia: Jorge Fernando e Guel Arraes.

Nos famosos "corredores da Globo", como eram chamados na época, misturavam-se, além dos atores e diretores, as equipes de arte, figurino, maquiagem, cabelo e todo o time de produção. Os técnicos entravam por outra porta do estúdio, bem maior, por onde passavam também os cenários e equipamentos. Às vezes, personalidades como Daniel Filho, Betty Faria, Tarcísio Meira, Lima Duarte e Glória Menezes se reuniam na entrada de um dos estúdios e conversavam animadamente, contando histórias incríveis do cinema, da televisão e do teatro brasileiros.

Quem leu o primeiro livro desta *Abreugrafia* sabe que sou um caipira do interior de São Paulo, e é claro que me deslumbrava com tudo aquilo. Foi nesses corredores que conheci uma jornalista gaúcha, a Mara Bernardes, responsável pela coluna de tevê de *O Globo* e depois pelo *Caderno de TV*, que me deu muita força no início da minha carreira televisiva. Uma fofoca que corria na época era sobre a rixa entre o Avancini e o Herval e que, segundo dizia a "rádio corredor" — era assim que se chamavam as fofocas globais —, fora gerada por problemas surgidos numa mesa de pôquer. Os dois tinham fama de difíceis, de trato rude. Aliás, não só eles.

Na Globo fiquei sabendo por que as colas que os atores às vezes colocam no cenário para lembrar de determinada fala do texto se chamam "dálias". Uma vez, numa peça teatral levada ao ar na tevê ao vivo — antes do advento do *videotape* tudo era ao vivo —, um ator veterano colocou sua cola num vaso de flores, mais especificamente dálias, bem escondida das lentes das câmeras. Quando entrou em cena e foi procurar seu texto... e cadê o vaso? Alguém inadvertidamente o havia tirado do local onde estava. E o ator, desesperado, começou a correr pelo cenário a perguntar aos outros colegas: "E as dálias? Onde foi parar o vaso de dálias?" Ninguém entendeu nada, o diretor chamou os comerciais, o vaso de dálias voltou para o lugar e a peça pôde chegar ao fim.

Outra história maluca é a de um ator que, ao esquecer o texto, fazia a mímica das falas, sem emitir som. O diretor, ao não ouvir o que ele dizia, e certo de que era um problema técnico de áudio, chamava os comerciais e o pessoal do som, enlouquecido, procurava o problema inexistente. Enquanto isso, o ator rapidamente dava "uma passada no texto" para relembrar a parte esquecida.

Herval Rossano, que antes de ser diretor tinha sido ator na TV Tupi, contava sobre uma encenação de *A Paixão de Cristo* na qual, logo depois da morte do protagonista, entravam os comerciais. O ator que representava Cristo pediu um cigarro, mas, como ele estava "pregado" na cruz, o contrarregra subiu numa escada, colocou o cigarro já aceso na boca dele e tirou a escada. Depois de umas baforadas, alguma ordem mal dada fez o "no ar" ser dado antes do previsto e o ator, assustado, cuspiu o cigarro ainda aceso. Que foi cair exatamente dentro dos panos que enrolavam seu baixo ventre. Durante a cena ninguém entendia os visíveis trejeitos de quadris do Cristo morto na cruz, pois a brasa do cigarro estava queimando suas partes íntimas. O diretor berrava na sala de corte, ou suíte — termo vindo do inglês *switcher* —, sem entender a atitude absurda do ator. A solução foi não mais mostrar o protagonista da *Paixão* durante toda a cena, a mais importante do programa.

A sala de maquiagem era outro lugar de bate-papo entre os atores das novelas. Era uma só para as três produções, cada uma ocupando um pedaço, dividida entre maquiadores e cabeleireiros. E dirigida com mãos de ferro pelo gênio polonês Eric Rzepecki, o mesmo que na minissérie *O Primo Basílio* cobriu os ombros do meu personagem, Doutor Julião, de migalhas de pão torrado à guisa de caspas e deu uma entrevista dizendo que era caspa americana importada. E ria muito quando contava a história, com aquele sotaque polaco engraçado.

Curioso, eu queria aprender tudo de televisão. Um dia, estava na tal suíte vendo o Herval trabalhar, e ele me apresentou ao Wolf Maya, então um ator que estava fazendo estágio de direção. Herval, sempre meio esquisitão e de pavio curto, não estaria muito satis-feito com a presença do Wolf, já que o estágio tinha sido uma imposição do Boni. Segundo ele, o Chico Anysio — na época tio postiço do Wolf, já que este era casado com a queridíssima diretora e atriz Cininha de Paula — havia ligado pedindo o estágio. E o Boni, sabendo que o Herval seria o melhor professor, mesmo na marra, mandou o Wolf para ele.

Herval fazia Wolf sofrer. Obrigava-o a passar um bom tempo de cronômetro na mão, medindo a duração de cada cena, já que o Herval adorava um *cue* — quando o ator ou um câmera errava, ele não voltava para o começo da cena, e sim dava um *cue*, uma deixa, para seguir em frente. Mais tarde Herval relaxou — antes vivia dizendo que "estava criando as cobras que iriam comê-lo", se referindo aos jovens diretores que estavam sendo preparados por ele —, e Wolf se mostrou um dos mais talentosos diretores de tevê. A novela das 6 seguinte, *Ciranda de Pedra*, foi dirigida por ele e pelo Reynaldo Boury, e Wolf nunca mais parou. Fiz com ele dois dos meus maiores sucessos, o Chico de *Ti-Ti-Ti* e o Josivaldo de *Senhora do Destino*.

Pois justamente no dia em que eu estava na sala de corte para ver e aprender, o Herval me perguntou se eu queria ser diretor. Eu? Bem, ele me via lá quase todo dia interessado e curioso, e resolveu fazer um contraponto com o Wolf. Ligou para o Boni pedindo que me recebesse e mandou que eu subisse para falar com ele. Era a primeira vez que eu iria ver o mito. Boni me tratou muito bem, disse para ter paciência com o Herval, que ele era muito esquentado e tal, mas que "sabia tudo de tevê". Foi o meu primeiro almoço no restaurante da diretoria do nono andar. Chiquérrimo.

Eu estava gravando pouco na época, meu papel era pequeno em *As Três Marias*, fazia par com a Clarisse Derzié Luz. Então entrei de cabeça no estágio. E mais: virei um puta assistente de direção. Cuidava de tudo para facilitar a vida do diretor. Herval percebeu, gostou e, de vez em quando, me deixava dirigir umas externas. Imaginem minha autoestima como estava, saindo com a equipe da Globo para gravar uma novela como diretor! Logo eu, que duvidava imensamente da minha capacidade como ator.

*Recorte da revista Fatos & Fotos, da extinta editora Bloch, sobre a peça O Beijo da Mulher Aranha (1981)*

Gente de hoje

# José de Abreu

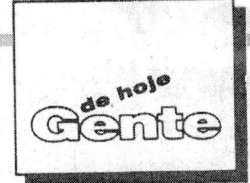

## O ator muito sensual de O Beijo da Mulher Aranha

UM homossexual e um preso político encerrados numa cela, juntos. Este é o ponto de partida do livro de Manuel Puig *O Beijo da Mulher Aranha* que, transformado em peça, colocou Rubens Correia e José de Abreu no palco do Teatro Ipanema (Rio). Rubens é Molina, o homossexual. José de Abreu, figura nova no teatro carioca, encarna Valentim, o revolucionário. Passando a maior parte do tempo da peça despido ou semidespido, José tem conseguido manter a platéia num suspense total com sua sensualidade. "Não sou macho peludo, fortão, e creio que só tenho uma sensualidade espiritual", assim se define. O público, no entanto, parece pensar de maneira completamente diferente: após o espetáculo, são muitas as visitas ao seu camarim, tanto de amigos, como de homens e mulheres desconhecidos que vão deixando telefones ou mesmo enviando bilhetinhos — os chamados *torpedos* — com endereço completo. Segundo alguns freqüentadores do teatro, José de Abreu é o mais novo símbolo sexual masculino, coisa rara de acontecer no Brasil. *(Luís Carlos Lisboa)*

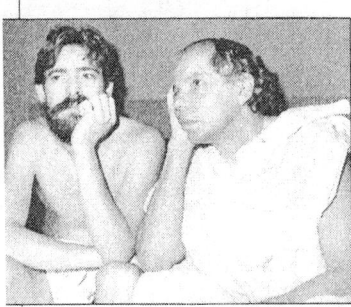

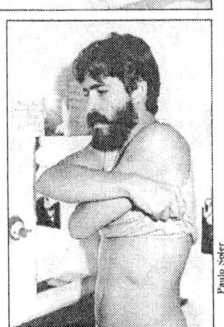

*José passa a maior parte de* O Beijo da Mulher Aranha *nu ou semidespido. Ele é o revolucionário que convive numa cela com o homossexual Molina (Rubens Correia).*

Paulo Soler

Paulo Soler

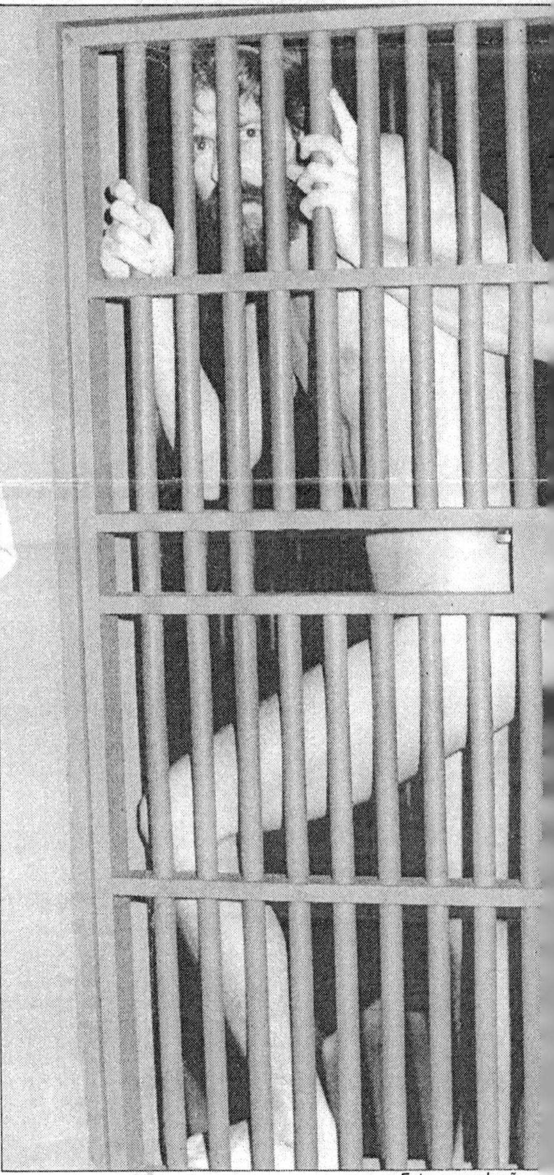

**Foto: reprodução**

# CAPÍTULO 2

Quando cheguei para as primeiras gravações de *As Três Marias*, eu ainda morava em São Paulo, ia para o Rio gravar e voltava. Como não tinha alugado casa, fiquei hospedado em Copacabana no apartamento do Rômulo Marinho Jr., hoje produtor de cinema nota mil. Na época, ele era um ator em ascensão. Eu o havia conhecido em Porto Alegre quando o grupo Dia a Dia se apresentou no Teatro de Arena com a peça *Maria e Seus Cinco Filhos*, de João Siqueira. Nara e eu hospedamos quase todo o grupo na nossa casa na rua Dona Oti.

Rômulo me contou que faria teste para a peça *O Beijo da Mulher Aranha*, que o Teatro Ipanema estava produzindo; uma adaptação do best-seller de mesmo nome escrito pelo argentino Manuel Puig. Ivan de Albuquerque dirigiria e Rubens Corrêa atuaria. Segundo Rômulo, eu seria velho para o papel, e nem me passou pela cabeça fazer o teste.

Um mês depois, em novembro, aluguei parte da casa de duas amigas gaúchas na rua Barão da Torre, em Ipanema — Maria Lucia Guimarães, a Lulu, jornalista da Globo, e Keka, secretária de uma multinacional alemã. Nara e as crianças, Theo e Ana, chegaram em dezembro, depois que as aulas terminaram. Em janeiro já estávamos bem instalados no Rio. Em fevereiro, as crias estavam devidamente matriculadas na escola Chave do Tamanho, do pedagogo piagetiano Lauro de Oliveira Lima, no Alto da Gávea. Nara iria semanalmente a São Paulo para continuar a cursar seu mestrado na ECA-USP. Rodrigo continuaria a passar as férias conosco, como acontecia quando morávamos no Sul.

A casa ficava numa típica vila portuguesa, tão comum no Rio, com cerca de dez casinhas assobradadas e geminadas. A que aluguei, por ser a primeira, mais próxima da rua, ficava em cima do Restaurante Natural, famoso pela presença constante da celebridade da época, Fernando Gabeira, "o homem da sunga de crochê". Quem também morava na vila era a Isabel do vôlei e suas filhas.

Era uma delícia ver as crianças brincando fora de casa na vila sem carros, numa rua como a Barão da Torre, que tinha um trânsito insuportável porque o Brizola, ex-governador do estado do Rio de Janeiro, escolheu como local de reuniões a Churrascaria Porção, naquela mesma rua, transformando-o num *must* dos anos 1980. O nome, completamente inviável, foi inspirado no de um hipermercado também de nome discutível, as Casas da Banha, na Avenida Brasil.

Nessa época, conheci os donos do Porcão, Neodi e Valdir Mocellin, dois gaudérios de Nova Bréscia. E quando a casa virou um sucesso nacional, eles me tiravam da fila e me levavam para alguma mesa reservada no bar para esperar. Sempre souberam que ter atores da Globo ali era publicidade gratuita. Passei boa parte dos quarenta anos em que morei no Rio nas duas filiais da churrascaria, em Ipanema e na Barra. Senti muito quando, depois de alguns negócios em que foram enredados, os sócios fecharam a casa. Quantos aniversários de colegas, finais de campeonatos, Copas do Mundo, festas de estreias de peças, filmes, noites de autógrafos de livros terminavam nas mesas do Porcão...

No primeiro feriadão de 1981, a Semana Santa, Reinaldo Bisio, meu grande amigo de juventude da praça Marechal Deodoro em São Paulo, e sua mulher Dora Kalef vieram conhecer o Rio de Janeiro. Ficaram hospedados, claro, na minha casa. A essa altura, a Lulu e a Keka já haviam saído. No quartão da frente dormiam Theo e Ana; Nara e eu, no quarto do meio; e o dos fundos ficou para hóspedes. E como tínhamos hóspedes! Aprendi que morar no Rio é receber todo mundo que quer passar uns dias na Cidade Maravilhosa.

A Semana Santa, como de costume, foi chuvosa. Curtimos a cidade com chuva mesmo, até que no domingo, pimba: abriu um sol radiante! Seria a primeira vez de Reinaldo numa praia carioca. Dora preferiu visitar igrejas e museus no Centro, e perguntei a ele se preferia ir a Ipanema, a pé mesmo, já que morávamos a quatro quadras do Posto 9, superbadalado, ou a uma praia longe, sem muita gente, totalmente paradisíaca e frequentada por surfistas e insiders. Ele escolheu a segunda opção. Eu tinha uma VW Brasília vermelha que me causava momentos impagáveis, pois sua placa era de Pelotas-RS, cidade que tem fama de ser "terra de gay". Todo mundo olhava e ria para mim, até em blitz de trânsito os guardas riam e me deixavam passar. Demorei a entender o porquê.

Então fomos eu, Nara, Reinaldo, Theo e Ana curtir o domingo de Páscoa na Prainha, que fica depois da Praia do Pontal, longe pacas, mas que é realmente um paraíso. Ali, entramos com as crianças na água, fizemos castelos na areia, enfim, estávamos passando um dia maravilhoso. Lá pelas tantas peguei uma revista em quadrinhos das crianças, me deitei na canga e apaguei, não sem antes ver Reinaldo e Theo batendo bola. Fui acordado pelos gritos da Nara perguntando pelo Reinaldo. Acordei assustado e passamos a procurá-lo. Ele havia cansado de jogar, pedira para o Theo levar a bola até onde estávamos e entrou no mar. Para nunca mais sair.

Um surfista, saindo da água, deu a notícia:

— Consegui colocá-lo na prancha, mas veio uma onda forte e o levou de novo. Acho que já estava morto.

Saí feito um louco com minha Brasília até o Recreio dos Bandeirantes, onde ficava o último posto de salva-vidas do Corpo de Bombeiros. Vieram de sirene ligada até a Prainha, mas nada mais havia a ser feito.

Reinaldo havia desaparecido! Havia morrido afogado! Meu amigo de tantos anos havia morrido, na minha frente, em segundos! Como assim? Um filme passou na minha cabeça. Sim, é lugar-comum, mas acontece. Enquanto eu dirigia de volta para a Barra da Tijuca, lembrava das doidices que havíamos feito juntos. E agora ele estava morto! Morto! É uma sensação terrível a presença da morte assim, crua, na sua cara.

E as crianças, como lidarão com isso? Theo e Ana ficaram meio perdidos, é claro, ele com seis, ela com quatro anos. Queriam saber o que havia acontecido, por que Reinaldo não estava voltando com a gente. Meu Deus, o que eu iria fazer? A mulher dele estava nos esperando na minha casa; a mãe, de quem eu gostava tanto, em São Paulo. Previ dias terríveis.

Os bombeiros nos levaram até a delegacia da Barra da Tijuca para fazer a ocorrência. Voltamos para casa e encaramos Dora. Pela nossa cara, ela entendeu. Lançou no ar um grito lancinante, de tragédia grega, e apagou. Logo depois acordou e entrou em desespero. Era realmente apaixonada por ele. E o pior de tudo: o corpo. Onde estava o corpo? Expliquei que os bombeiros estavam procurando, que iriam achá-lo, e que era melhor ela voltar para São Paulo. Liguei para o pai dela, contei o ocorrido e pedi que fosse nos buscar em Congonhas. Fui junto para São Paulo, porque ela não tinha condições de viajar sozinha. Nara ficou em casa para segurar a barra com as crianças.

Em São Paulo fomos direto para a casa do pai da Dora, onde dormi o que pude. No dia seguinte, pela manhã, fui comunicar a perda à dona Alayde, mãe de Reinaldo. Foi foda. Muito. Quando ela abriu a porta esperando ver seu filho e em vez disso me viu sozinho ali, parado, chorando, perguntou aos gritos:

— Cadê meu filho?

— Reinaldo morreu — eu respondi, já derrubado.

Outro grito de tragédia grega.

Voltei para o Rio tendo como companhia Ênnio Bernardo, mais um grande amigo de adolescência, para tentarmos recuperar o corpo de Reinaldo. Íamos diariamente ao Instituto Médico Legal. Lá, semanas antes, gravando uma cena de *As Três Marias*, tive a oportunidade de conhecer o diretor, o que facilitou as coisas. Mas nada de o corpo aparecer.

Uma semana depois do acidente, o diretor do IML me ligou, perguntando qual era a cor do calção do Reinaldo. Eu me lembrava muito bem porque tinha sido fabricado pelo pai da Dora e eu tinha um igual, de listras vermelhas e brancas. Pronto, haviam achado o meu amigo, numa praia longe de onde ele havia morrido, chamada Praia do Inferno. Restava reconhecer o corpo. Fomos então, Ênnio e eu, ter a experiência mais terrível das nossas vidas.

O corpo de um afogado tem uma aparência tétrica. Cheio de marcas de mordidas de peixe, o volume do corpo praticamente duplica pela quantidade de água. Mirei no calção de banho, já recortado e ao lado do corpo, o suficiente para o reconhecimento. Depois enfrentamos os papa-defuntos disputando quem cuidaria do corpo, do enterro e do traslado para São Paulo. Fechamos com um que nos pareceu menos mafioso. Reinaldo foi enterrado no Cemitério Judaico do Morumbi quase à noite. No dia seguinte pela manhã voltei para o Rio e para a minha vida normal.

. . .

Quando a novela estava acabando — e eu frustrado por não ter meu contrato renovado na Globo —, recebi um telefonema do Ivan de Albuquerque, diretor, ator e um dos sócios do mítico Teatro Ipanema (o outro era o Rubens Corrêa, um dos maiores atores do Brasil de todos os tempos). O Ivan me convidou para ir até a casa dele, na mesma noite, para conversar. Epa. Epa, epa, epa! Um sino tocou na minha cabeça e eu lembrei do Rômulo Marinho fazendo teste para a montagem da peça *O Beijo da Mulher Aranha*.

Naquele dia, eu havia prometido levar o Herval e sua mulher, a minha querida Nívea Maria, ao Galeão. Iam passar férias na Europa. Combinei então de ir à casa do Ivan depois que saísse do aeroporto. Na volta, errei o caminho e fui parar na Ponte Rio-Niterói! Tive que percorrer aqueles 13,3 quilômetros de ponte até Niterói, pagar pedágio, para então fazer o retorno e dirigir de novo a mesma distância até voltar ao viaduto, prestando atenção para não errar novamente, e pegar o Túnel Rebouças para chegar até a zona sul.

Ivan morava na rua Nascimento Silva, na mesma Ipanema que eu, e consegui chegar atrasado. Mas a noite foi muito agradável. Rubens tinha visto A Intrusa e gostado do meu trabalho. Ivan fora ver o filme, mas ficara ressabiado com o meu sotaque, muito gaúcho. Sua filha, Cristina, que se tornou administradora do Teatro do Leblon no Rio, me assistia na novela das 6 e garantiu que eu não tinha muito sotaque. Então Ivan resolvera me chamar para nos conhecermos pessoalmente. Conversamos — como eu previa — sobre a montagem de O Beijo da Mulher Aranha, adaptação feita por Paulo José e Dina Sfat do livro do Manuel Puig.

A ideia tinha sido da Dina. Ela comprara os direitos diretamente do Manuel Puig, que estava morando no Brasil, mais precisamente no Leblon. Queria dirigir com Paulo José, mas problemas domésticos — os dois estavam se separando — fizeram com que passasse a direção para o Ivan. A peça, assim como o livro, só tinha dois personagens: um gay, o Molina, e um ativista de esquerda homofóbico, o Valentim, ambos numa prisão comum. Rubens faria o primeiro, mais velho, e estavam me convidando para fazer o mais novo.

Como? Puta que pariu! Meu primeiro trabalho no teatro carioca seria logo no Teatro Ipanema? Contracenando com Rubens Corrêa? E sendo dirigido pelo Ivan? Era inacreditável. Eu pensava no Luís Artur Nunes — meu amigo gênio do teatro — e na alegria dele ao me saber ligado a gente tão significativa na arte brasileira.

Outra sincronicidade — já disse que minha vida é cheia delas, muito mais do que meras coincidências — era o fato de Manuel Puig, assim como o Borges de A Intrusa, ser argentino. E a trilha sonora, criada pelo Rubens, também ser totalmente Piazzolla, como no filme, para o qual havia sido criada especialmente. Na peça, o tema era *Years of Solitude*, do disco *Summit*, com o grupo musical de Astor Piazzolla e o saxofonista Gerry Mulligan. Um luxo.

O papo entre nós — Ivan, Leyla Ribeiro, sua mulher e produtora da peça, e Rubens — correu às mil maravilhas. Lá pelas tantas, Ivan tirou de uma caixinha um baseado e perguntou se eu fumava. Respondi tirando do bolso da camisa outro baseado. E acendemos os primeiros de centenas de *becks* que fumaríamos juntos nos anos seguintes.

No final da conversa, eles me perguntaram se eu tinha lido o livro do Puig. Eu não tinha. Recebi deles então um exemplar e marcamos uma nova rodada de papos e baseados para o dia seguinte. Saí de lá direto para o aeroporto, dessa vez o Santos Dumont, para buscar a Nara, que estava vindo de suas aulas de mestrado em São Paulo. Enquanto aguardava, lia o livro, me derretendo de felicidade — o personagem era ótimo. Quando Nara chegou, foi uma festa. Ela sabia o que significava para minha carreira nacional iniciá-la no Teatro Ipanema.

Pelo menos duas peças fizeram do Ipanema um *must* no movimento teatral brasileiro: *Hoje é Dia de Rock*, do Zé Vicente, e *O Arquiteto e o Imperador da Assíria*, que lançou Zé Wilker. Antes dele, dois grupos tinham revolucionado nosso teatro. Um deles foi o Arena, que trouxe o brasileiro para o palco com montagens históricas, como *Eles Não Usam Black-tie*, *Arena Conta Zumbi* e *Arena Conta Tiradentes*, e que lançou no Brasil o "coringa brechtiano" — em que os atores se revezavam para representar os mesmos personagens, criando assim o distanciamento que Brecht pregava — sob direção de Augusto Boal e tendo Gianfrancesco Guarnieri como autor e um dos atores principais. Lá no Arena fiz um curso de teatro com Cecília Thumim, na época esposa do Boal, e participei da montagem de Os Kertine como o Núcleo 2 do Arena. O teatro propriamente dito era minúsculo, uma arena redonda com menos de cem lugares. O resultado do trabalho era milhões de vezes maior que o espaço físico.

O outro grupo era o Oficina, que, depois de várias montagens muito bem-sucedidas, havia estourado com O Rei da Vela, de Oswald de Andrade, e depois com outras de sucesso, como Galileu, Galilei e Na Selva das Cidades, consagrando Zé Celso Martinez Corrêa como diretor e os atores Renato Borghi, Fernando Peixoto, Ítala Nandi e meu companheiro de várias novelas, Cláudio Corrêa e Castro, o eterno Galileu. Eu tive a sorte suprema de ver muitos dos espetáculos dos dois grupos, ambos fortemente inspirados no teatro político de Brecht.

Voltando ao Teatro Ipanema, ele teve um componente diferente: as drogas. Depois do falecimento da mãe de Rubens Corrêa, filho de um fazendeiro mato-grossense, a casa dela na rua Prudente de Morais — a poucos metros do Bar do Veloso, em cuja varanda Vinicius de Moraes e Tom Jobim compuseram Garota de Ipanema (hoje o nome do bar) — seria sacrificada em nome da arte. Foi feito um contrato com uma construtora no qual constava que esta faria um prédio de quatro andares para vender e, em troca, construiria o teatro no andar térreo. O palco deveria ficar nos fundos do terreno, no exato lugar onde Rubens e Ivan haviam construído um galpão para ensaios e depósito de cenários e figurinos, ainda quando sua mãe morava na casa.

Segundo contavam eles, o bairro de Ipanema era considerado longe e o pessoal do meio achava que um teatro ali não vingaria.

Rubens dizia que o bonde fazia a volta no final de Ipanema, perto do Jardim de Alah. E um teatro no ponto final era uma roubada. Os dois já tinham uma experiência como donos do Teatro do Rio, onde hoje é o Teatro Cacilda Becker, no Catete. Lá eles montaram pela primeira vez *Diário de um Louco*, de Gogol.

Contra a opinião de amigos e colegas, Ivan e Rubens tocaram a obra e abriram o novo teatro com a montagem de *O Assalto*, do iniciante José Vicente, o primeiro Zé do Ipanema, com direção do Fauzi Arap, e que recebeu os prêmios Molière, Golfinho de Ouro, Estácio de Sá e a medalha da APCT (Associação Paulista de Críticos Teatrais) de melhor autor. Em seguida, montaram *O Arquiteto* e *O Imperador da Assíria*, de Fernando Arrabal, com direção do Ivan de Albuquerque, lançando o segundo Zé, o Wilker, que recebeu os prêmios Molière, Governador do Estado e da APCT de melhor ator.

Alguns anos depois, eles montaram o que seria uma revolução no teatro brasileiro, já sob efeitos lisérgicos e canabinoides: *Hoje é Dia de Rock*, também do Zé Vicente, com direção do Rubens. Talvez tenha sido a primeira peça de teatro do mundo com público cativo. Todos os dias, quase metade da plateia do teatro era composta por pessoas que viam a peça várias vezes. Mesmo porque as apresentações poderiam variar de acordo com a quantidade de drogas consumidas por alguns integrantes do elenco. E do público também, já que no final a peça virava uma grande celebração hippie.

O espetáculo ganhou dezenas de prêmios, entre eles os Molière de autor, diretor, cenografia (Luiz Carlos Ripper) e preparação corporal (Klauss Vianna). Foram anos em cartaz até que, no último dia de espetáculo, o teatro pediu para que os espectadores viessem vestidos de branco. Vieram, uma multidão! Impossível caber na plateia. Rubens então propôs fazer a peça na Praia de Ipanema, a uma quadra do teatro, no Posto 9. O Rubens contando o que foi essa caminhada do elenco e público até a praia era de emocionar. Do espetáculo ele não se lembrava muito porque o fez viajando de ácido!

O encontro com Rubens e Ivan não apenas mudou a minha vida — afinal, passei a ser o terceiro Zé do Ipanema, como Rubens sempre dizia — como a de Nara também. Alguns meses depois, a CAL (Casa das Artes de Laranjeiras), que viria a ser a principal escola de teatro do Brasil, abria suas portas sob direção do crítico de teatro Yan Michalski. Yan levou os maiores atores e diretores de teatro do Rio para dar aulas na CAL, incluindo Rubens e Ivan. Nara, que se enturmou logo com o pessoal do Ipanema, foi convidada por Ivan para ministrar um curso com ele. No meio do curso, Ivan desistiu, Nara assumiu e nunca mais parou. Até hoje está na CAL, é a mais antiga professora da escola e, acho, a única fundadora que permanece.

*O Beijo da Mulher Aranha* tinha como produtores o Teatro Ipanema, o próprio Manuel Puig, o ator e diretor de novelas Fabio Sabag e um investidor e grande figura da cultura carioca chamado Raul Hazan. Ainda não havia leis de incentivo fiscal, apenas os patrocínios do SNT (Serviço Nacional de Teatro) e dos governos estaduais e municipais. Então, os produtores botavam dinheiro do próprio bolso. O Sabag era o oposto do pessoal do Ipanema: conservador, careta, dava palpites na direção e achava o texto impraticável para fazer sucesso. Não sei como ele havia concordado em colocar dinheiro na peça, acho que foi magia da Dina Sfat. Quando o pessoal do Teatro Ipanema soube que eu era também um produtor experiente, se arrependeu de ter aceitado o Sabag na sociedade. Mal sabiam que isso seria corrigido rapidamente.

Ivan tinha por princípio ensaiar muito, de seis a oito horas por dia. Sempre na casa do Rubens, uma cobertura no Leblon, na praça

Antero de Quental. Foram três meses de puro prazer artístico. Ivan dirigia, Leyla, mulher do Ivan e administradora do teatro, fazia assistência, Rubens e eu atuávamos. Ivan era um diretor exigente, Rubens, um ator muito especial, e eu aproveitei tudo o que pude da convivência com os dois gênios do teatro. Viramos amigos próximos, com aquela intimidade que só a convivência artística traz.

O astral dos ensaios era maravilhoso. Como a peça tinha um único cenário — uma cela pequena de prisão —, pedimos para o cenógrafo Anísio Medeiros fazer um esboço. O cenotécnico do Ipanema, Humberto Silva, construiu uma réplica na sala de visitas do Rubens! Com o beliche, elemento fundamental no desenrolar da peça!

Como eles eram os donos do teatro — que no final dos anos 1970 havia se transformado no principal local de shows do *boom* do rock brasileiro a se revelar nos anos 1980 —, podíamos nos dar ao luxo de estrear quando a peça estivesse pronta. E finalmente ficou.

Na véspera da estreia, Ivan convidou alguns amigos artistas para assistir ao ensaio geral. A única coisa com a qual eu não concordava com o diretor na criação do personagem Valentim era a sua agressividade desmedida. E foi essa a crítica dos amigos após o ensaio. Ivan deu o braço a torcer e me autorizou a "aliviar" o personagem. Isso a 24 horas da estreia. Fiz a primeira apresentação ainda em processo de mudança, mas ninguém percebeu. Foi um imenso sucesso!

A peça tinha um apelo forte por ser baseada em um best-seller internacional. O texto era pesado para o público, que, mesmo assim, adorava. Havia até disenteria em cena, com o produto dela feito com chocolate em pó, o que causava um efeito devastador na plateia. Eu tinha um truque de fazer xixi usando uma canequinha que o público não via. Muitos atores me perguntavam como eu conseguia fazer xixi todos os dias à mesma hora. Para alguns eu mostrava o truque, para outros, não. O fato é que o barulho que o líquido (era apenas água) fazia ao bater no latão de lixo era perfeito, tinha até a sacudidinha final para evitar o famoso "pingo da cueca". Mas vamos sair do clima escatológico da peça e voltar à vaca fria.

Logo depois da estreia, Sabag chegou com uma conversa de que não podíamos gastar com publicidade, pois seria jogar dinheiro fora, uma vez que, segundo ele, a peça "era para meia dúzia". Ele apresentou umas contas mostrando que a produção jamais se pagaria. Aproveitei a deixa e perguntei se ele queria vender seus 25 por cento em dez prestações iguais. Ele topou na hora. Felizmente, os cálculos de Sabag estavam errados, a peça foi um imenso sucesso, ficou anos em cartaz e paguei as prestações com o lucro que obtive.

Eu tinha muitas dúvidas sobre a minha capacidade como ator, mas como produtor, jamais. Assim que virei sócio, assumi a produção executiva da peça e, logo a seguir, a administração do Teatro Ipanema no lugar da Leyla, que já estava sem paciência para o serviço burocrático.

Outra sincronicidade de O Beijo com A Intrusa, além de Piazzolla e os autores serem argentinos, era a homossexualidade. Assim como no filme, na peça também tinha beijo na boca entre dois homens e sexo ao vivo. E minha bunda aparecendo, como no filme. Ela ficou famosa, homens e mulheres a adoravam. Foi quando descobri que mulher também gosta de bunda. E virei objeto sexual em função do meu traseiro.

A Censura Federal encrencou com a cena de sexo, exigindo que fosse feita no escuro. Mas o iluminador, Eldo Lucio, "errava" e colocava um pouco de luz. Por duas ou três vezes fomos admoestados — sempre alcaguetados por alguma esposa de milico que ia ver a peça e, indignada, ligava para a Censura. Um dia, logo depois da cena fatídica, um senhor de terno e gravata levantou-se lá de trás e andou em direção ao palco. Apavorado, supus ser um censor. Mas ao chegar na boca de cena, ele falou baixinho, apontando para uma lâmpada:

— Está pegando fogo.

Imediatamente me "baixou o santo" produtor. Mandei o Eldo desligar a rede elétrica do palco, pedi calma à plateia, peguei uma escada nos bastidores e subi até o refletor para ver o estrago. O fogo no fio já havia se extinguido, tinha sido um curto-circuito. Desliguei o refletor da rede e a peça pôde continuar sem pânico. Só para informar, naqueles anos 1980 ainda se fazia teatro de terça-feira a domingo, com duas sessões no sábado e duas no domingo. E, às vezes, uma sessão vespertina às quintas-feiras. Bons tempos.

Encerrada a temporada de *O Beijo da Mulher Aranha* no Rio, partimos para São Paulo. Optamos pelo Teatro Ruth Escobar, a sala do porão, que tinha até um cheirinho de esgoto, perfeito para uma peça que se passava numa fétida prisão. A estreia em Sampa foi um escândalo, um sucesso enorme de público e de crítica, muito maior do que no Rio. E as pessoas acreditavam que o mau cheiro do teatro, real, era imaginação delas!

· · ·

Eu me hospedei na casa da minha mãe e Rubens num hotelzinho de que ele gostava no centro antigo da capital. Lá fazíamos a peça de quarta a domingo, voltávamos para o Rio no último voo da ponte aérea ou pelo trem noturno em seus últimos suspiros. O trem tinha cabines e dormíamos razoavelmente bem. Ficávamos no Rio dois dias e começávamos tudo de novo. Era muito interessante aquela história de morar no Rio e fazer teatro em São Paulo, tanto que hoje em dia é o que mais se faz.

A temporada de um ano foi uma loucura, a peça lotava todos os dias. Poderíamos ter ficado mais tempo em cartaz, mas o Ivan, com ciúme de nós dois, pois ficava sozinho no Rio, começou a encher o saco para voltarmos e montarmos outra coisa. Esticamos o que deu.

Eu não saía do Spazio Pirandello, um restaurante-brechó que marcou época em São Paulo. Um dos donos havia sido meu colega do grupo de teatro TUCA, o jornalista Wladimir Soares, grande sujeito, que recebia os frequentadores de chapéu-coco e bigodinho à la Groucho Marx. O outro dono era o ator Antonio Maschio. Duas figuras. Lá eu era paquerado por mulheres de sandália baixinha, que tanto me dava tesão. Foi lá que conheci uma mulher linda. Entre outras, porque a peça provocava tesão em homens e mulheres, e eu virei um objeto de desejo ainda maior do que no Rio.

Quando eu chegava no Pirandello depois da peça, por volta de meia-noite, ela estava lá me esperando. Eu jantava, bebia com os amigos e colegas — às vezes tanto o Lula quanto o FHC (que ainda era de esquerda) podiam ser vistos lá — e já tarde da noite pegava meu Dodge Dart velho, comprado com o Rubens para usarmos durante a temporada paulista, e íamos para a casa dela. Era muito bom! Nosso sexo era nota mil. Eu sempre fui meio insaciável e ela também era. Então juntava a fome com a vontade de comer. Quando ela dormia, eu a despertava e vice-versa. No dia seguinte acordávamos lá pelas quatro da tarde, ainda exaustos.

Ela tinha uma certa grana, gostava de um brilho e num sábado à tarde me levou na casa do Itamar Assumpção. Por um tempo frequentei a casa dele, conversávamos, bebíamos e fumávamos.

Mas o bom mesmo era a casa dela, o quarto dela, a cama dela. É engraçado como a memória visual do quarto, ainda hoje, escrevendo, me deixa excitado. Sou podólatra e adorava os pés dela. Como ela era negra, o contraste de cores da pele de baixo com a de cima me excitava muito. E também o destaque vermelho que a vagina recebia com a pele à sua volta. Lindo demais.

Nessa época eu costumava pensar — e dizer — que o corpo da mulher era uma capela onde eu ia encontrar Deus. Que o gozo sexual era o gozo dos mistérios "gozosos" que Deus nos dera para saber, naquele átimo temporal, como era o paraíso prometido. Afinal, o primeiro deles é a Anunciação, ou seja, o anjo diz que Maria está grávida. Por tabela...

Eu levava ao pé da letra a canção *Seu Corpo*, do Roberto Carlos e "me deixava ser levado por um caminho encantado que a natureza me ensina". Adorava começar a beijar pelos cabelos e levar horas beijando o corpo amado até chegar aos pés, parada obrigatória antes do destino final.

Um sonho de Porto Alegre realizou-se em São Paulo. Uma das melhores atrizes do país, e sem dúvida a mais bonita, resolveu me namorar. E eu deixei. A Suzana Saldanha — esta que considero a melhor atriz gaúcha de todos os tempos — sempre dizia que ela era tão bonita que nem fazia cocô. Esta era loira, corpo branco como neve.

No final da temporada no Teatro Ruth Escobar, depois de um ano em cartaz, entramos na concorrência para encenar a peça por dois meses no Teatro Sérgio Cardoso. Quem decidia, já que o teatro pertence ao Governo do Estado de São Paulo, era a CET (Comissão Estadual de Teatro), que, desde sua criação por um grupo liderado por Cacilda Becker, sempre teve suas decisões respeitadas pelos governadores, exceto naquele momento, quando o secretário de Cultura era o João Carlos Martins. Ele passou como um rolo compressor por cima da CET e ordenou que *A Chorus Line*, primeira produção do Walter Clark, passasse à frente de *O Beijo*. Foi um auê na imprensa paulista. O pianista malufista não voltou atrás e perdemos a temporada, apesar de termos ganho o edital. Na reunião com a CET, na frente dos componentes da comissão (Joe Kantor, Carlos Meceni e Lenine Tavares), Walter Clark teve o desplante de dizer que eles tinham "votado errado" ao escolher *O Beijo*. Entramos na justiça, mas não adiantou. Fizemos uma excursão por alguns estados do país, voltamos para o Rio e fizemos uma temporada de despedida no Teatro Glauce Rocha.

Ao todo foram mais de trezentas apresentações de *O Beijo da Mulher Aranha*. Nunca, em meus cinquenta anos de profissão, fui tão fundo num personagem. Aprendi a dar pausas — curtas, longas e longuíssimas. Rubens amava. Se na vida real elas acontecem, por que não no teatro? Segurar o público no meio de uma frase — que sensação incrível! Como o cérebro de um ator em cena se multiplica! O ator pensando, o personagem pensando, o pensamento coletivo do elenco, o pensamento coletivo da plateia! É uma sensação de plenitude. É o palco que se transforma em altar e o ator no cordeiro do sacrifício.

A peça batia fundo, principalmente nas mulheres. Muitas, ao final da peça, entravam emocionadas, aos prantos, no nosso camarim. Me lembro da Wanderléa dizendo:

— Olhem o meu estado, olhem o que vocês fizeram comigo!

E o Rubens, desligado, me perguntando quem ela era.

· · ·

Herval Rossano me chamou para fazer outra novela das 6, inspirada no livro *Terras do Sem Fim*, de Jorge Amado. Os protagonistas seriam sua mulher, Nívea Maria, e Cláudio Cavalcanti. O Pepe, que eu interpretava, era amigo do personagem do Cláudio. Mais uma vez um elenco imenso, de futuros amigos, como Sebastião Vasconcelos, Stênio Garcia, Edwin Luisi, José Lewgoy, Fernando Torres...

Quem mais me marcou foi o Cláudio Cavalcanti. Gente boníssima, protetor dos animais, casado com a psicóloga e atriz Maria Lucia Frota, os dois sempre cheios de amor para dar, principalmente para os gatos e cachorros que eram deixados em frente à casa deles pelos vizinhos, pois sabiam que lá os bichos teriam guarida garantida. Cláudio tinha no carro um saco de moedas que dava para os guris que pediam esmola nos sinais de trânsito naqueles pobres anos 1980, nos estertores da ditadura. A música *Meu Guri*, do Chico Buarque, tocou profundamente aquele puro coração. Toda vez que a ouço me lembro do Cláudio, ainda mais depois que ganhei do pintor Antonio Veronese o quadro de um guri.

Foi a Maria Lucia quem me indicou um médium para uma cirurgia espiritual. Ela havia sido curada de um câncer no seio, com comprovação médica, e eu quis tentar. Eu tinha uma espécie de cisto no final da coluna, dizem que é muito comum entre italianos e árabes, chamado cisto pilonidal, que volta e meia inflamava e me incomodava, e eu tinha que vazá-lo com bisturi para retirada de pus. A primeira vez foi quando eu estava preso no Carandiru e fiz o vazamento lá mesmo, na enfermaria. A segunda, durante a temporada de *O Beijo da Mulher Aranha* em Vitória. E ele reaparecia de quando em quando.

Conheci o médium e marcamos o dia e a hora. A cirurgia espiritual seria feita à distância: eu em minha casa e ele no centro espírita. Fui orientado a usar roupa branca, assim como quem estivesse me acompanhando. Deveria me deitar nu, de barriga para baixo, sobre um colchonete colocado no chão e coberto por um lençol branco. Ao meu lado, um copo d'água e um vaso com uma rosa branca.

Dias antes, conversando com um médico amigo, o Rogério Bettencourt, ele se mostrou interessado em participar. O médium não se opôs. No dia e na hora marcados me deitei, Rogério se sentou ao lado, rezamos um Pai Nosso e fiquei parado, concentrado em pensamentos elevados. Cinco minutos depois, conforme o combinado, me levantei, rezamos mais um Pai Nosso e fim. Nunca mais tive problemas. O cisto sumiu. Escafedeu-se.

$$\bullet \ \bullet \ \bullet$$

*Terras do Sem Fim* não foi um grande sucesso. Herval foi convidado para dirigir uma emissora de tevê no Chile e estava louco para ir, de modo que a trama durou apenas quatro meses, com pouco menos de noventa capítulos, algo raro naquela época de novelas com mais de duzentos. Mesmo assim, fiz um personagem engraçado, o que me permitiu mostrar o meu lado comediante.

Herval reescrevia os capítulos, cortava, acrescentava. Dirigia praticamente sozinho. Nas externas, só gravava o que sabia que ia ao ar e pré-editava o material. Fechava os planos de gravação — um roteiro do que o diretor tem que gravar no dia, calculado de acordo com o número de páginas de cada cena —, enormes, com quarenta ou cinquenta cenas, muitas vezes antes da hora prevista. Era um pé-de-boi, trabalhava como um cão danado. Ainda assim — piada corrente na emissora —, dizia-se que, quando ele morresse, não ia ganhar nem nome de estúdio. Competente e produtivo, Herval Rossano nunca chegou a dirigir uma novela das 8, reservada aos "mais criativos".

Cena do episódio O Fabuloso Silki, da série Caso Verdade, TV Globo (1983)

Foto: arquivo TV Globo

# CAPÍTULO 3

Era uma tradição que os atores gaúchos que recebiam o Kikito apresentassem as edições seguintes do Festival de Gramado. Isso acontecera antes com Walmor Chagas e com Paulo José. Apesar de não ser gaúcho de nascimento, "nasci" como ator, a nível nacional, em Gramado. Por isso, depois de 1980 fui o apresentador oficial do festival por algumas edições.

A cada quatro anos, com a entrada de um novo prefeito na cidade, mudava o presidente do festival. Esdras Rubin e Enoir Zorzanello se revezavam. Naquela época, os convidados eram quase sempre os mesmos, como uma grande família de roteiristas, produtores, diretores, atores, diretores de arte e compositores de trilhas sonoras que se encontravam no Hotel Serra Azul, a sede tradicional do Festival de Gramado, onde se davam as maiores loucuras.

Ninguém dormia naquela porra! Quando o festival era no verão, durante o dia aconteciam nas salas do hotel as discussões políticas e artísticas, e a farra era na piscina descoberta que ficava num terreno fora do Serra Azul, onde candidatas a atriz viviam tirando a roupa. Mais tarde, quando a data do festival mudou para o inverno, a farra era numa piscina coberta no andar térreo do hotel, na cara de todo mundo.

Era na piscina que o pessoal jogava vôlei, basquete... — sei lá, nunca joguei. A maioria de pilequinho. Depois de uma pausa no final da tarde para uma chuveirada, íamos para o imponente Cine Embaixador, mais tarde rebatizado de Palácio dos Festivais.

Em 1981, o primeiro ano em que apresentei o Festival de Gramado, senti o peso da responsabilidade. Trabalhava-se pra caramba e o cachê não compensava. De segunda a sexta-feira eram apresentados os curtas gaúchos e nacionais e os longas-metragens. Cerca de quatro horas de trabalho, fora os ensaios. E no sábado era a premiação, a parte mais tensa, sempre cheia de surpresas e improvisos. O diretor era quase sempre o Claro Gilberto, apelidado pelo Guto Pereira de Mancha Negra, por causa da barba espessa. Ele tinha sido o produtor de *Os Teatreiros*, na TV Gaúcha, meu primeiro programa no veículo.

*Cabaret Mineiro* era o filme da vez. Todo mundo só falava nele. Dirigido pelo Carlos Alberto Prates Correia, tinha um elenco maravilhoso: Nelson Dantas (Kikito de melhor ator), Tamara Taxman, Tânia Alves (Kikito de melhor atriz em papel coadjuvante), Helber Rangel,

Louise Cardoso, Thelma Reston, Nildo Parente, Zaira Zambelli, Maria Sílvia, Dora Pellegrino e Eliane Narducci, os seios mais lindos do cinema daquela época! *Cabaret Mineiro* ganhou os prêmios de melhor filme, diretor, direção de fotografia, trilha sonora e montagem, além dos de melhor ator e melhor atriz coadjuvante.

Acabei ficando com a Tamara Taxman. Pintou uma atração avassaladora e passamos o festival juntos. Nosso caso durou pouco, mas ríamos muito. Tamara é ótima, uma pessoa maravilhosa, ganhei uma amiga para o resto da vida. Nesse mesmo ano fiquei amigo do diretor David Neves e dos produtores Carlos Moletta (também compositor) e Joaquim de Carvalho (também roteirista). Curtimos o festival juntos, descobrimo-nos conhecedores de músicas brasileiras antigas e passamos uma noite inteira cantando na pracinha próxima ao Cine Embaixador. Os dois iam produzir no ano seguinte o longa *Luz del Fuego*, com direção do David, e me convidaram para um papel. Fiz o dono do circo que contratava a protagonista.

Lucélia Santos queria tanto fazer a vedete Luz del Fuego que conseguiu que a revista *Manchete* publicasse, na semana do festival, uma matéria cheia de fotos dela cercada de cobras. Foi assim que ela ganhou o papel. E levou o prêmio de melhor atriz no Festival de Gramado seguinte.

A grande surpresa veio quando vi o filme pela primeira vez. Apesar de o meu nome estar com certo destaque nos créditos iniciais, eu praticamente não aparecia! Só numa cena curta em plano tão aberto que até eu tive dificuldade em me reconhecer. No resto das cenas, apenas as minhas falas em *off*, com a protagonista em primeiro plano. É chato, mas faz parte da vida de ator. Fui recompensado anos depois com *Fulaninha*, um marco no cinema do David.

Num outro ano, logo que desci do avião em Porto Alegre, fui abordado por um sujeito que me deu um papel dobrado e pediu que eu o lesse durante o festival. Não dei bola, na verdade nem entendi direito. Coloquei o papel no bolso, logo estava cercado de fãs pedindo autógrafos — sim, as pessoas pediam autógrafos naquela época, ainda não tiravam *selfies* — e esqueci o caso.

Assim que cheguei ao quarto do hotel em Gramado, mal comecei a desarrumar a mala bateram na porta. Era o novo prefeito, Pedro Bertolucci, o Pedro Bala — corria na cidade que ele distribuía balas para seus possíveis eleitores durante a campanha — acompanhado de dois agentes da Polícia Federal. Pedro chegou dizendo que sabia do meu plano para boicotar o festival, lendo documentos "subversivos". Pediram que eu desse o tal papel para eles, eu procurei no bolso do casaco e o entreguei. Era um manifesto da Frente Sandinista da Nicarágua. Eu nem tinha me dado conta daquilo, pois estava vivendo uma fase alienada e pouco me envolvia com temas políticos.

O prefeito então disse que a Polícia Federal estava seguindo o cara que havia me dado o papel. E que se eu tentasse fazer alguma coisa o festival seria interrompido e eu preso. Eu ri, disse que tudo aquilo era uma bobagem, que eu não tinha a menor intenção de "melar" o festival, que pertencia muito mais ao cinema brasileiro do que à Prefeitura de Gramado. Eles acreditaram, foram embora. No final do festival, o Pedro Bala veio me agradecer e até pediu desculpas por aquela entrada intempestiva no meu quarto. Acabamos ficando amigos por muitos anos. E assim como eu já era amigo do Esdras Rubin, fiquei também do outro presidente do Festival de Gramado, o Enoir Zorzanello.

· · ·

Então veio o *boom* do cinema gaúcho: o longa em Super-8 *Deu pra Ti,*
*Anos 70,* o longa em 35mm *Verdes Anos* e o documentário de curta-
-metragem *Ilha das Flores,* a enorme porrada do Festival de Gramado
em 1989. O diretor Murilo Salles chegou a pedir um intervalo entre
a exibição do documentário e o nosso filme, *Faca de Dois Gumes,*
mas não adiantou. O público assistiu ao nosso *Faca,* um excelente
policial, ainda com a porrada no estômago de *Ilha das Flores.*
   Teve ainda os filmes *O Dia em que Dorival Encarou a Guarda,*
*Barbosa, O Mentiroso, Me Beija* e *Aqueles Dois.* Aos poucos, nomes
hoje fundamentais do cinema brasileiro passaram a frequentar as telas
de Gramado, primeiro com curtas, depois com longas: Nora Goulart,
Giba Assis Brasil, Carlos Gerbase, Jorge Furtado, Ana Luiza Azevedo,
Nelson Nadotti, Werner Schünemann, Rudi "Foguinho" Lagemann.
   No ano seguinte, 1990, veio a Era Collor. A Embrafilme foi
extinta pelo então secretário nacional da Cultura, Ipojuca Pontes,
e a família do festival acabou. Por questões de agenda, me distanciei
de Gramado, passando a ir esporadicamente ao festival como apresentador, ator de algum filme e às vezes apenas como convidado.
O charme se esvaíra. Celebridades que muitas vezes nada tinham
a ver com cinema, ou pelo menos com os filmes exibidos, passaram
a ser convidadas com o claro objetivo de transformar o festival
numa atração turística — sem perder a seriedade, é bom que se
diga. Nunca mais o Festival de Gramado voltou a ser o que foi nos
anos 1980, aquela família pequena, que só se reunia uma vez por
ano no Hotel Serra Azul. Como esquecer dos coquetéis da Kodak?
Do churrasco, do vanerão?
   Se o Serra Azul falasse, contaria que viu Maria Zilda e Liège
Monteiro, que tinham se desentendido dias antes, se reve-
zarem numa festa em *petit comité* num dos quartos do hotel.

Quando uma entrava, a outra saía e sentava-se com amigos nos bancos de madeira dos corredores. Uma saía, a outra entrava, num jogo não combinado, mas explícito. Afinal, todo mundo na festinha era amigo das duas.

O Serra Azul diria também que viu o Marco Aurélio Marcondes dar um soco no nariz do Paulo Henrique Veloso Souto, quando este era assessor de imprensa da Embrafilme. Marco Aurélio, do alto de seus quase dois metros de altura, ainda socou a lente do cinegrafista da antiga TV Gaúcha, tudo devidamente gravado. Paulo Henrique, mais tarde, virou o "rei das pontas"; em todo filme estava ele lá, fazendo algum papel de uma cena só.

Se quase crucificaram Marco Aurélio no caso do Paulo Henrique, o colocaram nas nuvens quando ele deu outras porradas ao vivo e em cores no ex-cineasta e "coveiro do cinema nacional" Ipojuca Pontes. Marco Aurélio Marcondes é hoje produtor e distribuidor, e foi diretor de várias entidades de fomento ao nosso cinema, desde a Embrafilme até a RioFilme. Um dos nomes mais importantes da indústria cinematográfica brasileira.

• • •

Houve uma época em que a Globo começou a me convidar para fazer as chamadas "participações". São papéis pequenos, de dois ou três capítulos, às vezes um só, mas que precisam ser representados por bons atores aptos a contracenar com as estrelas da casa. Foi assim em *Sétimo Sentido*, com Regina Duarte, dirigida pelo Roberto Talma; em *Quem Ama Não Mata*, com Marília Pêra, que eu já conhecera no Rio Grande do Sul quando produzi *Apareceu a Margarida*; e com Débora Duarte em *Parabéns pra Você*.

Em *Sétimo Sentido* eu fiz um antigo namorado da personagem de Regina, que voltava ao passado em outras vidas. Em *Quem Ama Não Mata*, dirigida por Daniel Filho e Dennis Carvalho, interpretei um médico que cuidava da gravidez do personagem da Marília, e faria um aborto, se me lembro bem. Eu entrava e saía de cena com uma máscara de cirurgia, estava me sentindo a mosca do cocô. Como representar escondido? Mas Daniel, ator como eu, sacou e criou uma cena anterior à cirurgia em que eu lavava as mãos e colocava a máscara.

Em *Parabéns pra Você*, dirigida por Dennis e Marcos Paulo, voltei a fazer uma participação como médico, de uma cena apenas, com a Débora. Ela chegava ao hospital no momento em que seu marido seria operado após um atropelamento. O texto era simples, tipo "já limpamos os ferimentos e o paciente foi levado para a sala da cirurgia". Ela insistia que queria ir vê-lo, eu não deixava e tal. Fomos gravar na emergência do Miguel Couto, o hospital mais cheio do Rio de Janeiro — um erro fatal de produção.

Assim que cheguei, recebi um texto novo, técnico, escrito por um médico, texto este que não esqueci, mesmo trinta anos depois: "Já procedemos a limpeza mecânico-cirúrgica da tíbia e do perônio", e seguia explicando tecnicamente o procedimento. Hoje eu repito a fala, mas na hora foi difícil decorar. Era gente machucada entrando, ambulâncias com sirenes ligadas chegando, e Débora louca para ir embora, porque estava gravando desde cedo. Quanto mais nervoso eu ficava, mais feridos chegavam e mais sirenes de ambulâncias atrapalhavam a cena.

Quando o texto saía perfeito, entrava alguém berrando de dor e a gravação tinha que parar. Foi um sufoco, até que consegui dar a fala sem som de sirene nem berros de feridos ao fundo. Débora já estava irritadíssima, mas relevou porque o texto novo tinha sido entregue na hora. No ano seguinte ficamos amicíssimos. Achei que o Dennis, que dirigiu a cena, nunca mais iria querer trabalhar comigo, mas anos depois, numa conversa, ele disse que nem se lembrava mais daquele dia. Para ver como às vezes a gente sofre à toa.

Para melhorar as coisas, fui convidado pelo José Wilker para fazer um dos protagonistas de *Transas e Caretas*, uma novela das 7 que ele iria dirigir. Seríamos dois irmãos, eu e o Francisco Milani. Mas o Boni não aprovou a ideia porque queria "nomes" e o meu ainda não era consolidado. O próprio Zé acabou fazendo o meu papel e o Reginaldo Faria, o do Milani. Fiz outro personagem, Renato, milionário, voador de asa-delta que se apaixonava pelo personagem da Aracy Balabanian, que era casada com o personagem do Jece Valadão.

Foi uma porrada o que a censura fez na minha cabeça durante a novela. O meu papel era ótimo, mas, por causa de uma briga política entre o então ministro da Justiça Abi-Ackel e a Rede Globo — que o acusava de envolvimento no contrabando de pedras preciosas —, a Censura Federal, sob seu comando, resolveu retaliar.

Explico: a Globo precisava enviar para a Censura, em Brasília (!), os capítulos impressos que eram liberados, proibidos ou liberados com cortes. Obviamente, só eram gravadas as cenas previamente liberadas. Depois de prontos, os capítulos eram enviados para a Censura analisar pela segunda vez. E aí é que a coisa pegava. A Censura liberava os capítulos para gravação e proibia as cenas gravadas com base neles! O custo era altíssimo, além do prejuízo de ter que remanejar cenas de capítulos posteriores para complementar os que ficavam curtos devido aos cortes.

O meu personagem foi o mais prejudicado. E por quê? Por namorar uma mulher casada. Ainda que seu marido fosse Jece

Valadão, o representante do macho brasileiro. Seria, sem dúvida, meu melhor papel na emissora até aquele momento, mas a ditadura resolveu, mais uma vez, me prejudicar, embora seu alvo fosse, na verdade, a Globo. Me lembro das conversas com o autor Lauro César Muniz, prejudicado outras vezes pela mesma Censura. Fazer o quê?

Uma coisa boa que aconteceu nessa época foi a Globo abrir um núcleo de produção paulista, no bairro de Santana, dirigido pelo Walter Avancini. Já haviam sido produzidas por ali duas minisséries ótimas, *Avenida Paulista* e *Moinhos de Vento*, e também alguns *Caso Verdade*, programa de uma semana de duração que dramatizava histórias reais enviadas pelos espectadores. Ele ia para o ar antes da novela das 6 e foi um sucesso imediato.

Paulo José, que conheci em Porto Alegre quando produzi a peça de inauguração do Teatro Renascença, estava produzindo um *Caso Verdade* junto com Avancini e me convidou para fazer o protagonista do episódio *O Fabuloso Silki*, que contava a trajetória de um famoso faquir brasileiro dos anos 1950. Foi um enorme sucesso, a história era ótima e eu estava magérrimo por causa de *O Beijo*, o que deu um realismo espetacular ao personagem.

Isso me levou a ser convidado pelo Avancini para um papel em *Anarquistas, Graças a Deus*, outra minissérie que ele ia produzir, baseada na obra homônima de Zélia Gattai, casada com Jorge Amado, e que tinha no elenco a Débora Duarte. Foi um grande barato reencontrá-la e, mesmo depois das dificuldades em "proceder a limpeza mecânico-cirúrgica da tíbia e do perônio" do seu marido em *Parabéns pra Você*, fiquei amigo dela. Um dia a apresentei ao Ricardo, irmão do Reinaldo, outro da turma da Marechal. Eles se apaixonaram e moraram juntos por um bom tempo.

Outro acontecimento ímpar foi quando me convidaram para dirigir algumas cenas da minissérie. O Hugo Barreto, um dos diretores, ficou doente e o Avancini, como sabia que eu tinha feito estágio de direção com Herval Rossano, me deu a responsabilidade de uma UM (Unidade Móvel) com três câmeras de estúdio, mesa de corte e os escambaus. Foi incrível! Uma das cenas que dirigi foi com o personagem Nonô, quando ele resolveu subir numa árvore em sinal de protesto e ficar lá alguns dias. Foi ótimo dirigir aquele monstro do teatro: o cenógrafo, diretor e ator bissexto Gianni Ratto.

Muito antes de terminadas as gravações da minissérie, chega a bomba: Boni decidira fechar o Núcleo Santana e tínhamos um mês para botar um ponto final em *Anarquistas, Graças a Deus*. Ninguém nunca soube ao certo a razão, mas o que a "rádio corredor" dizia era que o Boni estava com ciúme do Avec (apelido do Avancini) por criar uma "pequena Globo" em São Paulo, bem longe, portanto, da Lopes Quintas.

Foi um baque, mas o Avancini, gênio da raça, soube dar um fim digno tanto ao núcleo quanto à história. E, usando material de arquivo para ilustrar a época, editou uma das melhores minisséries que a Globo produziu, com Ney Latorraca e Débora Duarte arrasando como protagonistas. Ney entrou no personagem de uma maneira impressionante. Lembro de uma cena em que ele chegava do trabalho, entrava na cozinha, pegava uma cebola ainda com casca e comia, como se fosse uma maçã!

Como Juvenal Terra em *O Tempo e o Vento*,
TV Globo (1985)

Foto: arquivo TV Globo

# CAPÍTULO 4

Nos primeiros anos trabalhando no eixo Rio-São Paulo, também fiz muitos filmes. Certamente em função de meu prêmio Kikito de melhor ator em Gramado em *A Intrusa*, mas também pelo sucesso da peça *O Beijo da Mulher Aranha*, que era vista por todo mundo. E eu tinha sido elogiado pelos melhores críticos do Brasil, tanto na peça como no filme. Uma vez, o Yan Michalski, crítico de *O Globo* e diretor da CAL, disse para a Nara que "eu era o ator brasileiro do momento". E em ascensão.

Um capítulo interessante da experiência como ator de cinema foi a cumplicidade com os diretores de fotografia, chamados simplesmente de "fotógrafos" no meio. Desde A Intrusa, quando José Gonçalves me explicou a relação das lentes com a interpretação (grosso modo, quanto maior o close, menos expressões faciais), compreendi que ali estava o segredo do cinema. Muito mais que os diretores — cuja cumplicidade se dava mais na preparação que na filmagem, já que no Brasil poucos dirigem os atores —, os fotógrafos passaram a ser meus cúmplices. O Brasil sempre teve bons fotógrafos e trabalhei com praticamente todos. Com alguns, como Antônio Luiz Mendes e José Tadeu Ribeiro, fiz muitos filmes. Nossa comunicação acontecia pelo olhar. Durante as filmagens, com a câmera rodando, eles me davam sinais para que eu me posicionasse melhor em cena, aproveitando a luz e o enquadramento.

No teatro, chegava a hora de outra produção no Ipanema, com a mesma turma de O Beijo da Mulher Aranha. Era a peça Quero, a primeira e única escrita originalmente para o teatro pelo Manuel Puig. Uma doideira passada num país distante, numa época também indecifrável. Ivan dirigiria, Rubens faria o papel principal e eu produziria. E assim foi feito. Dei muitos palpites para escolher o elenco e consegui emplacar dois protagonistas: Edson Celulari — que sofria um preconceito terrível por ser lindo e fazer muito sucesso como ator de novelas, mas que tinha formação na ECA-USP e é realmente um bicho de teatro —, e Vanda Lacerda, companheira de luta sindical pelo reconhecimento da profissão de artista e técnico (conseguimos a assinatura da lei em 24 de maio de 1978, dia em que eu completei 32 anos). Antes dessa lei, a nossa profissão não era reconhecida no Brasil, apesar de ser uma das mais antigas do mundo.

Vanda voltaria a trabalhar comigo em *A Mulher sem Pecado*, em 2000, sua última incursão no teatro antes de nos deixar. A peça *Quero* não foi um grande sucesso, mas marcou presença. E acabamos gastando em sua montagem quase tudo que ganhamos com *O Beijo da Mulher Aranha*.

Logo outro "beijo" pintou na minha vida, dessa vez um de Nelson Rodrigues, o do asfalto, trazido pelas mãos singelas de Buza Ferraz, diretor do Pessoal do Cabaré, um grupo de teatro que havia estourado com a peça *Cabaré Valentin* e que contava com Gilda Guilhon, Antônio Grassi e Zezé Polessa, e que fora reforçado com Ivan Cândido, Stênio Garcia, eu e uma menina linda, egressa do grupo de teatro para crianças Manhas e Manias, chamada Andrea Beltrão.

No início dos ensaios, Stênio recomendou Andrea para Dennis Carvalho, que a contratou para uma novela das 8, *Corpo a Corpo*. Mal sabia eu que entraria na mesma novela mais tarde para ser seu par. Tive uma rápida paixão por ela celebrada ao som de *Quando Te Vi*, canção que Beto Guedes traduziu da *Till There Was You*, dos Beatles. Voltamos a nos encontrar mais tarde na peça *A Prova*, em que fiz seu pai.

O grande ator da montagem de *O Beijo no Asfalto* foi sem dúvida Antônio Grassi fazendo Amado Ribeiro, o repórter policial mau-caráter que acaba com a vida do protagonista, Arandir, que eu fazia. Nunca me esqueço da primeira fala da peça, dita pelo meu querido amigo: "O famoso Cunha!".

Deixei a peça no meio da temporada porque o Paulo José me convidou para fazer a minissérie *O Tempo e o Vento*. Iríamos passar dois meses no Rio Grande do Sul e Paulo me acenou com a possibilidade de fazer o Capitão Rodrigo Cambará. Acabei não fazendo o mitológico personagem de Erico Verissimo, mas fiz seu cunhado,

Juvenal Terra, também muito bom. Foi uma experiência incrível contracenar com um inseguro Tarcísio Meira, que não queria fazer o papel. Sentia-se velho para interpretar um capitão, não sabia falar "gauchesco" e nem tinha a menor intimidade com o violão, coisa que o personagem tinha, e muita. Mas no dia em que ele colocou a vestimenta pela primeira vez, ninguém teve dúvida de que a sua insegurança era totalmente descabida. Tarcísio arrasou no papel.

Foi também a primeira vez que Nara fez um trabalho na Globo: a mulher do bolicheiro, em cuja venda o Capitão Rodrigo chegava pela primeira vez em Santa Fé e dizia a famosa frase: "Digo 'buenas', e me espalho. Nos pequenos, dou de prancha; nos grandes, dou de talho!". Ele chegava com fome de carne assada e carne viva. E a carne viva era o personagem da Nara — de cara contracenando com Tarcísio Meira e casada na minissérie com um amigo de anos, Cláudio Mamberti, irmão do também ator Sérgio Mamberti. Nara fez, no seu segundo trabalho em tevê, a empregada apaixonada por Marco Aurélio (Reginaldo Faria, outro galã do primeiro time) em *Vale Tudo* e que é presa no último capítulo enquanto ele foge do Brasil dando uma banana aos brasileiros.

*O Tempo e o Vento* não foi um grande sucesso de público, mas um imenso sucesso de crítica. Só não gostei do meu bigode *fake*, tão falsamente preto que tiveram que escurecer meu cabelo para combinar com ele. Um dia, Paulo José disse, na sala maquiagem:

— Ao invés de consertarem o bigode, estragam também o cabelo do ator.

Como a audiência da minissérie não havia sido muito boa, e a Globo gastara uma fortuna com a produção, Daniel resolveu reeditá-la algum tempo depois. Explico: na primeira versão dos autores Doc Comparato e Regina Braga (a roteirista, não a atriz — voltarei a falar dela mais para frente), a história se passava como no livro, indo e voltando no tempo. Daniel resolveu editar em ordem cronológica, achando que assim o público poderia acompanhar melhor a história. Mas não adiantou muito. Um dia, contou ele, sua empregada, ao ler "um século depois" na cartela que explicava a passagem de tempo, perguntou-lhe:

— Seu Daniel, o que é século mesmo?

• • •

Assim que acabou a minissérie, fui convidado para atuar em *Grande e Pequeno*, peça do alemão Botho Strauss, produzida e protagonizada por Renata Sorrah e dirigida por Celso Nunes, outro que me ajudou muito a entender mais sobre interpretação. Diretor rigorosíssimo, fez com que eu aprendesse a tocar violão e a cantar *Imagine*, do John Lennon, entre outras. Confirmei trabalhando com o Celso que existem, sim, diretores que sacam quando o ator se entrega e quando não, seja por timidez, medo ou falta de talento mesmo. Se o diretor saca a entrega de um ator, passa a ser seu pai, protetor e provedor artístico. E para que ele brilhe, lhe dá tudo o que falta para compor bem um papel e tirar o melhor dele. Celso Nunes me tirou do chão, me levou às alturas, como só Luís Artur Nunes e Ivan de Albuquerque haviam feito.

Foi no meio da temporada dessa peça que Dennis Carvalho me convidou para entrar na novela *Corpo a Corpo*, que àquela altura já era um grande sucesso das 8, disputando o personagem de Débora Duarte com o de Antonio Fagundes. Eu entraria nos últimos capítulos para fazer o Victor, um pós-hippie, vendedor de uma livraria, e que oferece à protagonista Eloá uma nova maneira de ver a vida:

trabalhando no que gosta, ganhando e gastando pouco numa vida simples, e tendo a felicidade do dia a dia como objetivo. Foi um imenso sucesso, no fim todo o público torcia para que Eloá não voltasse ao convívio de Osmar, seu ex-marido, para ficar com o Victor. Gilberto Braga fez um jantar na casa dele para me explicar que teria que desagradar o público em função da dramaturgia. E, afinal, o Osmar era o Fafá, apelido carinhoso do Antonio Fagundes. Só mais tarde fui conhecê-lo melhor, quando fizemos *Porto dos Milagres*.

Por causa de *Grande e Pequeno*, tive que cantar ao vivo e a cores numa novela das 8 — o Gilberto Braga tinha assistido à peça e me viu ao violão. Foi punk, mas deu certo. Ensaiei pacas e cantei *Carinhoso*, do Pixinguinha, num iate no meio da Baía de Guanabara, para uma Eloá encantada. Foi num sábado, uma cena linda: "E quem sabe sonhavas meu sonho por fim." Mas Débora/Eloá tinha que voltar para Fagundes/Osmar — coisas do *showbusiness* — e Gilberto Braga conduziu a trama de modo que Victor se casasse no final com o personagem de... Andrea Beltrão, já então uma grande amiga. Foi minha primeira incursão numa novela das 8, de Gilberto Braga, e minha visibilidade como ator aumentou muito.

Estive na festa de lançamento da novela das 8 que entrou após *Corpo a Corpo*, *Roque Santeiro*, num hotel em Copacabana. Assim que cheguei, fui chamado pelo Daniel Filho, que me mandou ir a São Paulo no dia seguinte pela manhã para me apresentar ao Wolf Maya. Ele estava começando a gravar a nova das 7, *Ti-Ti-Ti* e tinha um papel para mim. É claro que fui e me apresentei ao diretor no Eldorado Higienópolis, o hotel em que a Globo costumava hospedar sua equipe. Wolf não achou boa ideia a minha escalação, uma vez que não me via no papel. Eu realmente nunca havia feito algo de comédia na emissora, por isso a minha indicação era incerta para ele, mas não para o olho de Daniel Filho. O personagem era o Chico, melhor amigo do protagonista Ariclenes (Luis Gustavo, o Tatá).

O nome do personagem de Tatá era uma sacanagem do autor Cassiano Gabus Mendes com o Lima Duarte, cujo nome de batismo é Ariclenes, que ele abominava, mas parece que hoje não se importa mais com isso. "Lima Duarte", segundo ele mesmo gosta de contar, era o nome de um médium espírita e sua mãe o teria sugerido para ser seu nome artístico.

Tanto Tatá quanto Wolf queriam para o papel do Chico o Plínio Marcos, autor de teatro genial, premiadíssimo, e ator bissexto, que fez um enorme sucesso na novela que marcou a virada da dramaturgia televisiva no final dos anos 1960, *Beto Rockfeller*. Desejavam reviver a dupla Tatá e Plínio. Mas o Daniel insistiu com o Wolf e eu comecei a estudar o personagem. Chico era um paulista meio estúpido, digamos, com QI bem baixo, inculto, mas de bom coração.

A primeira gravação foi numa doceria na Avenida Sumaré. No caminho, fui levado por meu sobrinho Fabio Bopp, que falava com um sotaque paulistano-surfista muito característico, que resolvi imitar. Na cena, Ariclenes e Chico chegavam, no carro do primeiro, desciam e entravam na doceria, pediam doces e saíam. Na hora de gravar, Tatá fechou a porta do carro prendendo levemente meu dedo. Soltei um caco — fala que o ator improvisa aproveitando algo que ocorre no momento — e a cena não parou. Entrando na doceria, vi no balcão aquele doce comum em São Paulo, *palmier*, que na padaria da praça Marechal era conhecido por orelha-de-macaco. Não deu outra; mandei outro caco para o atendente da doceira:

— Me dá uma orelha-de-macaco, ô meu.

Tatá completou com mais um caco:

— Orelha de macaco é a sua, Chico, o nome disso é *palmier*!

A cena ficou ótima e nunca mais paramos de fazer comédia. Nossa dupla funcionou muitíssimo bem, prova do ótimo olho de Daniel Filho. Eu falava com um sotaque carregadíssimo, cheio de *meu, belô, pelamordedeus*, bem paulistano da Mooca dos bons tempos. A coisa funcionou tanto que o nome Chico passou a ser sinônimo de paulista. As cenas com Nicole, a costureira vivida por Lúcia Alves, pela qual Chico se apaixonava, viravam uma gargalhada só quando ele a convidava para "um chopes e dois pastel". Tive dois exemplos de como o personagem fazia as pessoas rirem. Uma vez, num táxi, quando o motorista viu quem era seu passageiro, teve um ataque de riso e precisou parar o carro e sair para rir. Outra vez foi num elevador no centro da cidade: quando notaram a minha presença, começou uma onda de risos que fez o elevador chacoalhar enquanto subia.

Numa cena em que Ariclenes vestia o Chico de Papai Noel no ateliê de costura, ficamos improvisando cacos sobre o texto "bota a calça, calça a bota e calça a calça e bota a bota", *nonsense* puro. A equipe técnica ria demais, o público também, mas levamos uma bronca do autor, por sinal, cunhado do Tatá. Aliás, nunca tinha visto uma pessoa tão entusiasmada como o Luis Gustavo, ele era uma pilha, sempre cheio de ideias. E tinha muita consciência de sua força como ator de televisão. Animado, depois de uma cena hilária que fazíamos, ele me dizia:

— Zé, quando esta cena for pro ar a gente vai parar o Brasil!

*Ti-Ti-Ti* só não foi mais falada por ter sido contemporânea de *Roque Santeiro*, o maior sucesso da Globo em toda sua história, só comparável à *Avenida Brasil*. E Wolf gostou tanto do meu trabalho que me convidou para protagonizar, no ano seguinte, com Regina Duarte, a peça *Miss Banana*.

No final da novela, na "rádio corredor" da Lopes Quintas, só se falava que Gilberto Braga estava escrevendo uma minissérie — formato que sempre foi considerado o *crème de la crème* na emissora — para Malu Mader, que estourara também, coincidentemente, em *Ti-Ti-Ti* e *Corpo a Corpo*. *Anos Dourados* seria gravada no ano seguinte e era vista como uma grande aposta da Globo.

Eu queria muito estar na minissérie, mas um convite inusitado me foi feito pelo Cecil Thiré, que iria dirigir uma peça escrita por Gérard Lauzier, desenhista da *Playboy*, traduzida pelo Luis Fernando Verissimo. Inusitado porque era uma comédia desbragada e um tanto apelativa, pelo menos para mim, que tinha o teatro como sagrado, minha igrejinha onde eu ia me purificar da profana tevê. Cecil tinha visto *Ti-Ti-Ti* e gostado da minha performance. Dirigia o Jô Soares e conhecia uma jovem atriz que tinha trabalhado com ele e em *Roque Santeiro* chamada Claudia Raia.

A peça *Gatão de Estimação*, totalmente baseada em preconceitos e paqueras machistas, foi um sucesso tremendo no Teatro da Praia, em Copacabana. Eu e Claudia fazíamos os protagonistas e é claro que rolou uma puta atração. Muito carinho, mas nada de chegar aos finalmentes. Às vezes, em cena, sem que a plateia percebesse, algo mais sério acontecia, mas ninguém nunca notou, parecia que fazia parte do enredo.

Eu era apaixonado pelos pés da Claudia, vivia fazendo massagem neles. Grandes, sólidos, lindos. Mesmo depois de eu ter saído da peça, durante a novela *O Outro*, na qual fazíamos um casal, o carinho continuou. Me lembro de ficar acariciando e massageando seus pés no ônibus da Globo durante o trajeto da emissora, no Jardim Botânico, até a cidade cenográfica em Guaratiba.

Um dia, Claudia, que tinha mania de trocar de joias a cada apresentação, entrou no palco com uma pulseira imensa, parecia as asas de Ícaro. Numa cena de briga misturada com tesão ela me dava um soco e eu desviava. Naquele dia, consegui desviar do punho, mas não da pulseira, que me abriu um corte no queixo. O sangue jorrou em cena, foi um auê, e dei um esporro na Claudia. Ela chorou, foi chato pacas. No dia seguinte, depois dos aplausos, fiz-lhe uma homenagem e pedi desculpas pela grosseria. Ela aceitou e tudo voltou ao normal. Ela e os pés. Claudia tem um humor divino, é uma estrela, diz que nasceu de cílios postiços e salto 7. Fiquei amigo da irmã, da mãe, da avó. Depois a vida nos separou.

Apesar do sucesso, ou talvez por causa dele, eu tinha uma certa vergonha de fazer *Gatão de Estimação*, por achar que estava conspurcando meu palco sagrado. A confirmação da montagem de *Miss Banana* — uma adaptação de Wolf Maya do filme *Born Yesterday* para o Rio de Janeiro dos anos 1950 — me deu o álibi necessário para sair da peça.

O produtor de *Miss Banana* seria Orlando Miranda, meu amigo desde os tempos da ditadura, quando ele era presidente do Serviço Nacional de Teatro e conseguiu, através de um ministro da Educação e Cultura que, apesar de militar, não odiava teatro, um sopro de liberdade. Orlando havia alugado o imenso Teatro Carlos Gomes na praça Tiradentes, no centro do Rio, e tinha como sócio e produtor-executivo o ator Nestor de Montemar, que também faria um dos protagonistas. O velho triângulo amoroso, com Regina Duarte no meio.

Nestor não era fácil. Wolf fazia o possível para aquele elenco enorme (tinha ainda um corpo de baile) se dar bem, mas o Nestor tinha uma coisa de ego torto que atrapalhava um bocado. A produção foi um caos, tudo atrasava, inclusive a prometida reforma do teatro. Os ensaios pareciam não ter fim, assim como a tal reforma — que ao final não passou de uma mão de tinta.

Numa tarde, em casa, tocou o telefone. Era o Roberto Talma pedindo que eu fosse imediatamente para a sala do Daniel Filho, no oitavo andar da emissora, e desligou sem dizer mais nada. Fui imaginando que merda seria aquilo. Chegando lá, me disseram que eu seria o protagonista adulto de *Anos Dourados* e iria contracenar com Betty Faria e Nívea Maria. Caramba! Eu quisera, é claro, ter um personagem na minissérie do Gilberto. Mas ser o protagonista, dividir o amor com aquelas duas divas, seria o máximo! Como foi.

Começamos a gravar, sob direção do Talma, e tínhamos uma semana de capítulos gravados de *Anos Dourados* quando fomos para a temível estreia de *Miss Banana*. A Globo em peso lotando o Teatro Carlos Gomes, inclusive o Boni. Imaginem a estreia em teatro da Viúva Porcina de *Roque Santeiro*, a novela que parou o Brasil, logo depois do seu final.

Pois bem, meu personagem entrava no palco na terceira cena tendo como cenário um enorme hotel, eu deitado no sofá do lobby. Estou lá, coração aos pulos, e o cenário começa a andar para a frente do palco. Anda um metro e para. Como assim? Parou e começou a chacoalhar. Eu, produtor que era, rato de teatro, pulei do sofá e fui ajudar a empurrar o cenário. Fizemos o possível, eu e o pessoal da maquinaria. O cenário, depois de um baque, andou, eu pulei para o sofá, e me deitei. Quando a luz acendeu ninguém havia percebido nada, mas eu estava quase morto de cansaço. Os óculos que usava para dar um ar intelectual ao personagem estavam totalmente embaçados de suor.

A peça seguiu como deu, mas eu sentia algo estranho no traseiro. Nada foi percebido pela plateia, que curtiu muito a peça. Depois dos aplausos, que foram muitos, corri para o meu camarim e vi que havia uma bola vermelha saindo lá de trás. Mostrei para o colega Louzadinha e o veredicto veio de primeira: hemorroidas!

No dia seguinte pela manhã — um sábado —, procurei no livro do plano de saúde um médico. Achei um na praça General Osório, em Ipanema. Quando o médico viu, assustou-se.

— Cirurgia imediata — disse ele. — Direto para o hospital.

Liguei imediatamente para o Nestor de Montemar, o produtor-executivo da peça, que simplesmente disse:

— Nunca vi hemorroida ter cirurgia de emergência — batendo o telefone.

Liguei para o Daniel Filho, que disse para o médico:

— Opera já e me libera o Zé em cinco dias.

— Sete! — o médico respondeu.

— Em cinco, me garanto — eu disse.

E lá fui eu para a minha primeira cirurgia na vida, para extirpar uma hemorroida de "360 graus, interna e externa", como descreveu o doutor. Cinco dias depois eu estava de volta aos estúdios da Cinédia em Jacarepaguá, alugados pela Globo para as gravações de um dos maiores sucessos da casa. Me deram o camarim do Chico Anysio, o único ator da emissora que tinha um exclusivo e que ficava fechado quando ele não estava gravando. Chico liberou o camarim e eu ficava lá esperando a hora de gravar com a bunda numa bacia de água quente para aliviar a dor. Alguns capítulos da minissérie eu fiz de pé, sem me sentar, e andando pouco, muito pouco. Doía demais.

Foi no meio das gravações que completei quarenta anos, em 24 de maio de 1986. Já curado, vi o Talma tirando os seguranças do estúdio, pedindo para que esperassem do lado de fora. Colocou no áudio do estúdio um *Parabéns pra Você* enquanto Nívea e Betty entravam com um bolo cada uma, cada qual com vinte velas. Depois de apagadas as velinhas, Talma distribuiu baseados para quem fosse do ramo. Era proibido entrar com bebida alcoólica no estúdio, mas sempre havia alguma no carrinho dos contrarregras.

A festa continuou na Churrascaria Porcão da Barra da Tijuca, filial daquela na rua Barão da Torre e também de propriedade do meu amigo Neodi. Era o Governo Sarney, estava em vigor um novo plano de contenção da inflação, o Plano Cruzado, que tinha mais uma vez tirado três zeros e mudado o nome da nossa moeda. E era o tempo dos "fiscais do Sarney", cidadãos que denunciavam abusos de comerciantes para a polícia. Fomos para o bar da churrascaria, muito bem montado, bem servido, coisa fina. Pedi um litro de Red Label, éramos cerca de vinte membros da equipe e elenco da minissérie.

Na hora de ir embora, todos bêbados, pedimos a conta. E ela veio muito salgada. O maquiador Jacques Monteiro disse ao gerente que havia pagado menos na semana anterior. A discussão começou, eu ameacei chamar a polícia, os garçons se uniram na defesa do restaurante e o pau quebrou. Os outros garçons que dormiam na parte dos fundos acordaram e vieram ver o que se passava. O bicho pegou. Eu dizia para o gerente que era amigo do Neodi, o dono, mas ele não acreditava! Um dos garçons foi para cima do Jacques com um espeto e eu atirei um copo nele. Mas o copo atingiu outro garçom que tentava apartar a briga. Nisso a polícia chegou e fomos todos parar na delegacia. Nós por agressão e eles por cobrar mais do que a lei permitia. Até que, chamado pelo gerente, Neodi chegou. Conversamos com o delegado, todos retiramos as queixas, deixamos a delegacia e voltei a ser um dos maiores clientes do Porcão Barra.

Nessa noite, ao chegar em casa, havia uma banheira cheia de suco de laranja. Explico: eu gostava tanto que vivia prometendo que um dia tomaria um banho de suco. E Nara brilhantemente realizou meu sonho no dia dos meus quarenta anos.

Betty Faria e eu na minissérie *Anos Dourados*,
TV Globo (1986)

Foto: arquivo TV Globo

# CAPÍTULO 5

Se *Ti-Ti-Ti* me lançou como comediante, *Anos Dourados* o fez como galã. Houve no começo da minissérie uma certa recusa do público em me aceitar como major Dornelles porque o humor do Chico da outra novela ainda estava muito presente. Mas durou pouco. O texto do Gilberto Braga era ótimo, as relações de marido com o personagem da Nívea e de amante com o da Betty eram muito verdadeiras, a impressão que dava é que Dornelles amava mesmo as duas.

Uma das coisas mais loucas que li sobre a minha participação em *Anos Dourados* foi uma crítica num dos jornais da época — não me lembro se o *Jornal do Brasil (JB)* ou *O Globo* — que fazia uma análise relacionando os atores que se encaixavam no conceito de "beleza grega" aos papéis de "mocinho". Já os que não se encaixavam, segundo a teoria, ficariam relegados aos papéis de "bandido". Ou "galã" e "vilão". E a crítica dizia que eu havia superado isso. O "elogio" bateu fundo no meu complexo de "queixudo", essa maldita sina dos prognatas.

Novamente me envolvi com uma colega, dessa vez com a Betty. O Roberto Talma teve a ideia de dirigir uma peça com ela e eu para viajarmos pelo Brasil depois da minissérie. Não me lembro qual era o texto, mas marcamos a primeira leitura em um sábado à noite na casa dela. Conversamos os três, combinamos tudo, o Talma foi embora e eu fiquei. A Betty estava linda e, assim que ficamos sozinhos, o clima sensualizou.

Eu tinha certa cerimônia com ela, estrela de primeira grandeza. Seria a primeira vez que eu iria para a cama com uma. Eu tinha duas alternativas: ir embora na boa, dando uma desculpa aceitável, ou partir para cima. Optei pela segunda e foi muito bom. Tão bom que repetimos muitas vezes. Betty é supersensual, livre, já era livre quando, quase adolescente, enganou seu pai militar e foi ser bailarina de musical brasileiro.

Gravávamos todos os dias, o dia inteiro, e eu quase sempre estava ao lado dela. Betty se apaixonou profundamente, a ponto de não me exigir nada, apenas que quando estivesse com ela, "estivesse com ela". Mas esse desprendimento durou pouco. Antes ainda de começar os ensaios da peça, ela me deu uma dura.

— Como vai ser? Viajaremos pelo Brasil nos finais de semana como namorados e quando voltarmos para o Rio você vai para seu castelo em São Conrado e eu fico sozinha? — perguntou Betty, e cancelou a montagem.

Fiquei puto da vida, ainda mais porque, com o sucesso de *Anos Dourados*, lotaríamos teatros pelo país todo. Continuamos nos encontrando mesmo depois da minissérie sair do ar. E um convite do cineasta Carlos Reichenbach aumentou o tempo do *affair*. Iríamos filmar em São Paulo, hospedados no Hotel Caesar Park por dois ou três meses, *Anjos do Arrabalde*. Foi durante o filme que o relacionamento foi se esvaindo até que nos tornamos apenas amigos. E Betty foi também, durante um bom tempo, uma mãe "estepe" para o Rodrigo, que inclusive morou em sua casa durante um tempo. Ser-lhe-ei eternamente grato pelo carinho que tinha com ele.

Betty tinha lá suas razões. Eu não tinha um castelo, mas um porto seguro em São Conrado, bairro carioca onde morei por mais de dez anos. Lá estava a minha família constituída, inclusive Rodrigo, meu filho mais velho, já morava com a gente. Mesmo dando nossos pulinhos, Nara e eu buscamos de várias maneiras preservar uma relação excelente, mudando a trajetória dela quando o destino mandava. Tentamos relação fechada, semiaberta, aberta, com puladas de cerca permitidas e desconhecidas, enfim, éramos um casal mutante, como quando nos conhecemos e resolvemos juntar os trapos. Foi mais ou menos nessa época que fui, mais uma vez, convidado para apresentar o Festival de Cinema de Gramado. Na porta do elevador, ao se despedir de mim, Nara falou:

— Ok, sei que é inevitável, usa camisinha.

· · ·

Um trabalho que marcou muito minha vida foi *Fulaninha*, o filme do genial diretor David Neves. Tínhamos ficado amigos num dos festivais em Gramado; eu fizera aquela ponta em *Luz del Fuego*, como o dono do circo que mal aparecia. Quando ele resolveu fazer sua autobiografia filmada, fui convidado para ser um dos quatro amigos que, bebendo cerveja o dia inteiro em Copacabana, se veem encantados por uma adolescente que passa sempre em frente ao bar, a Fulaninha. A filmagem foi uma loucura. O bar que funcionou como cenário principal era na Prado Junior, em Copacabana — mesma rua onde eu morara fugindo da ditadura em 1968 —, um puteiro a céu aberto. Cláudio Marzo fazia o protagonista e Roberto Bonfim, eu e Flávio São Thiago, seus amigos. Mariana de Moraes, sendo lançada, fazia o papel-título.

Nós quatro, os personagens, começávamos a beber cerveja às dez da manhã como a cena exigia, mas junto com o diretor, mais louco que nós quatro. David Neves morava ao lado do bar, num quarto e sala típico de Copa. Lá ficavam nossos figurinos, os acessórios de cena, e era onde trocávamos de roupa. Às vezes, chegávamos de manhã cedinho — cinema começa cedo por causa da luz — e dávamos de cara com duas ou três putas dormindo na sala.

Beber em cena é terrível para quem já tem um pé no alcoolismo. E na época não existia cerveja sem álcool! Então, lá pelas duas da tarde, já estávamos todos bêbados. Os cinco, contando com o diretor. Foi mais um importante passo na minha carreira ter David Neves como diretor.

Logo em seguida, o Marcos Paulo me convidou para fazer mais uma novela das 8, *O Outro*, do Aguinaldo Silva. Seria mais um personagem de humor e eu contracenaria, dado o sucesso da nossa dupla no teatro, com Claudia Raia. Faria um gaúcho machista e preconceituoso e ela uma manequim e modelo que queria fazer sucesso. Casados, se envolviam em brigas homéricas, que sempre terminavam na cama em cenas tórridas. Ir para a cama com Claudia

Raia — chamada pelo meu personagem de "potranca" — não era para qualquer um. Boni uma vez teria dito que havia, na minha geração, poucos atores que poderiam convencer os espectadores de que iam mesmo transar com Claudia Raia: Fagundes, Zé Mayer, Zé Wilker, Nuno... e eu. Claro que nossa relação anterior ajudou a transformar o casal num dos grandes trunfos da trama.

Devido a um desentendimento com o Boni, o Marcos Paulo saiu da direção da novela. A partir dali fomos dirigidos por Gonzaga Blota, Fred Confalonieri e Ignácio Coqueiro, até que Ricardo Waddington assumiu o posto. Como Ricardo havia codirigido *Transas e Caretas* e *Corpo a Corpo*, tínhamos alguma intimidade.

A Copacabana *fake* da novela era na cidade cenográfica montada em Guaratiba, a uma hora de ônibus da emissora no Jardim Botânico. Numa volta para a zona sul, peguei carona com ele e resolvemos jantar no Take, restaurante japonês de São Conrado. Entre sushis, sashimis e saquês, Waddington me convidou para entrar no time de diretores da novela. Dias depois da minha contratação como diretor, o Boni tirou o Ricardo. Motivo: o protagonista de *O Outro*, Francisco Cuoco, por má sorte, aparecera com uma parte da cabeça meio careca numa cena. O Boni então tirou o Ricardo, mas não sem antes dar-lhe a direção geral da novela das 8 seguinte, transformando-o no mais novo diretor com esse cargo. E assim fui convidado pelo Boni a assumir a direção de *O Outro*. Mais uma vez a vida me aprontava: virei diretor na novela das 8.

A Globo contratou o Del Rangel, na época marido da Regina Duarte, muito amiga do Cuoco, para dirigir comigo. Fiz uma reunião com o elenco para saber se me aceitariam como diretor. Todos apoiaram, com uma exceção — a que confirma a regra — e comecei a trabalhar. Eu tinha os melhores *cameramen*, os melhores diretores de imagem e os melhores editores, afinal, era uma novela das 8, carro-chefe da Globo. Então, quando gravava com três ou quatro câmeras no estúdio, eu ensaiava bem a cena e aceitava as opiniões de marcação do diretor de imagem (quem dirige os *cameramen* durante as gravações através dos fones de ouvido, e corta de uma câmera para outra). Dava umas adaptadas nas marcas e... gravando!

Minha escola foi o Herval, fechar o plano de gravação era mais importante do que tudo. Para isso, o segredo era estudar bem as cenas em casa. E eu estudava pacas, chegava a decorar a fala dos atores. Assim conseguia fechar o plano diariamente, ou seja, nada de deixar cenas para o outro dia, "penduradas". No começo, eu terminava por volta das nove da noite, hora em que se encerravam as gravações no estúdio. Depois, mais cedo, mas nunca antes de 19h30, para não tirar as horas extras do pessoal da equipe técnica.

Era muito louco dirigir as cenas em que eu, ao mesmo tempo, era diretor e ator. Dava o "atenção" para pedir silêncio e o "gravando" — o "ação" do cinema na tevê — de dentro da cena, algo inédito. Ou, pelo menos, pouco comum. Dirigindo, compreendi por que o diretor Gonzaga Blota vivia dizendo que "ator é como prova de matemática: só tem problemas". Somos chatos para caramba! A cada dia era um que queria sair mais cedo, outro que queria chegar mais tarde, um que não concordava com uma frase do personagem, outro que não sabia o texto. Mas o fato é que a novela, que estava bamba das pernas quando assumimos a direção, começou a se firmar e terminou com um relativo sucesso. Isso me levou a dar um passo maior na carreira de diretor. Mas foi também um dos anos mais loucos da minha vida.

Estreia da peça Baal (1988)

# CAPÍTULO 6

Logo depois, ganhei um presente imenso da Nara: o papel título da primeira peça de Bertolt Brecht, *Baal*. Ela era assistente de direção na montagem dirigida pelo Moacyr Góes, um jovem diretor que estava fazendo um imenso sucesso de crítica. O ator que faria o personagem pediu para sair e Nara chegou em casa contando que o papel era difícil pacas e que seria difícil achar um substituto. Sem pensar, mandei:

— Eu faço.

— O quê?

— O Baal.

O grupo do Moacyr — CET (Companhia de Encenação Teatral) — era formado por jovens atores, alguns quase iniciantes, mas de inegável talento, que trabalhavam sem ganhar num esquema de cooperativa. Nara imediatamente ligou para o Moacyr, que relutou muito. Ele não queria trabalhar com "atores da Globo, cheios de vícios e que não respeitavam a direção". E Moacyr era um diretor eminentemente ditatorial. Não sei o motivo, mas dias depois ele me aceitou e eu fiz um dos melhores trabalhos da minha vida.

Deixei crescer a barba e o cabelo. O personagem era um poeta louco, um monstro demoníaco — Baal é uma espécie de deus para algumas religiões antigas e um demônio para outras. A montagem era supermoderna, passava-se não propriamente em um teatro, mas numa sala de ensaios no Teatro Villa-Lobos, em Copacabana. Havia lá o teatro grande, um outro menor para peças infantis e esse terceiro espaço, onde ensaiávamos. Um dia, o Moacyr resolveu que iríamos apresentar a peça lá mesmo. Batizamos o local de Espaço III. Moacyr teve a brilhante ideia de construir um palco que tomava a frente das quatro paredes da sala quadrada e colocou o público sentado no meio. Consegui a doação de cadeiras rotativas de uma fábrica de Birigui, onde eu tinha vários parentes, para que as pessoas pudessem virar de um lado para o outro conforme as mudanças de cena. Às vezes eu corria pelos quatro lados do palco e os espectadores rodavam suas cadeiras para acompanhar a movimentação. Cabiam apenas oitenta pessoas no espaço e a peça virou um *must*, lotando com meses de antecedência.

A proximidade da plateia fazia com que as gotas de suor dos meus cabelos atingissem os espectadores. Numa das cenas, eu recebia uma escarrada na cara. E bebia o cuspe! O público enlouquecia. Mas

Moacyr não se tranquilizava; queria ensaiar o tempo todo, torturava os atores jovens e aquilo me irritava muito. Até que um dia não gostei da maneira como a produção tratou a Nara e resolvi deixar a peça.

Nessa época, Luiz Carlos Barreto me convidou para fazer um dos protagonistas da adaptação para o cinema de *Luzia-Homem*, célebre romance do cearense Domingos Olímpio, escrito por Fábio Barreto, Cacá Diegues, Tairone Feitosa e Aguinaldo Silva, e que seria dirigido pelo primeiro. Finalmente eu seria carimbado pela produtora do Barretão, a histórica LC Barreto, e iria conviver com a família: ele, seu filho Fábio, Lucy, sua mulher, e dona Lucíola, sua sogra. E mais Paula e Bruno, seus outros filhos, todos cineastas.

O papel-título seria interpretado por Claudia Ohana. Iríamos passar três meses numa fazenda próxima a uma vila chamada Madalena, distrito de Quixeramobim, na região central do sertão do Ceará. Não propriamente na vila, mas numa fazenda do sogro do Tasso Jereissati, Edson Queiroz. Suas empresas fabricavam fogões e produziam o gás para acendê-los. Faziam também geladeiras e eram donos dos supermercados que as enchiam, além de produzirem água e refrigerantes. O empresário tinha ainda fazendas de gado — entre elas a que nos hospedou — e acabara de lançar seu genro Tasso para governador do Estado, contra os coronéis César Cals, Adauto Bezerra e Virgílio Távora.

Foi a primeira vez que assisti a uma vaquejada. Vi um "corredor" arrancar o rabo de um boi, uma coisa horrível. Mas dois atores, que faziam vaqueiros, o Chico Diaz e a própria Claudia Ohana, fizeram um "valeu boi!", conseguindo derrubar o bicho no lugar certo nas cenas filmadas.

Passamos três meses lá, inclusive o Natal e o Ano-Novo, e foi muito difícil. Tudo seco, os leitos dos rios transformados em estradas. Eu sonhava que estava andando no rio seco, vinha uma onda d'água para enchê-lo novamente e eu me afogava. Foi também uma filmagem muito atribulada. Imaginem o impacto da chegada de cinquenta pessoas vindas do Rio e de São Paulo numa vila no sertão do Ceará. E o que foi para nós dividir o quarto com duas ou três pessoas, num calor insuportável, comendo uma comida diferente do habitual. Foi ali que tomei ódio do coentro, tudo era feito com ele. Arroz, feijão, mistura, tudo coberto pelas minúsculas partículas do inferno! Foi foda.

Filmávamos apenas externas, muitas cenas a cavalo, suando, poeira, sol. Difícil, muito difícil. Felizmente havia um caminhão de cervejas geladas num galpão que ficava aberto das seis da tarde às dez da noite à disposição da equipe. Claudia Ohana, lindíssima, fazia a protagonista, a "Luzia-Homem" do papel-título. Uma atriz especial, pessoa ótima. Numa tarde fomos nadar na represa e pintou um clima. Ela de biquíni — eu tinha visto a "floresta" na *Playboy* e estava excitadíssimo, mas me contive. Uma timidez me acomete às vezes. Nessas horas, tenho que ser paquerado: "Vamos transar"? Mas não rolou...

No dia seguinte, para fazer assistência de direção, chegou ao *set* o Rudi Lagemann, o Foguinho, que partiu para cima e conquistou a Claudia. Ele estava fazendo outro filme antes de chegar e teria dito para os colegas que iria para o Ceará ficar com a Claudia. Não deu outra, e ficaram casados por um bom tempo.

João Falcão fazia o padre que era assassinado — talvez pelo meu personagem, já que isso não fica claro no fim do filme —, o Ednardo fazia o cantador e Luiza Falcão, uma criação do Barretão que nunca tinha trabalhado como atriz e morava em Paris, fazia a minha irmã. Luiza era da mesma enfermaria que eu. Resultado: brigamos muito e nossas brigas terminavam na cama. Era bom demais.

Meu irmão no filme e colega de quarto era o Thales Pan Chacon, que estava apaixonado por Carla Camurati. Nunca esqueci uma vez em que entramos num barzinho de estrada e o dono, ao me ver, saiu gritando para a família que morava nos fundos do bar, com aquele sotaque cearense:

— É o Chico do *Ti-Ti-Ti*!

A família inteira me abraçou e pediu autógrafo, o que se transformou num papo longo. De volta ao carro, Thales disse que eu parecia um político em campanha, com a diferença que, no meu caso, a eleição nunca chegava. Ele se referia ao meu jeito caipira de tratar todo mundo como se fosse a pessoa mais importante da vida. Para mim, cada ser humano merece isso e nada menos. Até que prove o contrário, daí deu. Anos depois, Thales deu um show representando Carlos Gardel numa peça escrita pelo meu amigo Manuel Puig, montada no Rio. Pena que Thales morreu cedo demais.

No final das filmagens, deixamos Madalena para filmar nas construções da barragem de Santa Quitéria. Uma obra impressionante, com máquinas imensas, pedras maiores ainda, o que enriqueceu o filme. No meio do pasto da fazenda que nos hospedava, namorei uma produtora de arte, que tinha os seios mais lindos que já vira. Naquele lugar, depois do amor, debaixo de uma lua linda, cantei para ela *Vaca Profana*, do Caetano. Julguem-me.

De volta ao Rio, "São" Roberto Talma, que tinha me levado para a Globo e me dado o papel principal de *Anos Dourados*, ligou:

— Venha agora para a sala do Daniel Filho, tenho uma surpresa agradável para você.

Eu sabia que Daniel estava afastado dos estúdios, havia tido um problema de saúde, algo a ver com estresse, coração, essas coisas, mas havia decidido voltar a dirigir. Ele era, há anos, o diretor artístico da Globo, reportando-se diretamente ao Boni, e responsável por tudo que se fazia de ficção na emissora.

Mais uma vez seria uma obra de Gilberto Braga, agora uma adaptação de *O Primo Basílio*, de Eça de Queiroz. Daniel, de cara, falou:

— Tenho um bom papel para você, mas quero mais, quero que você seja meu segundo diretor.

Daniel então me explicou que o Antonio Calmon iria ser o produtor artístico da minissérie e eu seria o terceiro homem, já que a ponta de cima do triângulo seria ele próprio. Mais uma vez a realidade suplantava o sonho. Ele poderia ter escolhido qualquer um dos diretores da Globo, mas optou por mim. Claro que graças ao Talma, mas duvido que tenha se arrependido.

Topei o desafio e mais uma vez coloquei o crachá de diretor no peito. Novamente eu teria dois contratos, um como ator e outro como diretor. Teríamos como sede do projeto não apenas uma sala ou duas, como era comum na emissora, mas uma casa inteira, onde funcionou a Casa de Criação dos autores da Globo. Era uma mansão linda, a cem metros da Lopes Quintas, no Horto. Logo na entrada havia uma sala enorme, bem mobiliada e, à esquerda, a minha sala com uma placa na porta: José de Abreu — diretor. No andar de cima, mais salas que seriam usadas para reuniões, ensaios, testes etc. Daniel chamava o projeto de *Boeing*, e sempre me desafiava a colocá-lo para voar.

Duas ou três semanas depois de começarmos a produzir, o Daniel me disse que o Calmon estava doente e iria se afastar por um tempo. Conversei com ele, que afirmou que não voltaria, estava "sem saco" para fazer produção. Me ofereci para substituí-lo, o Daniel gostou da ideia, e assinei meu terceiro contrato. Ator, diretor e produtor artístico. Passei a ter acesso a tudo dentro da Globo. E sendo assistente do Daniel, ninguém ousaria me fechar alguma porta. Manoel Martins, o diretor-geral de Produção da Globo, me chamou na sala dele para dizer que o meu trabalho seria preparar tudo para que, quando Daniel chegasse no estúdio, tivesse condições perfeitas para criar. Esse seria o antídoto para o estresse do cargo.

— Queremos o Daniel de volta aos estúdios, criando, dirigindo, fazendo o que ele mais ama fazer — disse Manoel.

A relação do Boni com Daniel Filho me parecia ser turbulenta às vezes. Boni sempre foi direto ao ponto, o "bicho pegava". Daniel é um artista genial, sofria muito. Muitas vezes, depois de um telefonema do Boni, ele ficava parado, pensando. Outras vezes segurava minha mão com força, parecia que precisava de um apoio para não explodir. Ficávamos quietos, até o bode ir embora. Era muito louco ver o superpoderoso Daniel Filho fragilizado. Mas logo passava e ele voltava ao estúdio para criar as mais lindas cenas da minissérie.

Em entrevistas e no seu livro, Boni dizia que detonava o trabalho, nunca a pessoa, e que suas famosas broncas nunca eram pessoais. Mas deve ser difícil separar totalmente o profissional do pessoal, como ele diz. Especialmente para quem leva a bronca.

Quando o Boni o chamava ao telefone, Daniel ia para sua sala atender, e eu ia junto. Boni era rigoroso pacas ao tratar seus subalternos, sempre com o mote "estou esculachando seu trabalho, não sua pessoa". Muitas vezes, Daniel ouvia sapos e lagartos que o deixavam muito abatido. Mas como abrir mão de um dos melhores salários do Brasil? E do poder de contratar e demitir diretores, autores, atores? De transformar a vida de uma pessoa só por lhe dar um papel importante numa novela das 8? De parar o país em função de uma cena de novela? Muito difícil.

Começamos a estruturar a equipe de produção. Consegui que o Talma me cedesse o Flavio Nascimento, um produtor-revelação que deu um *upgrade* na área, mas não sem antes eu me ajoelhar a seus pés nos corredores da Lopes Quintas e implorar. Daniel queria trazer gente de cinema, então contratamos o Edgar Moura, o preferido por nove entre dez realizadores da época, para fazer a fotografia. O Romeu Quinto, que tinha feito comigo *Luzia-Homem* no Ceará, eu trouxe de São Paulo para captação de áudio.

Consegui convencer Daniel de que tínhamos bons *cameramen* na Globo, mas ele queria um que usasse *steadycam*, um equipamento cheio de molas e contrapesos que faz com que a câmera pareça flutuar. Consegui que um *cameraman* fizesse um curso para aprender a usar a traquitana, mas eu sabia que havia na casa um cara que era ótimo com a câmera na mão, com efeito final praticamente igual ou melhor até que a *steady*: José "Micro-ondas" de Oliveira. Infelizmente o Daniel não acreditou em mim porque o Zé era enorme! Era difícil mesmo acreditar que aquele homenzarrão pudesse ser tão sensível com a "bichinha" na mão.

O *cameraman* que faria o curso era o meu "irmão" — que me ajudara muito quando virei diretor de *O Outro* —, o mais chato da Globo, conhecido como "Negão", "Trovão" ou Custódio. Custódio Santos Ferreira, amicíssimo do Paulo Ubiratan, me ensinou muito de posicionamento de câmera, pulo de quadro e inversão de eixo, técnicas cinematográficas indispensáveis para qualquer diretor. Ele era tão ligado ao seu instrumento de trabalho que faleceu num acidente, quando a câmera voou e bateu em sua cabeça. Ele estava voltando de uma gravação e o carro da Globo bateu num outro veículo.

Os demais membros da equipe eram o que de melhor havia na Globo: Beth Filipecki nos figurinos, Kaká e Mário Monteiro nos cenários, Cristina Médicis na direção de arte. E mais dois assistentes de direção — um luxo! —, Edgar Moura Brasil e Olívia Guimarães Castro.

Meu primeiro desafio foi convencer Marcos Paulo a fazer o

protagonista. Giulia Gam, que havia estourado na primeira fase de *Mandala*, e Tony Ramos fariam o casal principal — que no decorrer da história era desestruturado pelo tal primo Basílio. Marquinhos e Daniel haviam se desentendido, nunca soube e nem quis saber o porquê, e o primeiro não queria mais trabalhar com o segundo. Mas Daniel insistia que Marcos Paulo seria o primo Basílio perfeito, que ele "era" o personagem, significando isso o que isso realmente significava. E lá fui eu na casa da jornalista Belisa Ribeiro, na época namorada do Basílio, ou melhor, do Marquinhos, tentar convencê-lo. Conheci então o menino Gabriel, filho dela, muito antes de ele ser "o Pensador".

Quando cheguei, fui levado a uma varanda fechada. Marquinhos estava sentado numa poltrona de couro e Belisa no colo dele. Durante todo o tempo que estive lá, eles ficaram aos beijos e abraços — me pareceu realmente uma paixão avassaladora. Belisa me ajudou a convencê-lo, afinal, o papel era maravilhoso e não era toda hora que tínhamos um Gilberto Braga adaptando um Eça de Queiroz, com tudo o que tinha direito! Marquinhos então me fez prometer que eu dirigiria todas as suas cenas, posto que não queria trabalhar com o Daniel. Eu não podia prometer aquilo, mas o fiz. Algo internamente me dizia que, quando ele e Daniel se encontrassem, reatariam a amizade antiga. De lá mesmo liguei para o Daniel e dei a boa notícia.

Outra tarefa complicadíssima foi contratar a Marília Pêra para fazer a Juliana, a empregada, o melhor e mais difícil papel da trama. Marília iria usar roupas e maquiagem que a deixariam horrorosa, fazendo um contraponto com a mocinha Luísa, uma Giulia Gam cada dia mais linda. Nunca na vida tinha lido um contrato com tamanha riqueza de detalhes, que envolvia até o carro que transportaria Marília: tinha que ter quatro portas e o que hoje parece anacrônico — ar-condicionado. Eu jamais havia visto algo assim tão "profissa" no cenário artístico tupiniquim. As discussões demoraram algum tempo com os advogados de Marília, mas tudo se acertou.

O elenco era enorme e, além dos atores que faziam a série completa, havia dezenas de participações eventuais, sendo que todas teriam que ser feitas por atores acima da média — controle de qualidade Daniel Filho. Para tanto, consegui um feito inédito na Globo, que agradou a todos: dei um jeito de contratar os atores por todo o tempo da gravação da série, mesmo que gravassem apenas um ou dois dias. Isso nos deu a chance de ensaiar com todo o elenco e dispor do seu trabalho quando precisássemos.

A preparação perfeita para levantar o *Boeing* tinha que ser concluída antes de iniciarmos as gravações. Leituras de texto, ensaios, testes de roupa e maquiagem, tudo nos trinques. Contratamos a Glorinha Beuttenmüller para dar aulas de voz e a Nelly Laport para a preparação corporal. Outro luxo. As duas, além de serem reconhecidamente gênios do *métier*, são autoras de um livro sobre expressão vocal e corporal. Consegui com o Moacyr Deriquém, então diretor do Teatro Villa-Lobos, uma permuta: ele nos cedeu uma enorme sala para nossos ensaios e a Globo reformou o equipamento de luz do teatro. Paralelamente, a Kaká e o Mário Monteiro criavam uma cenografia maravilhosa, usando materiais importados, como veludos para os sofás e papéis de parede com desenhos em alto relevo, raramente vistos por aqui.

Ruy Mattos, que cuidava da grana, vivia nos alertando para o "fim da verba". Eu o mandava falar com o Manoel Martins, que era seu chefe e que tinha me dado carta branca para "salvar" o Daniel.

Foi nessa época que percebi mais claramente como a Globo era paquidérmica — enorme e lenta. Um exemplo: queríamos instalar microfones direcionais no dossel da cama da protagonista, mas os que tínhamos eram enormes e apareceriam quando fizéssemos um enquadramento de câmera mais aberto. Algum técnico de som disse ao Romeu Quinto que havia na casa microfones direcionais mais modernos e bem menores, mas que não podiam ser usados. Como? Por quê? Para não estragar? Tentei trazê-los para a equipe, mas não consegui. Falei com o Daniel, disse que os microfones ficavam trancados num cofre, como joias raras. Ele deu um jeito, os microfones vieram, mas, soube depois, fiquei mal com o chefe do departamento.

A minissérie seria gravada nos estúdios da Herbert Richers, na Usina, na chamada Globo-Tijuca, onde eu já tinha gravado *O Tempo e o Vento*, *Parabéns pra Você* e *Quem Ama Não Mata*. Demos uma geral na área administrativa, com novas divisórias, e ocupamos três salas principais: a do Daniel, pouquíssimo utilizada, já que ele ficava direto em sua sala na Lopes Quintas, a do Flavio Nascimento, produtor, e a minha, que era a mais usada, uma zorra. Todo mundo entrava sem bater, deixando a Mariângela Gianotti, minha secretária, louca.

Mariângela era um capítulo à parte. Tinha parado de trabalhar por alguns anos, para ser mãe. Depois dos filhos crescidos, voltara ao batente e, não sei bem como, parou na minha mão. Tive sorte, ela seria a primeira e única secretária que tive na vida. Eficiente também como mãe, cuidava de mim com zelo. Tinha que ter muito sangue frio para aguentar aquela pressão e tanta loucura. Queríamos sempre, muito, tudo!

Um problema grave que tivemos foi com o restaurante que servia a comida dos estúdios. Era arrendado direto pela Herbert Richers, sem interferência da Globo, e não era lá muito bom, nem limpo.

Tentamos promover uma reforma conversando com o dono, mas ele não topou. Como não podíamos falhar numa área tão delicada como a alimentação, não tive dúvidas: liguei para o Departamento de Saúde Pública e denunciei o restaurante. Quando a fiscalização bateu, eu estava por perto, intercedi em benefício do dono e ele prometeu reformar o estabelecimento para melhorar a qualidade da comida. E o fez com galhardia. Não houve reclamação durante as gravações. Outra ideia que tive foi colocar garçons no estúdio e nas externas o dia todo servindo sucos, sanduíches, chás e café para a equipe. Uma gentileza barata se comparada aos custos do produto e que gerava uma alegria imensa. Artistas e técnicos produzem mais e melhor quando bem tratados.

Nas vésperas do primeiro dia de gravações, Giulia me aparece um pouco queimada de sol, nada excessivo, mas suficiente para deixar ver as marcas de biquíni na pele branquíssima. Ela resolvera passar meia hora no sol e pronto, ferrou. Era uma minissérie de época e ela apareceria nua. Liguei para o Daniel e ele ficou muito puto, queria raspar a pele marcada de sol. Me fez encomendar uns banhos num instituto de beleza, que talvez ajudassem. A saída foi adiantar as cenas em que as marcas de biquíni não atrapalhariam e bola pra frente!

Outra coisa muito maluca que fizemos foi a "piscina". Explico: por uma razão qualquer, havia um grande buraco retangular no meio do estúdio, parecendo uma piscina, com cerca de dois metros de profundidade e coberto por madeiras. Daniel resolveu aproveitar aquilo. Mário Monteiro então criou uma escada, que seria a de serviço da casa principal, usada por Juliana, personagem de Marília Pêra. A escada começaria dentro da "piscina" e subiria três andares até o cenário do quarto de Juliana. Isso daria um efeito incrível se gravado sem cortes.

Um dia, Daniel gravou uma cena com a Marília subindo as escadas e o Custódio usando a geringonça que lhe dava dores horríveis nas costas, o *steadycam*. Daniel não ficara satisfeito, apesar de a cena ter sido gravada inúmeras vezes. Liberei a equipe para o almoço, pedi para Marília ficar no estúdio e para o Zé Micro-ondas pegar a câmera na mão. Ele entendeu o que eu queria, fizemos duas subidas e fim. Quando Daniel viu, claro que preferiu a minha versão, ou melhor, a do outro Zé. Era realmente muito melhor. Ele, apesar de grandalhão, era mais sensível do que as molas e os contrapesos do *steadycam*.

Na televisão daquela época, uma das coisas mais chatas para um diretor era não fechar o plano de gravação, embora hoje isso tenha se tornado comum. Mas, é claro, o tempo de gravação depende de inúmeros fatores, desde uma câmera que pode quebrar até atores que não decoraram seus textos. Repete-se muito a gravação de uma cena na tevê porque há muita gente envolvida e mil possibilidades de erro. E, hoje em dia — com os novos e extremamente criativos diretores —, não há uma cena que não se repita inúmeras vezes.

Nos primeiros dias, Daniel não conseguiu "fechar o plano de gravação". Flavio havia exagerado na quantidade de cenas e Daniel levara mais tempo do que o previsto. Isso o deixou profundamente irritado e, mal-humorado, ele começou a destratar a equipe. Combinei com o Flavio de fazer dois planos: um falso, com apenas dez ou doze cenas, e outro verdadeiro com o dobro de cenas. Daniel chegava, fechava seu plano por volta das cinco da tarde, voltava para a emissora, e eu continuava a gravar sem ele saber, até nove da noite, quando acabava o horário. Mesmo assim Daniel andava nervoso, não estava dando certo. O trabalho artístico não era suficiente para superar os problemas de administração que ele enfrentava na sede da emissora, no oitavo andar da Lopes Quintas.

Tentei uma cartada: combinei com a chefia de cada equipe que iríamos pedir demissão coletiva se ele não ficasse na boa. Ninguém ali tinha mais idade para levar sabão quando sabíamos estar fazendo o melhor. Uma tarde, quando Daniel chegou, levei-o para a minha sala, onde estavam todos os cabeças de equipe, e comuniquei-lhe que estávamos saindo. Fiz um pronunciamento do tipo: estamos fazendo tudo para você curtir e você não está curtindo. Então, estamos todos errados e saímos para que você contrate as pessoas certas. Ele se emocionou, fez um lindo discurso, fomos para o estúdio e o verdadeiro Daniel apareceu. E deu show, dia após dia.

Daniel é um diretor excepcional. Virou o Dadá Maravilha para a equipe. Dava aulas dirigindo! Daniel viu todos os filmes do mundo, a cada posicionamento de câmera dizia estar se referindo ao filme tal, cena tal. E discorria sobre o filme, o diretor, os atores... Gênio! Um dia ele me pediu para providenciar um desses extensores de prender carga em motocicleta. Colocou uma câmera no carrinho e prendeu outra câmera na primeira com o extensor. Uma com a lente mais fechada e a outra mais aberta. Gravou com o carrinho se movendo, podendo então cortar de uma câmera para outra em movimento.

Marília sentia-se péssima fazendo um papel tão baixo astral. Proibiu seu namorado de vê-la com as roupas e a maquiagem do personagem. Um dia me chamaram no estúdio para ir com urgência a seu camarim. Quando cheguei, ela estava aos prantos:

— Tira esse corvo de cima de mim — pedia ela.

Perguntei o que ocorrera, e ela:

— Vi a Giulia com dezenas de camareiras, uma para cada saia que ela tem sob roupas lindas, e eu com esse vestidinho preto horroroso, não aguento mais!

Eu a surpreendi, acompanhando seu discurso:

— Também acho, creio que a Beth Filipecki pode dar um jeito nisso. Quem sabe um vestido rosa, cheio de saias rodadas, com um chapéu da mesma cor?

Ela resistiu um pouco, mas sorriu. Ofereci uma massagem — como já havia feito anos antes em Porto Alegre, quando produzi lá uma das versões que ela fez de *Apareceu a Margarida* — e ela relaxou. Voltou para o estúdio e fez o que fazia melhor: deu um show de interpretação. Marília literalmente colocou a minissérie no bolso. Quanto mais sofria, melhor atuava.

Um caso que nos chocou muito foi o assassinato do diretor e ator Luís Antônio Martinez Corrêa, o irmão do Zé Celso. Ele iria fazer um personagem na minissérie, o diretor de teatro e primo de Luísa Ernesto Ledesma. Dois dias antes de sua morte, ensaiamos no Teatro Villa-Lobos. Ele tinha o vício de terminar todas as frases no mesmo tom, um problema que eu também apresentava e do qual me dei conta ao ensaiar *A Salamanca do Jarau* com o Luís Artur Nunes, que simplesmente gravou um ensaio nosso e me mostrou depois. Percebi e eliminei o vício. Pois fiz o mesmo com o Luís Antônio: gravei um ensaio e mostrei a ele, que também percebeu o problema na hora. Era uma pessoa sensível, culta, inteligente. Seu assassinato abalou as estruturas de toda a classe artística brasileira.

Como Daniel era muito ocupado e às vezes dava ordens contraditórias, comprei um microgravador, um dos *gadgets* da época, para gravar suas ordens. No começo ele ficou meio puto, mas depois se acostumou a me ver gravando tudo o que pedia. Eu gravava também suas contraordens, para que não restassem dúvidas. Eu era chato pra caramba! Foi durante as gravações de *O Primo Basílio* que caiu a maior chuva da história da Tijuca. A coisa ficou tão feia que tivemos que dormir lá mesmo, na Herbert Richers.

Eu dirigia muitas cenas sozinho, mas estava contando que trabalharia mais nas externas, que seriam gravadas posteriormente. Eu havia acompanhado a construção da cidade cenográfica, que tinha até um morro falso para imitar as subidas de Lisboa. Além disso,

Daniel repetira que não iria dirigir muitas externas. Mas na hora H não teve culhões de me deixar dirigindo sozinho e quis chamar outro diretor, experiente em externas. Eu lembrei do Reynaldo Boury e ele topou. Mas quando percebi que o Daniel me queria perto dele, e não nas externas, comecei a me desinteressar.

Acabamos de gravar, editar, e a minissérie estava pronta, todo mundo feliz! *O Primo Basílio* é realmente uma obra-prima da Globo e do Daniel. Vi o primeiro capítulo finalizado junto com imprensa e patrocinadores na festa de lançamento, em São Paulo. Na abertura, meu nome, como ator, estava bem na frente, logo depois dos quatro principais protagonistas. Mas cadê meu nome como diretor? Cadê? Cadê? Nada. No último slide li "produção e direção Daniel Filho". Como assim? Nos créditos finais, sim, apareceu meu nome como diretor-assistente.

Na saída da festa, cobrei do Daniel. Eu estava muito puto da vida. Para mim, ou para meu ego, era importantíssimo ter meu nome nos créditos como diretor e produtor artístico, que era o que eu tinha sido! Mas ele me disse que achava que eu não queria ser diretor, que dera destaque ao meu nome como ator e ficou por isso mesmo. Depois de *O Primo Basílio*, fiquei um tempão sem ser chamado para atuar na Globo. Hoje, vendo o site *Memória*, da Rede Globo, posso ver que meu nome é o segundo dos créditos gerais, logo depois de Daniel Filho. Ele como produtor e eu como diretor-assistente, cargo que não existia na Globo: ou era diretor de programa ou assistente de direção.

Foi então que o Ruy Guerra me convidou para trabalhar. Um papel em *Quarup*, filme que seria rodado no Xingu. Fiquei excitadíssimo para passar um tempo naquele lugar tão especial e ser dirigido por um dos mais respeitados realizadores do cinema nacional.

Poucos dias antes de embarcar, o Talma me ligou. Fui até a emissora, onde ele pediu que eu fizesse um dos protagonistas de uma novela que ele iria dirigir e que seria uma revolução na maneira de contar histórias. Falei que já tinha contrato assinado com a empresa do Ruy, mas ele insistiu. Mais do que isso: ligou para o Ruy e conseguiu que ele me liberasse. E lá fui eu gravar o Tonhão de *Bebê a Bordo*, contracenando com o Tony Ramos pela primeira vez — como meu irmão — e tendo Maria Zilda como par romântico de novo. Ela e o Talma estavam casados há anos e era muito estranho voltar a beijá-la na frente do marido!

*Bebê a Bordo* era uma novela muito louca, eu (Tonhão) e Tony Ramos (Tonico) éramos, segundo o autor Carlos Lombardi, duas faces da mesma moeda. No começo, só apareciam meus pés calçando um par de tênis vermelhos, caminhando pelas ruas; depois apenas minha voz no rádio, num programa que a personagem da Maria Zilda ouvia toda noite. Ela imaginava que eu entraria em seu quarto pela janela, subindo por uma trepadeira, e faria amor com ela. E, quando ela sonhava, eu aparecia fazendo as estripulias sonhadas.

Numa sequência de várias semanas de gravação — que, no início da conversa, seria feita no Japão — os dois personagens vão para uma ilha imaginária no Caribe onde eu era chamado de Tonhón, *El Picón*, dito com a intenção de Tonhão ser "o" pica. Evandro Mesquita representava todos os personagens da ilha, descendentes de um mesmo avô, um colonizador espanhol. Uma ideia genial que se revelou muito engraçada. Evandro apenas mudava um acessório, como um bigode ou um cavanhaque, e falava um portunhol perfeito. De matar de rir.

Infelizmente, uma quantidade enorme de atores ficou doente durante a novela, talvez pelo estresse de gravar algo novo e difícil, que quebrava todas as regras. Os capítulos chegavam em cima da hora, muitas vezes decorávamos o texto no estúdio. No final, nem capítulos inteiros chegavam, eram cenas avulsas. Mas a novela foi um grande sucesso, especialmente entre a juventude. "Levar uns coelhos", no sentido de transar, virou gíria no Brasil inteiro. Zilda e eu "levávamos uns coelhos" muito loucos. Na ficção, claro. Na vida real só tivemos uma recaída, em São Paulo.

Ano 14, nº 699, 24 de setembro de 1989. Não pode ser vendida separadamente

### JORNAL DO BRASIL

# Domingo

## JK entra em cena

*Em tempo de eleição presidencial, o ator José de Abreu apresenta Juscelino Kubitschek no teatro*

Caracterizado de JK para a revista
Domingo do Jornal do Brasil (1989)

Foto: reprodução

# CAPÍTULO 7

Depois de virar diretor de novela das 8 e de ser o segundo do Daniel Filho, eu estava com o ego a mil. Já tinha ocupado o meu lugar no teatro, no cinema e na tevê. Foi nessa época que me separei da Nara. Tínhamos tentado de tudo, mas realmente não dava mais. Um dia, tive um ataque histérico e virei a mesa do café da manhã na parede, assustando as crianças. Resolvi sair fora, mas demorei a ir da intenção ao gesto.

Antes da separação, Nara ofereceu uma festa para seus alunos da CAL. Entre eles, Ana Beatriz Wiltgen, uma punk de cabelo moicano, 21 anos. Eu tinha 43 — 22 anos mais velho, portanto. Lá pelas tantas, começou uma paquera entre nós. Muito de leve, depois de Nara ter ido dormir, fim de festa. Quando nos despedimos no elevador, ela me disse:

— Adoro a Nara, jamais vou ficar com você.

E se foi.

O tempo passou e finalmente saí de casa. Fui até a Globo e pedi ao Manoel Martins um apart-hotel onde eu pudesse morar por uns tempos. Na Globo daqueles tempos tinha disso. Me mandaram para um apartamento no Leme Palace Hotel, um quatro estrelas de frente para a praia de mesmo nome. Depois de instalado, me deu vontade de falar com a Ana. Consegui o seu telefone na Globo — ela tinha feito elenco de apoio na minissérie *Anos Dourados*. Liguei, contei que tinha me separado e queria vê-la. Ela não se fez de rogada: disse que iria para a análise e depois passaria no hotel. Quando a campainha tocou, eu estava louco de tesão. Abri a porta, nos beijamos ali mesmo, levei-a no colo para a cama e ficamos trancados no hotel por três dias. No total foram quase dez anos juntos.

No começo foi difícil, a diferença de idade pesava pelo fato de Ana estar se jogando na vida de cabeça. Ela era muito desafiadora quando a conheci, mas resolvi encarar. Me comprometi a conquistar aquela menina maluquinha, súper do bem e com uma família linda — logo fiquei amigo de todos. Eles me aceitaram na boa, apesar da diferença de idade e de eu já ter quatro filhos. Sua irmã mais velha, Maria Clara, era casada com o ator Fábio Junqueira, também bem mais velho e que tinha dois filhos quando se casou com ela. Já havia um precedente.

Tereza e Fernando Guimarães, meus então sogros, formam um casal de pessoas maravilhosas, que me acolheram como um amigo mais novo, mas não tanto. Além de Maria Clara, havia a irmã do meio, a Piti, e o caçula e único homem, Rogério. E seus namorados. A casa vivia cheia, era um grande barato aparecer por lá às sete da noite. A gente chegava, ia para uma copa minúscula e se sentava à mesa cercada de bancos, todo mundo apertadinho para o drink do *happy hour*, comendo uma bacia de acelga.

Decidimos, Ana e eu, que não moraríamos juntos. Ela continuaria morando na "torre", um anexo no terceiro andar na casa da família, e eu aluguei um apartamento de dois quartos — o Rodrigo foi morar comigo — na Lagoa Rodrigo de Freitas, perto da casa dela. Dormíamos juntos todas as noites, cada vez numa casa, mas sem regras definidas. Teríamos, e achávamos importante ter, a possibilidade de ir para casa a qualquer momento tomar um banho, trocar de roupa, ter privacidade. A gente se dava bem pacas.

A família de Ana tinha uma casa na serra, em Teresópolis, num dos primeiros condomínios construídos na cidade, o Weekend Club. Uma casa antiga, sala e cozinha grandes e vários quartos. Íamos muito para lá passar finais de semana, feriadões, sempre com o Cristiano — meu filho, à época com uns sete, oito anos —, que passava todos os finais de semana comigo. Numa reforma da casa, Tereza e Fernando construíram um forno a lenha e uma churrasqueira na varanda da frente e a coisa ficou ainda melhor. Fazíamos churrascos no almoço e pizza no jantar. Fora as comidas que Tereza mandava cozinhar no Rio e levava serra acima.

Depois de *Bebê a Bordo*, fiquei, pela primeira vez, quase um ano sem gravar nada na Globo, fazendo apenas cinema. Um dos filmes foi *O Casamento dos Trapalhões*, dirigido pelo José Alvarenga Jr., no qual eu fazia um vilão típico de histórias em quadrinhos. Outro, do qual gosto muitíssimo, foi *Faca de Dois Gumes*, dirigido pelo Murilo

Salles. Eu fazia um detetive da polícia carioca honesto e pentelho que descobria um crime perfeito cometido pelo personagem do Paulo José. Baseado numa novela de Fernando Sabino, era uma trama policial bem engendrada. Com o detetive Fontana, ganhei um prêmio do Sindicato dos Atores. Fiz também dois filmes para público jovem: *Mistério no Colégio Brasil*, com direção de José Frazão, e *Rádio Pirata*, dirigido por Lael Rodrigues.

Após um ano fora dos estúdios da Globo, Paulo Ubiratan me convidou para fazer, no primeiro capítulo de *Tieta*, o Mascate, que deflorava a protagonista em troca de uma echarpe de seda. E lá fui eu para Mangue Seco, mais uma vez tendo Claudia Ohana como par. Eu tinha acabado de tirar um gesso da perna, depois de quebrá-la num espetáculo circense beneficente em Santa Catarina, na Praia do Rosa. Paulo então disse que me faria correr na areia de Mangue Seco para corrigir a atrofia muscular provocada pelo uso do gesso por dois meses. E fez.

Quem viu no primeiro capítulo a cena em que o Mascate chama Claudia/Tieta de cabrita e corre atrás dela pelas dunas de areia não imagina o quanto corri e por quantas vezes. O local era lindo e, como todo primeiro capítulo de novela, tudo foi feito no maior capricho. O momento da defloração, com a câmera desviando para a mão da Tieta enfiando os dedos na areia, foi arrepiante.

Fiquei um tempo de bobeira, namorando a Ana e viajando para Teresópolis, até que fui convidado para fazer o presidente Juscelino Kubitschek numa peça de teatro. Era uma produtora de Minas Gerais que tinha conseguido autorização da família, segundo a qual dona Sarah Kubitschek havia me escolhido em função do meu trabalho em *Anos Dourados*. Como o texto ainda não estava escrito, fiz duas exigências, que a produtora aceitou: ser coprodutor e chamar meu *personal* gênio Luís Artur Nunes, de Porto Alegre, para escrever a peça e dirigir a montagem. Ele ainda traria o Flávio Rocha, que escreveria com ele e seria seu assistente de direção na montagem. E o Alziro Azevedo, outro gênio da raça, para cenários e figurinos. Enquanto Luís se organizava para passar uma temporada no Rio, comecei a fazer uma enorme pesquisa sobre a vida de JK e família. Entrevistei e gravei dezenas de fitas com a viúva, dona Sarah, as duas filhas, Márcia e Maria Estela, os primos Ildeu de Oliveira, o ex-deputado federal Carlos Murilo (líder de JK na Câmara) e Serafim Jardim, e com o coronel Affonso Heliodoro, ex-ajudante de ordens de Juscelino que, na época, presidia o Memorial JK de Brasília, onde passei semanas pesquisando.

Fiquei amigo de todos eles e frequento suas casas ainda hoje. Também conversei bastante com o *ghost writer* e grande amigo do ex-presidente, Carlos Heitor Cony, uma figura, que usava no prédio da Manchete, no bairro carioca da Glória, a mesma sala utilizada por JK. Além de dezenas de outros parentes, amigos e políticos que haviam convivido com ele, como o José Sarney, entrevistado por mim ainda quando era presidente.

Havia um caso curioso envolvendo Juscelino e o ex-governador maranhense. JK fora cassado no dia anterior a uma visita que faria ao Maranhão e Sarney o havia convidado para jantar no Palácio do Governo. Ao saber disso, um general ligou para o governador "aconselhando-o" a não receber JK. Sarney teria passado uma descompostura no tal general e recebeu o ex-presidente cassado com pompas e loas. Sarney me contou essa história no Palácio do Planalto com toda a calma do mundo, cheio de orgulho por ter desafiado as ordens de um militar que quis se sobrepor ao poder de um governador de Estado. Fiquei até constrangido pelo tempo que ele gastou me recebendo.

Colecionei objetos que me doavam e que pertenceram ao JK ou lembravam a sua história, como uma foto autografada — que foi parar nas paredes do restaurante de comida mineira Tutu-Terê em Teresópolis, de propriedade de um grande amigo, o advogado trabalhista Carlos Artur Paulon —, o documento do último automóvel em nome dele, um Galaxie Landau, uma camisa de traje de gala comprada numa loja caríssima em Paris com o monograma JKO, entre outras preciosidades. Fui a Brasília e a Belo Horizonte várias vezes, e a Diamantina, terra natal do presidente. Fiz talvez a maior pesquisa da minha vida sobre um personagem; afinal, ele era real, alguém que todo mundo conhecia. A responsabilidade era imensa.

Quando Luís Artur e Flávio chegaram ao Rio, conseguimos hospedá-los gratuitamente no Hotel Glória, o preferido do Juscelino quando estava na cidade. E despejei sobre eles aquela tonelada de fitas, fotos e vídeos que eu havia colecionado, mais dezenas de livros sobre JK. Ao mesmo tempo, partíamos para a produção. Contratamos a Lilia Cabral para fazer dona Sarah, Fábio Junqueira para o Lacerda, e os gaúchos Guto Pereira e Ludoval Campos, com os quais já tinha trabalhado em Porto Alegre. A Ana Beatriz faria uma menina, filha do deputado Carlos Murilo, numa das cenas mais emocionantes da peça. Meu filho Rodrigo, estudante de teatro, também participava como ator. E mais um elenco enorme, uma turma de amigos dividindo pequenos papéis, todos muito bons atores.

Estreamos em Brasília, no Teatro Nacional, sob forte emoção. Parecia mesmo que JK reencarnara. Com exceção de dona Sarah, proibida de assistir à peça por seu médico, toda a família e os amigos do presidente estavam lá e viram em cena o pai, amigo, tio ou primo. Eu havia estudado minuciosamente os gestos, os trejeitos, as características físicas mais determinantes do personagem e, depois de três meses de ensaios, eles saíam naturalmente.

Quando, numa cena em que JK recebia uma grande autoridade internacional, eu tirei sub-repticiamente um sapato e massageei o pé — coisa que Juscelino fazia sempre, consequência de um acidente na infância —, a plateia começou a comentar baixinho até irromperem os aplausos em cena aberta. A peça levantava claramente a possibilidade de um complô que teria assassinado o presidente — assim como Carlos Lacerda e João Goulart.

Depois de Brasília, fizemos um fim de semana em Belo Horizonte, onde dona Sarah pôde assistir à peça acompanhada pelo médico, e chegamos ao Rio para uma temporada no Teatro Nelson Rodrigues. Estreamos em setembro, a um mês das eleições presidenciais de 1989, as primeiras depois de 21 anos de ditadura. Aliás, a última eleição, que elegera Jânio Quadros, havia sido realizada sob o Governo JK.

A *Revista de Domingo* do *Jornal do Brasil* me trazia na capa caracterizado, de fraque e cartola, com a faixa presidencial, e o título "JK entra em cena", numa citação às eleições. Mas essa proximidade, em vez de ajudar, atrapalhou a carreira da peça: ninguém estava interessado em teatro. A disputa da primeira eleição direta depois de tantos anos virara o único assunto. O segundo turno, então, entre Lula e Collor, encerrou a temporada.

Se no primeiro turno apoiei o Roberto Freire para presidente — atitude da qual me arrependo muito —, no segundo entrei de cabeça na campanha do Lula. Eu e praticamente todos os artistas do Brasil. Num show que organizamos no Sambódromo do Rio, acabei sendo o diretor de cena. No grande comício na Candelária, coloquei Lula nos ombros para levá-lo até o palco. Quase morri quando, nos últimos dias, Collor começou a recuperar terreno e, com uma forcinha da Globo conforme diz Boni em sua biografia, ganhou a eleição.

Eu e Ana Beatriz Wiltgen, A casa do
Weekend Club, Teresópolis (1996)

Foto: arquivo pessoal

# CAPÍTULO 8

Meu contrato com a Globo terminava no final de 1989. Ruy Mattos, que cuidava de dinheiro e contratos, me chamou para uma conversa. Dias antes, o diretor Jayme Monjardim havia me contado que tinha saído da Globo para assumir a direção geral da TV Manchete e me perguntou se eu queria ir também. Fiquei de pensar e fui falar com o Ruy. Ele, cheio de dedos, disse que não poderia renovar meu contrato.

— Como assim? Manoel Martins sabe?

— Sim — ele respondeu.

— E Daniel concordou?

— Concordou.

— Me empresta o telefone?

Liguei para a Manchete e disse para o Jayme que eu iria para lá. Na frente do Ruy. Ele ainda tentou conversar, mas dei adeus e me mandei. Dias depois, assinei um contrato de dois anos com a Manchete. E processei a Globo na Justiça do Trabalho — com o respaldo do meu grande amigo e advogado Paulon —, exigindo reconhecimento de vínculo de trabalho, já que meus últimos contratos tinham sido assinados como pessoa jurídica. Muita coragem e uma grande dose de loucura. Que eu saiba, só eu e o Cláudio Marzo processamos a Globo naquela época.

Jayme tinha contratado o Benedito Ruy Barbosa e estava produzindo a novela *Pantanal* com bastante dificuldade para completar o elenco, pois ninguém queria sair da Globo para se arriscar em uma quase aventura. A Manchete já havia incomodado a maior emissora do país com Maitê Proença em *A Marquesa de Santos*, dirigida pelo Herval Rossano, mas havia deixado a peteca cair quando não sustentou o diretor no cargo. O mesmo poderia acontecer com o Jayme. Ele então resolveu testar atores novos e montou um elenco com poucos nomes conhecidos.

Não ia ser fácil produzir uma novela no Pantanal sul-mato-grossense, teríamos que dividir quartos com dois ou três colegas, viver um tempo numa fazenda no meio do nada, onde só se podia chegar (e sair) de avião. Mas Jayme garantiu que a novela seria linda, um sonho antigo do Benedito que havia ficado na gaveta do Herval por anos, aguardando autorização da Globo para entrar em produção, até que Benedito cansou e se mandou para a Manchete com a novela embaixo do braço. Jayme disse que iríamos iniciar uma nova fase da

TV Manchete, sob o lema "O Brasil que o Brasil não conhece". Como todo bom diretor, ele tem uma grande capacidade de liderança e de convencimento.

Fomos para Campo Grande em pequenos grupos; lá ficávamos no hotel esperando vaga no aviãozinho que nos levava até o Pantanal, na Fazenda Rio Negro, que a Manchete alugara. No local tinha uma casa belíssima, rara, de dois andares, uma das únicas daquela região. Segundo o sr. Orlando Rondon, o proprietário, ela fora projetada por um arquiteto japonês no século XIX.

O Pantanal é de pirar qualquer um. E aquele monte de gente numa mesma casa, vivendo junto do café da manhã até o passeio depois do jantar — um churrasco pantaneiro pantagruélico —, para então dar um tapinha antes de dormir, virou uma família, como sempre acontece quando vamos filmar numa locação longe de casa.

Jayme estava em êxtase. A novela realmente era linda e gravar naquele local mágico, cheio de tuiuiús, jacarés, macacos, antas, pacas, centenas de pássaros e — last but not least — piranhas, muitas, era muito louco. Um dia, na hora do jantar, ninguém encontrava o Jayme. Esperamos meia hora e nada. Então saímos à sua procura até que alguém o viu, mergulhado numa lagoa rasa, quieto, só a cabeça de fora. Perguntado sobre o que estava fazendo lá, ele apenas respondeu que estava ouvindo a sinfonia dos sapos. Que realmente era lisérgica!

Numa volta do Pantanal para Campo Grande, no avião monomotor, sentei-me na frente, ao lado do piloto Luís Henrique, parente dos donos da fazenda, que era chamado de Liíque. Ele resolveu fazer uma brincadeira com os dois atores que estavam no banco de trás, José Dumont e Kito Junqueira. Kito havia feito um personagem mudo na montagem de Electra, de Sófocles, minha estreia no teatro como ator profissional em 1968.

Como no banco ao lado do piloto ficam os equipamentos usados pelo copiloto, Liíque disse que passaria o comando da aeronave para mim — comando este que estava desligado, é claro. Coloquei os fones de ouvido e fingi estar pilotando o avião, sem que os dois atores percebessem que era Liíque quem na verdade pilotava. Claro que logo desmenti, disse que era brincadeira, ainda mais depois que Kito ameaçou processar o piloto por colocar sua vida em risco.

As gravações de estúdio foram realizadas num prédio enorme do Complexo de Água Grande, numa antiga fábrica comprada pela Manchete que ficava no subúrbio do Rio. Meu personagem era um psiquiatra, bom sujeito, tocador de clarineta, que ia para o Pantanal buscar o filho de uma amiga, representada pela Ingra Lyberato em seu primeiro papel. A novela foi um sucesso tremendo. Nani Venâncio nadando nua na abertura foi um escândalo. E a música envolvente do Marcus Viana, quase hipnótica. Os personagens Juma Marruá, interpretada pela Cristiana Oliveira, a Crica, e o Velho do Rio, papel de Cláudio Marzo, são apenas dois exemplos de nomes que fizeram história.

Nunca uma novela lançou tantos atores novos, principalmente mulheres: Carolina Ferraz, Andrea Richa, Luciene Adami e a própria Crica. Além de Jayme, dirigiram a novela Carlos Magalhães, Roberto Naar e Marcelo de Barreto. Os três, barbudinhos e meio gordinhos, receberam do elenco o carinhoso apelido de "Os Três Porquinhos". Eram imbatíveis no vôlei, como veríamos depois nas gravações de *Amazônia* em Manaus.

As coisas iam bem para a Manchete e mal para a Globo. A imprensa ajudou, e muito, a Manchete a fazer sucesso, como já acontecera com *A Marquesa de Santos*. Como o Ibope, medido minuto a minuto, caía a cada vez que o enredo da novela ia para o Rio e a guerra pelo primeiro lugar era insana, aos poucos Benedito foi eliminando os personagens cariocas e concentrando a novela no Pantanal. Todo mundo queria ver aquelas imagens lindas de pássaros voando, onças correndo, peixes nadando, tudo com uma trilha sonora extremamente feliz. Meu personagem praticamente sumiu da novela, fazia apenas algumas cenas com a Flávia Monteiro, uma paciente que se apaixonava por ele e ficava pegando no seu pé.

Anos depois, quando o SBT exibiu novamente a novela, comprada sub-repticiamente do espólio da TV Manchete, não recebi nada pela nova exibição de *Pantanal*. Quebrei o pau e tiraram meu nome dos créditos! Depois disso, o Silvio Santos resolveu pagar os direitos conexos (direito de imagem) para todo o elenco.

No dia 24 de maio de 1990, namorando a Ana Beatriz, estava eu completando 44 anos sem ela em Teresópolis na casa do meu amigo Paulon, fazendo um exercício filosófico de solidão em dia de festa, quando o Jayme telefonou. Queria me tirar de *Pantanal*, já que eu estava sendo subaproveitado, e me pedia para fazer o protagonista de uma minissérie chamada *O Canto das Sereias*, dentro daquele slogan "o Brasil que o Brasil não conhece", na ilha de Fernando de Noronha.

O autor, Paulo César Coutinho, iria desenvolver o roteiro lá mesmo, a partir de uma sinopse levemente inspirada na história de Ulisses. Como a Globo já havia anunciado que iria gravar *Riacho Doce* na ilha, Jayme queria gravar antes. As sereias seriam representadas por três lindíssimas atrizes jovens: Ingra Lyberato e Nani Venâncio, ambas em alta por causa de *Pantanal*, e lançaria Andréia Fetter, uma das mulheres mais bonitas do Brasil, irmã de uma grande amiga de Pelotas, a Beth Fetter Zambrano.

A ideia era boa: um escritor em crise, Ulisses, resolve tirar um tempo sabático, aluga uma casa numa ilha com sua nova mulher —

e bota nova nisso, era a Mika Lins, linda de cabelos curtinhos — e seu filho, feito pelo Giuseppe Oristanio. Na ilha, coisas estranhas começam a acontecer. Ela e "meu filho" se envolvem enquanto eu/ Ulisses começo a ver sereias. Em uma conversa no Rio, Jayme me explicou que a primeira cena seria eu mergulhando de garrafa — fazendo mergulho autônomo — e dando de cara com a Ingra Lyberato como sereia. Desmaiava de espanto e ela salvava a minha vida. Eu não sabia mergulhar, nem estava a fim de aprender. O Jayme disse que não tinha problema, porque haveria dublês.

Dias depois fomos para o arquipélago de Fernando de Noronha, conhecido pelos locais como "Noronha" e pelos *haoles* como "Fernando" — na linguagem do surf, *haole* é um surfista de fora, termo havaiano que se popularizou pelo mundo —, o que provoca risos debochados dos ilhéus. Chamar "Noronha" de "Fernando" é a prova perfeita de uma intimidade que não existe.

Rio-Recife, uma troca de avião, e Recife-Noronha. Essa perna final era feita pelos dois últimos Embraer-Bandeirantes que ainda voavam — os outros já tinham caído — pela Nordeste Linhas Aéreas. Cabiam nele cerca de vinte pessoas, mais os badulaques da gravação. Não havia aeromoça: piloto, copiloto e só. O piloto virava a cabeça para trás e fazia as honras da casa:

— Bem-vindos à Rainha da Sucata, o último Bandeirante vivo, os outros já morreram. Rezem um Pai-Nosso e vamos nessa — dizia ele, ligando o motor e decolando.

O pânico se instalava a bordo. Ainda bem que nessas horas eu sempre levava uma garrafinha de uísque. A chegada na ilha é sempre deslumbrante, mas a primeira vez é inesquecível. O piloto deu uma volta para mostrar aquele paraíso para o elenco e a equipe.

Logo fui conhecer os equipamentos de mergulho, pois, mesmo sabendo que não iria mergulhar, teria que fingir que mergulhava. Pintou um problema, porém: havia apenas uma locadora de material, na verdade uma escola de mergulho que alugava as roupas, garrafas de ar comprimido e toda traquitana necessária, e a Globo tinha feito um contrato de exclusividade com ela antes de a gente chegar.

Demos um jeitinho brasileiro: o dono da escola não deu as caras, deixou nas mãos de instrutores, que resolveram nos ajudar. Eles eram dois: um gaúcho magrinho e careca, Rogério, e uma carioca grandona e bem-apanhada, a Claudia Bandeira. As cenas submarinas seriam gravadas por dois profissionais no assunto, o ex-ator e mito do Cinema Novo Arduíno Colassanti e o fotógrafo Roberto Faissal.

Estávamos num barco alugado pela Manchete em alto mar quando a Claudia me disse que ficaria muito falso usar dublês, argumentando que era mole aprender a mergulhar, que eu iria curtir e tal. O Jayme deu força, insistindo para que eu aprendesse. Para completar, eu era superfã dos fotógrafos-mergulhadores, especialmente do Arduíno. Então me propus a tentar: aprendi a me paramentar, testar o regulador e a garrafa e fomos para a água, eu e a Claudia, quem, àquela altura, eu já estava achando gatíssima.

Tentei a primeira vez, mas não consegui respirar e voltei. Na segunda, a mesma coisa: baixei e subi. Na terceira vez, a Claudia me deu uma chave de coxas e afundou, me puxando. Fui. E adorei! Assim que dei a primeira chupada de ar, e o ar veio, fiquei em êxtase. Meia hora depois, estava gravando submerso. No dia seguinte, já consegui tirar o regulador da boca e fingir o tal desmaio quando via a sereia.

Mergulhar de garrafa é uma das coisas mais incríveis da vida, me apaixonei imediatamente. Dizem que a memória do feto na barriga da mãe, mergulhado no líquido amniótico, volta com tudo!

Mergulhar em Noronha, com aquelas águas límpidas, de cinquenta metros de visibilidade, é o paraíso. E a "porrada" ecológica bateu fundo em mim.

Esqueci de dizer que logo que chegamos, na primeira noite, fomos assistir a uma palestra sobre preservação ambiental, cuidados com a ilha, com a terra, o mar e o ar. Tartarugas-pente, golfinhos-rotador, arraias-manta, mergulhões, catraias, gaivotas e caranguejos passaram a ser palavras do novo vocabulário que eu começava a usar, assim como ecologia e preservação: "De um parque nacional só se tiram boas fotos, só se levam boas lembranças, só se deixam pegadas..."

Fernando de Noronha estava vivendo um momento muito difícil. Depois de ter sido território nacional, sob administração federal, a ilha havia passado para o governo de Pernambuco no ano anterior. Os noronhenses odiaram a ideia de virar pernambucanos de uma hora para outra — se consideravam no máximo potiguares, já que a maioria tinha ligação com Natal, mais próximo que Recife — e boicotavam como podiam o administrador da ilha, indicado pelo governador de Pernambuco.

Viviam em pé de guerra: de um lado os funcionários federais, moradores da ilha, via diretor do Ibama, e do outro os estaduais, pernambucanos, via administrador da ilha. A maioria dos antigos habitantes eram funcionários do EMFA (Estado Maior das Forças Armadas): cozinheiros, eletricistas, encanadores, motoristas e até pescadores, que trabalhavam para o governo federal quando a ilha era presídio e depois quando virou um quartel. A estadualização foi, para eles, um inferno.

Ficamos todos hospedados no Hotel Esmeralda do Atlântico, que pertencia ao Ibama e havia sido arrendado por uma organização de moradores da ilha. Foi a primeira vez na vida que vi um hotel do governo. Lá soube que o de Foz do Iguaçu também era do Ibama, na época administrado pela Varig. O hotel ficava ao lado dos iglus, casas pré-fabricadas feitas de uma espécie de alumínio, da época em que Noronha teve uma base americana, em 1957. Alguns deles eram ainda usados como quartos. Os outros quartos eram no prédio principal do hotel, onde ficava também o restaurante.

Naquela ilha paradisíaca, que faz do sexo uma atividade ainda mais divina do que em outro local qualquer, todos nós passando os dias juntos, apenas com roupas de nadar, foi impossível não me envolver com uma das atrizes. Em uma noite de lua cheia, fomos passear na Praia do Boldró, depois do jantar. Havia ali um bar abandonado com uma rede. Prontinha. Foi maravilhoso.

As gravações duraram três semanas, o suficiente para nos apaixonarmos profundamente pela ilha, um dos lugares mais bonitos do mundo. No meu último dia, o Jayme disse que havia um avião pequeno levantando voo do aeroporto para uma gravação aérea sobre o Atol das Rocas, outro visual absurdo de lindo, a menos de uma hora de Noronha. Se eu corresse, poderia alcançá-lo.

Peguei o avião taxiando na pista e subi a bordo, apenas de short e chinelo de dedo. Nos dois bancos da frente, o piloto e outro cara que imaginei ser o copiloto; atrás, o *cameraman* que iria fazer as imagens aéreas e eu. Ao chegar no Atol, saquei um baseado do bolso e pedi autorização para acender. Autorização dada, acendi o *beck* enquanto o avião dava rasantes e o *cameraman* gravava. As piscinas naturais — onde se podia ver até tubarões —, a imensa quantidade de pássaros, tudo era deslumbrante.

De volta à Noronha, assim que descemos do avião, o piloto me apresentou a quem eu pensava ser o copiloto: era o Bruno, o administrador da ilha! E eu tinha fumado um baseado na frente dele. Pois o Bruno me levou para o Palácio São Miguel, uma construção antiquíssima de onde ele despachava, mostrou todo o prédio e me convidou para ficar na ilha mais um tempo. Não era o primeiro convite, o diretor do Ibama também tinha me convidado, inclusive oferecido um quartinho onde se hospedavam os pesquisadores que iam para lá trabalhar: biólogos, veterinários, geólogos, oceanógrafos, engenheiros florestais etc. O administrador ofereceu ainda bancar a minha alimentação no Hotel Esmeralda.

Tive uma conversa com o Jayme e decidimos que eu ficaria em Noronha até ele ligar para me colocar de volta em *Pantanal* ou entrar numa produção nova da Manchete. Então, a equipe, o elenco e a atriz foram embora para o Rio. Eu fiquei. *O Canto das Sereias* estreou em seguida e fez um imenso sucesso, uma dobradinha imbatível com *Pantanal*.

Liguei para a Ana Beatriz pedindo que viesse a Noronha e dias depois ela chegou. O quartinho que o Ibama tinha para nós era um cafofo minúsculo com um banheiro, também mínimo, com privada, pia, chuveiro e só. Havia ainda um microguarda-roupa, uma mesinha de cabeceira e uma cama de casal pequena. Quem precisava de mais? Lá passamos bons momentos da nossa vida.

Em função da amizade que fizemos com os instrutores de mergulho, a Ana logo fez seu batismo, e todas as manhãs ficávamos na porta do hotel do Ibama esperando passar o caminhãozinho que levava os turistas para mergulhar. Sempre que houvesse lugar, Ana e eu iríamos mergulhar com eles, de graça; só com a obrigação de, na volta, ajudá-los a lavar as roupas de mergulho e encher as garrafas com ar comprimido.

Mergulhávamos de três a quatro vezes por semana num dos lugares mais incríveis do mundo para a prática do mergulho livre. Depois do almoço no hotel, descansávamos um pouco e passávamos as tardes estudando a biologia, a história e as formações rochosas daquela que é um grande exemplo de ilha oceânica vulcânica, onde se pode ver com clareza as diferenças das pedras solidificadas por duas grandes erupções que a formaram, Remédios e Quixaba. Aprendemos como as sementes das plantas vêm para as ilhas nos excrementos dos pássaros, como os troncos de árvores derrubados em tempestades no continente chegam pelo mar carregados de micro-organismos. E que a terra que vem do continente trazida em pequenos grãos pelos ventos precisa de milhares de anos para juntar um metro de profundidade.

A grande maioria dos turistas passava uma semana em Noronha, chegando no domingo e indo embora no sábado seguinte. Aos domingos, depois do jantar, havia as palestras obrigatórias na sede do Ibama, em que os fiscais ensinavam sobre a preservação da ilha. O pessoal do Projeto Tamar também explicava sobre as tartarugas e um novo amigo, o gaúcho Zé Martins, o Zé Golfinho, oceanógrafo formado em Rio Grande (RS), falava sobre a Baía dos Golfinhos e a vida deles na ilha, iniciando o que é hoje o Projeto Golfinho Rotador.

Como os funcionários do estado de Pernambuco, do Ibama, do Tamar e os pesquisadores que passavam temporada na ilha se alimentavam no restaurante do Esmeralda do Atlântico, em pouco tempo conhecíamos todo mundo. A Ana logo ficou amiga da responsável pela Rádio e TV Golfinho, uma emissora que tinha autorização para retransmitir a Globo — com alguns horários de jornalismo local — e passou a produzir alguns vídeos de conscientização ambiental. E eu me vi cada vez mais envolvido com a política local, radicalizada entre os ilhéus e os "invasores", os *haoles*, como eram chamados os pernambucanos que iam trabalhar na ilha contratados pelo governo pernambucano. A coisa ficou feia, a ponto de o mitológico governador Arraes ser vaiado em visita ao então novo Distrito Estadual de Pernambuco. E olha que ele tinha sido preso na ilha na época da ditadura!

A história que corria era a seguinte: durante a Constituinte de 1987/1988, estava claro que o jogo seria liberado no Brasil em áreas consideradas eminentemente turísticas, onde se poderiam instalar cassinos. Então, os constituintes do estado de Pernambuco quiseram ter Noronha para eles, o que representaria uma grande fonte de renda quando os cassinos se instalassem naquele paraíso.

Noronha era, na época, território federal, com uma dotação orçamentária, um governador nomeado pelo presidente da República — normalmente um militar que aceitava como "missão" morar naqueles cafundós do judas, a quinhentos quilômetros de voo de Natal — e uma vidinha pacata desde que o presídio havia sido fechado. Com a chegada do Ibama, começaram os problemas: não se podia mais pescar lagosta, pegar caranguejos nem nadar com golfinhos, pois urgia uma conscientização dos ilhéus para a preservação daquele santuário.

Sarney nomeou como governador de Noronha seu amigo Fernando César Mesquita, que, como todo ser humano com um mínimo de sensibilidade pela natureza, se apaixonou pela ilha. Fernando, que já tinha ocupado importantes cargos na Presidência e era alto funcionário do Senado Federal, conseguiu colocar o arqui-pélago na divisão de verbas do Fundo de Participação dos Estados. Isso dava a cada morador da ilha seis vezes mais dinheiro do que ganha um brasileiro médio. Fernando alegava a necessidade de preservação daquele santuário ecológico.

Os deputados pernambucanos então se juntaram aos deputados mineiros, que não queriam dividir Minas, e aos goianos — que queriam dividir Goiás e criar o novo estado de Tocantins — e fizeram passar a entrega da ilha a Pernambuco. Só que, logo em seguida, o jogo político mudou: a pressão das igrejas fez com que os constituintes recuassem na aprovação do jogo. Tiraram a escada, e Pernambuco ficou dependurado na brocha! E como a votação da doação do arquipélago ao estado fora feita às pressas, não se previu uma verba especial para a passagem — como fora feito quando os outros territórios federais viraram os estados de Rondônia, Acre e Roraima. Isso fez com que Pernambuco ficasse com todas as despesas da ilha de um dia para outro e sem fontes de renda para arcar com elas. Na época, a manutenção da ilha custava o mesmo que a de Recife, só que com um centésimo da população da capital! Foi um tiro no pé.

Fernando César Mesquita havia levado para trabalhar com ele na ilha ótimas cabeças, que em pouco menos de um ano tinham feito um trabalho excelente, como a Maria Eulália e a Erika Vahn. Quando cheguei, elas ainda estavam lá, mas já se preparando para ir embora. O sonho havia acabado. O diretor local do Ibama, um engenheiro florestal de nome Heleno Armando da Silva, noronhense, membro de carteirinha do PCB (Partido Comunista Brasileiro), não aceitava o que estava acontecendo. O estado de Pernambuco havia inventado um aborto jurídico chamado "distrito estadual", inspirado na administração do Distrito Federal, com uma dotação anual.

A coisa era tão maluca que a terra era de Pernambuco, mas as construções da ilha continuaram a pertencer à Administração Federal. Além disso, antes de entregar o cargo, Fernando Mesquita — o criador do Ibama e seu primeiro diretor — havia transformado mais da metade do território da ilha em Parnamar (Parque Nacional Marinho), de proteção ambiental máxima, que continuava federal e sob administração do Ibama. Então, na realidade, Pernambuco ficava com o que não era área do parque (os maiores problemas), e o governo federal, através do Ibama, com o "filé mignon". E o pau quebrava sempre entre os dois grupos. Raros eram os noronhenses que aceitavam o "domínio" pernambucano. Eu acho que isso nunca havia acontecido antes. Lembro de um município — talvez Paraty — que uma vez quis sair do estado do Rio de Janeiro e ir para o de São Paulo, mas não foi adiante.

O então presidente, o Collor, havia prometido acabar com os marajás do serviço público. Havia nomeado um tal de João Santana, cujo apelido era João Bafo-de-Onça, como secretário da Administração Federal, para demitir milhares de funcionários públicos. E, como eu já disse, a maioria dos habitantes da ilha era composta deles. O Heleno então me pediu que intercedesse para tentar barrar essas demissões. Dizia que, sem o dinheiro vindo dos salários dos funcionários federais, a ilha iria entrar numa crise financeira sem precedentes, e ele temia que os ilhéus fossem voltar a fazer o que sempre fizeram antes de o lugar virar um parque nacional: pegar lagostas e caranguejos e desrespeitar tudo o que o Ibama estava pregando. Havia realmente um risco ecológico na demissão de aproximadamente 1,3 mil funcionários, quase metade da população da ilha.

Entre as criações do Collor havia uma mulher nomeada para ministra da Fazenda chamada Zélia Cardoso de Mello. Filha de um delegado de polícia, Emiliano Cardoso de Mello, e sobrinha de outro delegado, Rubens Cardoso de Mello Tucunduva, ambos amigos do meu pai. Eu havia encontrado a mãe dela, logo após sua nomeação para ministra, na casa da Ana Beatriz, por mais uma dessas sincronicidades que costumam acontecer na minha vida. A mãe dela, Auzélia, era prima do pai da Ana, o Fernando da Costa Guimarães.

A secretaria da Administração Pública, ou melhor, seu ministro-chefe, o João Santana, era da equipe da Zélia. Então, se eu conseguisse que ela me apresentasse a ele, seria meio caminho andado. Pedi para a Ana falar com seus pais e tentar um encontro com a Zélia, enquanto eu mesmo liguei para o Ministério. Dessa vez, não disse que era um "cidadão brasileiro", como fizera anos antes, mas filho de um amigo do pai da ministra e marido da sua prima.

Dias depois, a secretária de Zélia ligou para a recepção do hotel em Noronha deixando um número de telefone no Rio no qual ela poderia ser encontrada. Consegui explicar à ministra o que estava acontecendo e pedi um encontro com o João Santana. Zélia me deu o número privado dele e pediu que eu ligasse dentro de 15 minutos, que ela iria avisá-lo antes. Liguei, fui supermal atendido ao telefone, mas ele concordou em me receber em seu gabinete em Brasília, dois dias depois. Fui sozinho, Ana Beatriz ficou na ilha.

Não foi difícil convencer o ministro Bafo-de-Onça de que ele estava fazendo uma grande besteira, às vésperas da Rio-92, o encontro de líderes de 180 países que aconteceria no Rio dali a dois anos para discutir ecologia. Demitir funcionários públicos de baixíssimo escalão, com salários de fome, seria uma economia porca, ainda mais colocando em risco o equilíbrio ecológico da ilha. João Santana não só segurou as demissões como divulgou o feito numa enorme entrevista para a *Playboy*, em que me deu as honras merecidas.

Quando voltei a Noronha, cheguei como herói. Heleno e muitos noronhenses me esperavam no aeroporto. Todo mundo da ilha me cumprimentava, levava para tomar um café, uma pinga, comer uma fruta-pão com manteiga. Foi uma sensação maravilhosa a de poder ter ajudado aquela gente boa.

Num papo com a galera mais jovem da ilha, depois de um pôr do sol na Praia do Boldró, o Nei, professor de inglês e atual dono do Bar do Cachorro, sugeriu que organizássemos um grupo de teatro. Adoramos a ideia; eu dirigiria e a Ana, que tinha feito cursos de teatro na CAL, me ajudaria. Assim começamos a nova aventura. A notícia se espalhou como rastilho de pólvora. Em poucos dias tínhamos uns quarenta jovens de ambos os sexos a fim de fazer teatro.

Decidi montar *Morte e Vida Severina*, que eu já tinha feito uma vez no TUCA e conhecia de cor todas as canções do Chico que faziam parte da peça. E era um auto de Natal de autoria de João Cabral de Melo Neto, um pernambucano. Agradaria a gregos e troianos: os locais e os *haoles*. Além disso, daria para encenar com bastante gente, como foi feito no TUCA. Conseguimos o salão do Clube de Mães para os ensaios, preparei um curso de expressão corporal e vocal, e iniciamos os trabalhos, três noites por semana, das 19 às 22 horas. Durante os primeiros meses foi muito legal.

Vi a Copa do Mundo de 1990 em Noronha. Um dia, estava eu dormindo na rede da casa de uma amiga, a médica da ilha, quando chega um motoqueiro me dizendo que o Paulo Ubiratan, que iria começar a gravar *Riacho Doce* e estava na ilha, queria que eu fosse ver o jogo com ele. Peguei carona com o motoqueiro e fui. Conversei muito com o Paulo, que queria a minha ajuda para não "repetir os posicionamentos de câmera que o Jayme tinha feito" em *O Canto das Sereias*; queria descobrir outros enquadramentos e cenários.

Em Noronha fui apresentado a outro Zé que depois seria muito famoso na ilha, além de mim e do Zé Golfinho Martins: o Zé Maria Sultanum, atacadista de alimentos em Recife e que há pouco tempo tinha montado lá seu primeiro supermercado, o Noronhão. Ficamos os três Zés muito amigos, até a política separar os outros dois. Zé Maria anos depois ficaria internacionalmente famoso com sua Pousada do Zé Maria. Quando ele a abriu, me convidou para inaugurar o quarto número 8 (o infinito em pé). Já o Zé Martins também ficou internacionalmente famoso com seu Projeto Golfinho Rotador, um dos mais bem-sucedidos do mundo.

Paulo Ubiratan insistiu para que eu ficasse ao seu lado, acompanhando as gravações. Quando aleguei que não faria isso de graça, ele pediu para o produtor da minissérie me contratar, nem lembro para que cargo. Eu sabia que isso não seria possível, primeiro por eu ser contratado da Manchete como ator, segundo porque eu estava processando a Globo. Mas deixei correr para ver no que dava, afinal, Paulo era um dos mandachuvas da emissora na época e *Riacho Doce* tinha basicamente a mesma equipe de *O Primo Basílio*: produção de arte de Cristina Médicis, cenografia de Mário Monteiro, figurino de Beth Filipecki e na codireção Reynaldo Boury e um jovem talentoso que havia feito assistência de direção para o Paulo José em *O Tempo e o Vento*, o Luiz Fernando Carvalho.

No elenco estava a Vera Fischer, na época casada com meu colega de *Anos Dourados*, Felipe Camargo. A relação deles era muito conflituosa e, quando ele foi para Noronha passar um tempo com ela, o bicho pegou. Eu era amigo dos dois, tentava colocar panos quentes, mas eles viviam um pouco "acima do nível do mar", então ficava difícil. Até por causa da idade, acabei aprofundando minha relação com a Vera. Chegamos a nos frequentar e, depois de um tempo, tivemos uma noite de amor maravilhosa. Conto depois. Na mesma época, fiquei amigo da Luiza Tomé, com a qual faria mais tarde *A Indomada* e *Porto dos Milagres* e é minha querida amiga até hoje.

Se a Manchete havia levado equipe e elenco reduzidos, a Globo chegou chegando. Diziam que, só de água mineral, aterrissou um avião cheio. Logo veio a notícia de que a emissora não autorizara minha contratação, mas mesmo assim continuei acompanhando o Paulo Ubiratan. Lembro-me de duas coisas daquelas gravações: a discussão entre o Paulo e a Cassia Kis, na Praia do Porto, sobre usar ou não um chapéu em cena — e que resultou na saída dela do elenco da minissérie — e o Paulo tentando convencer um ilhéu a interromper seu trabalho de construção de um barco. Como ele se recusou a parar de martelar, Paulo cancelou a gravação e teve que se habituar a respeitar o ritmo da ilha. Que era bem lento.

Outra coisa que me chamara atenção era o respeito às marés, que às vezes são altíssimas em Noronha, provocando cheias em locais inesperados. Você vai para uma ponta da ilha e, quando resolve voltar é só água, a maré cobre tudo rapidamente. Com o diretor Luiz Fernando Carvalho isso aconteceu uma vez. Ao final de uma gravação, a equipe se viu obrigada a carregar o equipamento no alto das cabeças. Já o outro diretor, Reynaldo Boury, odiou a ilha. Preferiu ficar no Rio dirigindo o estúdio.

Depois que a Globo foi embora, Noronha voltou à sua vidinha de sempre, suas brigas, suas fofocas. Eu continuava a ensaiar o grupo de teatro, mas estava ficando de saco cheio porque nunca conseguia juntar todo o elenco. Sempre faltavam alguns, na ilha havia sempre algum programa para fazer.

Um dia, o Zé Maria resolveu fazer um desfile de moda para apresentar uma grife pernambucana bem simplesinha e relativamente barata, mas de bom gosto, que seria lançada no Noronhão. E nos pediu para organizar o desfile. Resolvemos fazer um show com os atores do grupo de teatro cantando algumas músicas da peça, como *Funeral do Lavrador* e *Mulher da Janela*, além do *Tema para Morte e Vida Severina*, cantado em duas vozes. Ensaiamos também algumas atrizes para desfilar como manequins e escrevemos o roteiro. Na hora do desfile, Ana e eu, vestidos de branco, anunciávamos as atrações:

— Na passarela, a beleza e a elegância da mulher noronhense.

— Luíza veste blusa de algodão e bermuda jeans que dá graça e beleza ao corpo da mulher.

— Robertinho usando um par de tênis branco que combina muito com a calça de brim azul claro e camisa jeans, dando elegância ao caminhar do jovem noronhense.

O desfile aconteceu nas escadarias da Igreja de São Jorge, ao lado do Palácio. Ana e eu ficamos atrás de um púlpito com nossas anotações; conseguimos som e iluminação de Recife, pagas pelo supermercado. Parecia o Oscar, diriam depois os noronhenses, orgulhosos. Mas a peça propriamente dita não andava.

Ana ainda segurava as pontas, me substituindo cada vez mais, já que, assim como alguns do elenco, eu preferia ficar bebendo cerveja em vez de ensaiar. A coisa foi degringolando até que resolvi parar. Não tem como fazer teatro sem muito ensaio. Para a minha surpresa, houve uma grande revolta dos atores, principalmente os que mais faltavam... Coisas de *neuronha*, a neurose que, dizem, acomete os noronhenses. O oposto da *euforonha*, uma euforia que acomete os que chegam à ilha. Mas não voltei atrás e a peça morreu.

Outra ideia minha, logo encampada por Heleno e Zé Martins, foi fazer uma ONG que protegesse a ecologia da ilha liberta dos trâmites governamentais. O Ibama era uma organização muito grande, "presa" à burocracia governamental, e Noronha precisava de mais agilidade. Tentamos uma fundação pró-Noronha, o que exigiria uma organização muito complexa e ficaria sob controle de uma promotoria de Recife. Então, com auxílio de alguns advogados que trabalhavam com o Ibama, chegamos ao Instituto Pró-Noronha, uma ONG sem fins lucrativos que teria um salário para o secretário-executivo, o Zé Martins, e outro para o diretor, que seria o Heleno. Eu fui eleito o presidente, sem salário, tampouco obrigações que não a de representar o instituto.

*Eu em Cusco, Peru, para a novela
Amazônia, TV Manchete (1992)*

# CAPÍTULO 9

Li num jornal que o Jayme estava produzindo uma nova novela chamada *A História de Ana Raio e Zé Trovão*, protagonizada pela Ingra Lyberato, que ele havia começado a namorar em Noronha e com quem eu havia feito par romântico em *Pantanal* e *Canto das Sereias*. Ele não me convidou para fazer e fiquei na minha. Morando em Noronha com a Ana Beatriz no hotelzinho de pesquisadores do Ibama, comendo por conta do governo de Pernambuco no Hotel Esmeralda do Atlântico. O Rodrigo no Rio tomando conta do apartamento em que morávamos na Lagoa, recebendo meu salário da

Manchete, pagando as despesas e mandando para mim o pouco que sobrava. Foi talvez a época da minha vida em que menos usei roupas. Andava de calção de banho e havaianas o dia inteiro. Camiseta só para as refeições, exigência do hotel.

Um dia, perto do final do ano, liguei para a Manchete apenas para ver como estavam as coisas. O Jayme, depois de perguntar onde eu estava, surpreso, me disse para voltar logo, porque haviam esquecido de mim!

O autor de *Ana Raio e Zé Trovão* era o Marcos Caruso, que tinha sido um dos atores de *Canto das Sereias*. A novela era itinerante, só com externas, e mudava de cidade todo mês. Jayme queria que eu fosse gravar na etapa de Santa Catarina, numa cidade de colonização austríaca de nome Treze Tílias, pequena, com uma comida maravilhosa. Um pedaço do Tirol no Brasil. Ficávamos todos no mesmo Hotel Dreizehnlinden, que significava "treze tílias" na língua deles. O nome da cidade vem de uma história de que os primeiros imigrantes teriam trazido centenas de mudas da árvore sagrada, com poderes mágicos que protegiam os guerreiros, mas apenas treze resistiram.

Para chegar na cidade, tínhamos que pegar um avião de carreira do Rio até Curitiba, outro para Navegantes e então pegar uma aeronave pequena até Treze Tílias. Na viagem do Rio a Curitiba, em que estava o empresário-cowboy Beto Carrero que também ia gravar, sentei-me ao lado de uma jovem turista alemã. Conversamos durante o voo e, quando chegamos, recebemos a notícia de que todos os aeroportos estavam fechados por mau tempo. Teríamos que dormir na cidade.

A companhia aérea — Transbrasil, eu acho — nos colocou em suítes presidenciais individuais num hotel tradicional no centro, que tinha sido reformado recentemente. O lugar era lindo, uma loucura de grande. A alemã ficou no mesmo hotel, mas num quarto simples. Descobri qual era o seu quarto e a convidei para conhecer a minha suíte. Ela topou. O duro foi conseguir uma camisinha no meio da madrugada. Beto Carrero e eu só conseguimos viajar, de bimotor fretado, dois dias depois. Nunca mais vi a alemã, que seguiu para Florianópolis.

O Jayme não sabia ao certo o que eu ia fazer e me deu um personagem mínimo, um policial federal que prenderia o bandidão interpretado pelo Nelson Xavier. Papel de merda, uma bobagem. Foi bom para curtir o Sul, conviver de novo com a Tamara Taxman e pegar no colo a Leandra Leal, uma menina que estava acompanhando sua mãe, Ângela Leal, que fazia magistralmente uma mendiga na novela. Foi bom também para conhecer o *Sandra Rosa Madalena* Sidney Magal e o Zé Trovão, Almir Sater. Cada um a seu jeito, pessoas maravilhosas. Nunca ri tanto em minha vida como nos bares de Treze Tílias com essas pessoas maravilhosas.

A novela serviu ainda para conhecer o Dolabella, Carlos Eduardo, que chegou um dia depois de mim. Nos encontramos quando toda a equipe e o elenco estavam jantando no restaurante do hotel. Ele chegou com um jornal na mão e leu alto uma matéria em que o prefeito de uma cidade catarinense acusava o diretor e produtor de *Ana Raio e Zé Trovão* de querer dinheiro para levar a novela para a cidade.

Jayme se levantou e foi para o quarto. Criou-se uma saia justíssima e ficamos sabendo que todas as prefeituras pagavam uma quantia para a Manchete em troca da imensa divulgação que a cidade teria. A tal cidade catarinense havia sido cogitada como local das gravações, mas o Jayme acabou optando por Treze Tílias. Aparentemente, o prefeito preterido se chateou e resolveu se vingar colocando a notícia no jornal. No dia seguinte, Dolabella foi mandado de volta para o Rio sem gravar nada. Nem lembro quem fez o personagem dele.

Fazer o policial federal da novela também serviu para eu ver como a Manchete quebrou. Gravar cada mês numa cidade — genial ideia do Jayme — dava um trabalho danado. Uma produção sem estúdios, gravada apenas em externas, gastava muito mais do que o necessário, por problemas de organização. Só um exemplo: um dia, um dos contrarregras me avisou que já tinha conseguido e alugado a caminhonete que eu iria usar na gravação do dia seguinte — todo objeto de cena que não é figurino ou cenário pertence ao departamento de contrarregragem, sob a regência da Direção de Arte.

Eu estranhei, já que a minha cena seria dentro do quarto de hotel. Investigando o ocorrido, soube que a produção havia mandado uma lista de coisas a serem providenciadas, mas a tal lista fora escrita à mão. E quem leu, leu errado: a caminhonete na realidade era um canivete, que meu personagem usava para picar fumo de corda. A caminhonete deu a maior mão de obra para ser alugada de um agricultor que cobrou um preço exorbitante que a Manchete pagou. Pra quê? Pra nada! Coisas que acontecem quando se produz sem planejamento.

Outro gasto altíssimo era o circo do Beto Carrero, que acompanhava a trupe da novela. Eram centenas de quilos de carne para os leões e toneladas de feno para os elefantes. Me lembro do Paulo Índio, um amigo gaúcho que trabalhava como produtor de animais, dizendo:

— Como vou saber quantos quilos de carne ou quantos quilos de feno esses bichos comem? O tratador pede dinheiro e damos...

Quando *Ana Raio e Zé Trovão* foi para Joinville, meu personagem sumiu da trama e Jayme me mandou protagonizar uma minissérie, gravada num lugar lindo, bem perto do Rio: Arraial do Cabo. Tudo muito mais barato, os atores pouco iam e vinham, tudo em sistema de contenção de custos. Só que a minissérie, escrita por Geraldo Vietri, era tétrica. Eu fazia um paraplégico torturador de prostitutas, era um baixo-astral só. Meu par era a Julia Lemmertz, outra contratada da casa. Durante a gravação, a Manchete parou de pagar os funcionários e havia greve toda semana. Quase não conseguimos terminar o produto.

Assim que *Ana Raio* acabou, Jayme começou a produzir *Amazônia*. Meu contrato estava acabando, mas me deram um dos protagonistas, então assinei por mais um ano. A novela se passaria em duas fases: uma no século XVIII e outra no século XXI. Marcos Palmeira e eu seríamos os protagonistas nas duas fases. Cristiana Oliveira seria a protagonista do futuro e Julia Lemmertz, a do passado. Antes de começarem as gravações, Jayme se desentendeu com Adolpho Bloch, dono da Manchete, que o chamava de "meu Spielberg" pelo imenso sucesso de *Pantanal*, e saiu da casa. Carlos Magalhães, o Maga, seria o diretor, junto com Roberto Naar e Marcelo de Barreto — de novo, "Os Três Porquinhos" de *Pantanal*. Nos mandamos então para Manaus, um elenco enorme, e nos hospedamos no Hotel Tropical, administrado pela Varig, e que na época ficava no meio do nada, no bairro Ponta Negra. Era um cinco estrelas enorme, com corredores a perder de vista. Não tinha como ficar perto de tudo: ou se estava perto da recepção e do restaurante interno e longe da piscina e do restaurante externo ou vice-versa. O tédio era imenso, gravava-se muito pouco. Faltava tudo: roupas dos personagens, objetos de cena, cada dia era um problema.

Se a parte do passado gravava pouco, a do futuro praticamente não gravava. A Manchete, vendo o desastre chegando, rapidamente escalou um elenco no Rio e gravou *O Fantasma da Ópera*, uma novela para tapar buraco enquanto as gravações de *Amazônia* não deslanchavam. Enquanto isso, o elenco enlouquecia nos corredores do Hotel Tropical. Mesmo tendo uma piscina imensa, com ondas (!), algumas mesas de sinuca, dois restaurantes e uma churrascaria que fazia um pirarucu na brasa maravilhoso — embora só funcionasse às vezes —, tudo aquilo era pouco para distrair artistas loucos para gravar. Ficar longe de casa, no meio da Floresta Amazônica, com aquele calor, não era fácil.

Como o hotel ficava num bairro distante do centro de Manaus, o táxi saía caro e não dava para ficar indo e voltando. Todo mundo ficava irritado, qualquer coisa era motivo de briga. Certa vez, Raul Gazolla, depois de ser pessimamente atendido pelo *maître* da churrascaria, quase o jogou na piscina. Chegou a levantá-lo do chão pelo colarinho e o manteve no ar perto da água. Mais tarde, o gerente nos explicou a dificuldade de conseguir mão de obra para hotelaria por lá — em seu emprego anterior, o tal *maître* tinha sido tratorista numa fazenda.

Doutra feita, sumiram algumas cuecas do Marcos Palmeira. Uma delas era vermelha, a sua preferida. O gerente mandou comprar cuecas novas, mas o Marquinhos não aceitava, queria as cuecas originais. Nós, os outros atores, botávamos pilha dizendo que as cuecas tinham sido roubadas para os pajés da Amazônia fazerem uma magia que o fizesse brochar — afinal, Marcos Palmeira era o único que tinha uma namorada em cada fase da novela. Quando parávamos de gravar o futuro, parte do elenco ia embora para dar lugar ao elenco do passado. Só eu e Marquinhos fazíamos as duas fases e nunca saíamos de Manaus.

Uma das coisas mais engraçadas era ver o Jards Macalé brincando na piscina com um jacaré de madeira, chamado Papacu Rasteiro. O Papacu mexia com as turistas, os funcionários do hotel, o elenco, a equipe, todos sacaneados pelo Macalé. Descobrimos também uma casa de shows perto do hotel, na praia do Rio Negro, chamada Papagaio, que passamos a frequentar. Mas só funcionava às sextas e aos sábados.

Em Manaus conheci a *ayahuasca*, ou Santo Daime, o "cipó do espírito", no UDV (Centro Espírita Beneficente União do Vegetal), levado por dois cientistas, doutores e pesquisadores do INPA (Instituto Nacional de Pesquisas da Amazônia). A sede do UDV ficava dentro da floresta, a cerca de vinte minutos do hotel. Havia uma construção grande com uma enorme sala cheia de espreguiçadeiras à volta de uma mesa, em cuja ponta havia um arco com um pote de barro embaixo. Tinha ainda uma varanda, também grande e cheia daquelas cadeiras, dois banheiros coletivos enormes e, separada da construção principal, a casa onde morava o Mestre, o superior da seita.

Quando cheguei ao local pela primeira vez, o pessoal estava preparando a beberagem em dois caldeirões imensos num fogão a lenha montado atrás da construção maior. Fiquei por ali fazendo hora até que começou a escurecer e a chegar gente. A sala grande ficou lotada e a varanda, quase. O Mestre entrou, fez uma oração embaixo do arco perto do pote e começou a servir a beberagem aos fiéis organizados em fila. Tomei um copinho e me sentei numa das espreguiçadeiras, como os demais. De vez em quando o Mestre se aproximava e perguntava:

— Tá boa a borracheira? Tá bonita a visagem?

Só relaxei depois de visitar o banheiro algumas vezes para vomitar e evacuar, como acontecia com o LSD de respeito. Há explicações diferentes para essas reações: para uns, é uma limpeza para purificação do corpo antes da purificação da mente; para outros, apenas resultado de uma intoxicação provocada pela droga.

Foi tudo muito calmo. Eles não dançam nem cantam, tem sempre uma música tocando, lembro-me de flautas andinas. Não viajei como com o LSD, as "visagens" eram florestas, aranhas, teias, mas não davam medo nem repulsa, era tudo "do bem".

Numa manhã, no Hotel Tropical, estávamos todos do elenco e da equipe tomando o café da manhã quando um dos garçons me chama até o balcão para atender um telefonema. Era o dr. Naum, pai da Nara. Estranhei, havia tempo que eu me separara dela e depois disso nos falamos poucas vezes. Ele me disse, com seu jeito sério e sem preâmbulos:

— Zé, seu filho Rodrigo sofreu um acidente. Parece que caiu do prédio. Está no hospital.

— Dr. Naum, o Rodrigo morreu?

— Morreu, Zé.

Soltei um grito, todos correram para ver o que era. Jussara Freire chegou primeiro, contei pra ela e comecei a passar mal. Houve uma saída de giro rápida e quando me dei conta havia uma roda de atores e membros da equipe rezando um Pai Nosso puxado pela Jussara. Logo alguém me deu um comprimido e eu saí do ar. Não me lembro de mais nada, só de estar num avião voltando para o Rio com o sobrinho do sr. Adolpho Bloch, o Oscar Bloch, que volta e meia me dava um comprimido de algum calmante.

Corta. Branco. Cemitério São João Batista, capela do velório. Eu completamente trôpego — nunca havia tomado um calmante na vida — não estava entendendo nada, parecia um filme meio distorcido, tudo meio *flow*. Me lembro do enterro — tudo pago e resolvido antes de eu chegar ao Rio pela direção da Manchete —, de termos feito uma oração de mãos dadas, todos os presentes, puxada pela mãe de um amigo do Rodrigo, espírita.

De noite, na casa da Ana, soube dos detalhes do acidente. Um acontecimento absurdo. Eu havia conversado com Rodrigo algumas horas antes daquele telefonema fatídico. Ele iria ao banco pedir um extrato, que naquele tempo demorava algumas horas para imprimir, e me pedia autorização para trocar umas peças no Buggy que ele usava. Ele também me pedia para lhe comprar dois pares de tênis importados na Zona Franca de Manaus — Rodrigo era enorme, calçava 46 e tinha muita dificuldade para encontrar sapatos.

Discutimos os gastos com o carro, ele foi ao banco. Pediu para o motorista da família (com quatro filhos fica mais barato ter motorista) segui-lo, pois iria deixar o carro numa oficina e voltaria para casa com ele. Esperaria a gerente do banco ligar, pegaria o extrato e me ligaria de volta para falarmos sobre dinheiro.

Quando chegou em casa, disse para o motorista não guardar o carro na garagem e esperar por ele. Subiu, pediu para a cozinheira cortar um mamão e foi para o meu quarto. Ela levou o mamão, ele comeu e devolveu o prato com as cascas e as sementes à cozinha. De repente, um barulho estranho. O motorista sentiu o impacto do corpo no solo, Rodrigo havia caído ao lado do carro, estava morto.

A empregada — por causa do rádio na cozinha — não ouviu nada. O interfone tocou, era o porteiro desesperado. Ela não acreditava, dizia que meu filho estava no quarto. Correu lá e encontrou a janela aberta, com o suporte da veneziana torto e nada de Rodrigo. Alguém ligou para a Ana Beatriz, que correu para lá. Creio que ligaram para a Nara também, o seu pai estava na casa dela e coube a ele me ligar para dar a trágica notícia. Pelo que sei, quando Ana chegou no prédio o apartamento estava cheio de policiais e jornalistas, mas por graça divina o corpo já estava sendo levado para o IML e não foi fotografado.

Os dias seguintes foram de dor profunda, tão profunda que não parece real. É indescritível a dor da perda de um filho. É a vida invertida, o natural é enterrar seus pais, avós, não filhos e netos. E uma dúvida me assolava: e se tivesse sido suicídio? A gente acha que conhece os filhos e muitas vezes conhece apenas um pedaço deles. Mas o delegado encarregado do caso me explicou que o suicida se lança no espaço, se joga, não se deixa cair apenas. O que não era o caso, porque Rodrigo caiu entre a armação que segura a veneziana e a parede do prédio, batendo nos andares, tão grudado seu corpo estava à parede.

Ainda segundo o delegado, o suicida "dá bandeira", coisa que Rodrigo não tinha feito nem para seu analista, que o atendera dois dias antes. Nada, nenhuma tendência ou sinal de que algo grave estava acontecendo com ele que pudesse gerar um suicídio. Nenhum bilhete, nenhuma despedida. O analista acreditava firmemente em acidente. E quem tem em mente dar fim à própria vida não pediria para o motorista esperar com o carro fora da garagem pois iria sair novamente, como Rodrigo havia feito. E nem pediria tênis importado ou mandado consertar o carro.

O Buggy ficou sumido por muitos meses, porque ninguém sabia em que oficina meu filho o havia levado. Por sorte, um amigo em comum disse para a Betty Faria que vira o carro do Rodrigo na oficina que ela usava, ao lado da Globo e da agência do Banco Econômico onde ele fora pedir o extrato. Mas ainda restava uma possibilidade para explicar um possível suicídio: um ato de momento, de estalo.

Então surgiu uma testemunha que, segundo o delegado, assistiu à queda. Uma diarista de um prédio vizinho viu o Rodrigo tentando consertar a veneziana da janela, que volta e meia emperrava aberta e não descia. Era preciso subir no armário embaixo da janela e, esticando o braço, colocar de novo a veneziana no trilho, perto do teto. Eu sempre fazia isso com muito cuidado, pelo lado de dentro. Rodrigo, enorme, forte, esportista, fez por fora. A base de metal que fica sobre a janela abriu e ele passou entre ela e a parede do prédio. Ainda tinha a marca de seu pé amassando a base. O depoimento da testemunha colocou um ponto final na ideia de suicídio. Morte acidental.

Logo depois da morte do Rodrigo, voltei para Manaus para continuar a gravar, tendo 15 dias de licença. A Ana Beatriz e o Cristiano foram comigo e passamos esses dias juntos. Cristiano, que todo mundo na família chamava de Ti, passeou pela Floresta Amazônica com meus amigos pesquisadores do INPA, mas do que ele gostava mesmo, com seus dez anos, era ficar na piscina do Hotel Tropical esperando ligarem as ondas *fake*.

Depois que ele voltou para o Rio, Ana foi para Santarém encontrar com uma amiga, a Bel Themudo, que estava trabalhando lá num projeto muito diferente chamado Saúde e Alegria. Em um enorme barco alugado, viajando pelo rio Tapajós; o projeto oferecia tratamentos médicos e dentários nas aldeias dos ribeirinhos, dava aulas e montava espetáculos circenses com crianças e adultos. Dois irmãos paulistas, um deles médico, Eugenio e Caetano Scannavino, são os organizadores do projeto. Bel e Ana se juntaram à excursão.

Na minha última semana livre, me mandei para Santarém para fazer uma surpresa e me encontrar com a Ana Beatriz. Chegando lá fui para a sede do projeto, conversei com o pessoal que havia ficado na base para saber onde o barco estava: no Alto Tapajós, no meio da Floresta Amazônica. Eles sabiam exatamente onde era o local e me passaram as informações e o nome de um barqueiro que poderia me levar ao encontro da turma, coisa de uma noite de viagem. O barqueiro me ajudou a comprar caixas de cerveja e vinho Liebfraumilch de garrafa azul — que cafonice! —, frutas, legumes, tudo que, segundo me disseram, seria bem-vindo. Saímos de Santarém por volta das nove da noite e fiquei deitado no teto do barco, fumando um e vendo as estrelas. Lá pelas tantas, fui dormir numa das muitas redes penduradas. Por volta das seis da manhã, o capitão me acordou. Estávamos chegando. A maré estava baixa, o rio tinha centímetros de água, então tivemos que descer e empurrar o barco até o povoado. Ana, Bel e os outros ficaram muito felizes e surpresos por eu aparecer naquele cafundó do judas assim, do nada! E carregado de coisas gostosas. Adoro promover felicidade!

Eu estava totalmente embasbacado pelo rio Tapajós, que é lindo, com águas claras e areias brancas! E os ribeirinhos não sabiam quem eu era! Sem energia elétrica no vilarejo, usavam lampiões a querosene, alguns até a gás. E, assim como em Noronha, se respirava sexo. Acho que em todo lugar onde a natureza é fodona, sinto tesão. Será que todo mundo é assim?

Ana e eu fizemos sexo embaixo de cajueiros, mangueiras, nos laguinhos de águas cristalinas e nas redes "de casal" que pendurávamos longe dos outros. Me lembro muito bem das mangas caindo à nossa volta. Uma imagem nunca mais saiu da minha cabeça: na entrada de um igarapé, um menino ribeirinho só de calção, arco e flecha na mão, pescando em cima de uma pedra. E, de cima da pedra, podíamos ver os peixes nadando.

O Caetano, que fazia a coordenação do lado "Alegria" do projeto — Eugenio cuidava do lado "Saúde" —, me chamou no dia seguinte pela manhã para trabalhar com as crianças e os adultos. Fazíamos improvisações, escolhíamos as melhores, ensaiávamos e à noite apresentávamos um espetáculo circense com os ribeirinhos e seus filhos.

Era assim que ele fazia em todas as aldeias. Eu apenas fui mais um palhaço do Circo Mocorongo — palavra que designa indivíduo nascido na cidade de Santarém.

De volta a Manaus, a vida continuou. Gravava um dia, não gravava dois, até que mandaram a gente de volta para o Rio. A cidade cenográfica, em Pedra de Guaratiba, estava ficando pronta e gravaríamos lá e nos estúdios de Água Grande, onde já tínhamos gravado *Pantanal*.

Assim que cheguei ao Rio fomos eu, o diretor Marcos Schechtman e uma equipe pequena para o Peru, para gravar em Cusco e em Machu Picchu algumas cenas do primeiro capítulo de *Amazônia*, antes de meu personagem chegar em Manaus. Eu interpretava Ryan, um inglês, que ia para essas cidades peruanas atrás do Eldorado — "O sonho de encontrar El Dorado, uma mítica cidade de ouro perdida na selva sul-americana, levou muitos conquistadores a se aventurarem, inutilmente, por florestas e montanhas."[1] Entre os vários lugares onde ficaria o Eldorado, estava a nascente do rio Amazonas, entre o Peru e o Brasil.

Chegando em Cusco, ficamos num hotelzinho lindo, com um jardim espanhol no meio do lobby. Mesmo tomando o chá de coca, metade da equipe sofreu com o mal de altitude. A maquiadora Marlene Moura então, coitada, quase morreu de tanto vomitar. As cenas que iríamos gravar em Cusco e em Machu Picchu demandavam outros atores que contracenariam comigo. Como eram poucas falas, não valia a pena levá-los do Brasil, então tivemos que descolar os atores por lá mesmo.

A produtora descobriu um grupo de teatro amador bem tradicional na cidade e convidou-o para um teste comigo no hotel.

---

1. Disponível em: www.bbc.com/portuguese/noticias/2013/01/130121_pesquisa_mito_eldorado_mv. Acesso em: 29 out. 2021.

Os atores eram bons, foi fácil selecionar. Me ajudaram muitíssimo a falar espanhol, já que as cenas, claro, eram faladas na língua do Peru. Gravaríamos durante uma semana, primeiro no centro de Cusco, depois nas montanhas nevadas e, por fim, no trem para Machu Picchu, para encerrar a locação com chave de ouro. Ouro inca.

Acordamos cedo no dia seguinte para gravar em Cusco e gravamos, como sempre, até o limite. Não tive tempo de tirar a peruca e a barba postiça que estava usando, nem minha roupa de explorador inglês! No trem para Águas Calientes, cidade próxima a Machu Picchu, tomei um porre de pisco, ainda com a barba e peruca do personagem.

O hotel em Águas Calientes era um lixo, caindo aos pedaços, cheio de infiltrações nas paredes, mas tinha três piscinas naturais *calientes*, claro, em diferentes temperaturas. A equipe toda se esbaldou com a experiência, nova para todos. Depois de terminar o périplo na piscina mais quente, já curado do porre, senti que estava virando sopa e fui pro quarto. Dormi excitadíssimo pelo fato de que no dia seguinte iria conhecer, trabalhar e representar em Machu Picchu!

Mais uma vez me senti aquinhoado pelo destino por ter uma profissão como a minha. Lembro-me de uma entrevista do Marcello Mastroianni, no *Conexão Internacional*, programa do Roberto D'Avila na extinta TV Manchete, na época em que ele estava filmando *Gabriela*, em Paraty. Perguntado sobre a profissão de ator, ele respondeu mais ou menos o seguinte:

— Os melhores roteiristas escrevem o que vou dizer e criam lindas histórias para eu viver; os figurinistas me vestem com as melhores roupas e os maquiadores me deixam bonito; me levam para trabalhar em lugares lindos, me obrigam a beijar mulheres encantadoras e ainda me pagam por isso!

Numa das cenas que gravamos nas montanhas nevadas, um outro personagem, cercado de lhamas, me dava um pedaço de um mapa que remetia a Machu Picchu. As cenas gravadas nas ruínas mostravam Ryan procurando o outro pedaço do mapa que o levaria ao Eldorado. Eu corria pelas ruínas, subia as escadarias correndo, entrava nos buracos, cavava o chão... O diretor, Marcos Schechtman, me fez correr muito, tanto quanto Paulo Ubiratan em *Tieta*. Lembro que as minhas botas, feitas com o resto do dinheiro que a Manchete ainda tinha, se abriram. Trabalho encerrado, pegamos um micro-ônibus fretado — e nunca pago — e voltamos para o hotel em Cusco.

Lá chegando, uma surpresa desagradável: ninguém poderia sair do hotel enquanto a Manchete não pagasse a conta. E o dinheiro não chegava. A direção então decidiu que eu iria embora sozinho, afinal, tinha que gravar no Rio, e levaria comigo todas as fitas gravadas. E eles ficariam curtindo Cusco até o pagamento e a liberação do hotel.

Levar as fitas comigo rompia todas as regras de produção, uma irresponsabilidade imensa. Afinal, as cenas gravadas no Peru eram para os primeiros capítulos da novela. Tomei um voo para Lima, onde um casal de peruanos que fazia uma base de produção na capital me buscou no aeroporto e levou para um hotel. Como não tinha voo para o Brasil no dia seguinte, tive que dormir duas noites em Lima, que, na época, 1991, não era lá uma cidade muito bonita. Pelo menos não conheci nada que valesse muito a pena. Depois de passear um pouco com o casal, o assunto da altitude em Cusco surgiu normalmente. O passo seguinte da conversa foi a folha de coca. Masquei e tomei muito chá de coca naqueles dois dias.

Em todos os tempos, em todas as regiões do mundo os homens usaram drogas. Não todos: só os mais medrosos e os mais corajosos. Os limítrofes. O "homem normal" não usa drogas, sua necessidade de aprofundamento é suprida pelo consumo constante de hambúrguer com ketchup e muito açúcar. E álcool, muito álcool. Não funciona, mas ele não sabe...

Algumas drogas nos fazem apenas sair da atitude habitual, "curtir". Já outras nos levam a mares nunca dantes navegados. Por exemplo, a *ayahuasca*: "Antropólogos e adeptos religiosos frequentemente desaprovam o uso do termo 'alucinógeno' para descrever a ayahuasca. Propõe-se o termo enteógeno (do grego *en* = dentro/interno, *theo* = deus/divindade, *genos* = gerador), ou 'gerador da divindade interna', uma vez que seu uso se dá em contextos ritualísticos específicos".[2]

"Gerador da divindade interna" — acredito que é para isso que as drogas servem. E apesar de tê-las usado por muito tempo, nunca deixei de trabalhar e cumprir minhas "obrigações de pai". Minha "divindade interna", se não tem os pés no chão, tem um dedão pelo menos, para dar o fio terra e não me deixar voar muito, como diria um psiquiatra amigo.

Voltando a Lima, no Peru, fui voar para o Brasil com a minha mala e um pacote imenso de fitas gravadas, que valiam alguns milhares de dólares. Por sorte, o avião da Aeroperú, muito antigo, estava vazio. Consegui me espichar em três bancos e dormi o voo inteiro. Chegando ao Galeão, logo vi um assistente de produção da Manchete, que me esperava para levar as fitas direto para a edição. Perguntei onde estava o carro da emissora e ele me disse que tinha vindo de ônibus, que não tinha carro.

— Como assim, você vai levar as fitas de ônibus, do Galeão até a Glória? Tá maluco? A possibilidade de ser roubado é imensa! Negativo, eu vou levar as fitas de táxi e você vai comigo! — disse a ele.

E assim fiz. Fitas entregues ao editor, me mandei para os braços

---

2. <https://pt.wikipedia.org/wiki/Ayahuasca>

da Ana Beatriz, que me esperava na sua "torre", na rua Barão de Jaguaripe, em Ipanema.

...
—

*Amazônia* estreou no dia 10 de dezembro de 1991 e foi um fracasso completo. O futuro era meio ridículo e o passado, apenas razoável. Logo o sr. Adolpho Bloch resolveu botar um fim no caos. Ligou para Tizuka Yamasaki, que havia dirigido uma novela baseada em uma ideia do próprio dono da Manchete chamada *Kananga do Japão*, exibida antes de *Pantanal*, e que fez relativo sucesso. Tizuka estava no exterior, não lembro onde, acho que num festival de cinema em Cuba, e foi acordada pelo telefonema choroso, que dizia mais ou menos assim:

— Minha querida, salve minha Manchete, pelo amor de Deus.

Tizuka pediu uma pequena fortuna. Sr. Adolpho topou, ela veio e trouxe uma nova equipe de diretores: Rudi "Foguinho" Lagemann, José Joffily, Tânia Lamarca e Betse de Paula, esta última irmã do Marquinhos Palmeira e filha do Zelito Viana. E uma nova autora, a escritora e roteirista Regina Lúcia Viana Braga, com a qual, por coincidência, eu tivera um caso assim que cheguei ao Rio, no início dos anos 1980.

A primeira coisa que Tizuka fez foi eliminar a fase do futuro da novela; *Amazônia* se concentraria apenas no passado. Criou-se um personagem para Cristiana Oliveira, protagonista da fase extinta, e continuaríamos os quatro protagonistas: Marquinhos, Lemmertz, Crica e eu. A nova fase se chamaria *Amazônia II* e o primeiro capítulo começava com meu personagem tendo um pesadelo no Peru. Assim, parte do Ibope perdido foi recuperado.

Depois de *Amazônia*, a Manchete foi vendida. Pagaram meu contrato até o fim, mas logo fiquei desempregado. Fazia tempo que a tevê e o cinema estavam ocupando o lugar do teatro na minha vida profissional, e eu estava com preguiça de produzir. Vendo hoje meu currículo, percebo que desde *Baal*, em 1988, eu não havia feito teatro. Estávamos em 1992 e eu iria continuar sem fazer.

Estava gostando do *dolce far niente*. Ana e eu resolvemos passar um tempo na casa da família dela em Teresópolis. O condomínio Weekend Club tinha uma piscina ótima, um restaurante com comida caseira, alguns moradores fixos e outros, a maioria, frequentadores de finais de semana. Era uma delícia ficar por lá cozinhando, fazendo churrasco, pizza. Quase sempre o irmão da Ana, o Rogério, iluminador teatral, casado com a atriz Nedira Campos, ia no domingo à noite ou na segunda de manhã e voltava na quarta-feira, aproveitando a folga de teatro.

Meu processo contra a Globo não tinha sido julgado ainda. Eu sabia que alguns diretores já haviam tentado me escalar, mas isso não seria possível enquanto o processo não acabasse. A primeira audiência na Justiça do Trabalho foi uma piada. O advogado, de um escritório terceirizado pela Globo, chegou atrasado e sem a resposta à petição inicial. Pediu ao juiz o adiamento da audiência, o que era um absurdo porque estávamos aguardando há quase um ano por ela. Ele teve dez minutos para bater a defesa na sala dos advogados, e o que veio foi uma chacota! Cheia de erros de português, de datilografia, uma coisa horrível. O juiz deu um esporro no advogado e marcou a audiência seguinte para alguns meses mais tarde.

Meu advogado e amigo Carlos Artur Paulon detonou na inicial. Claro que não tenho conhecimento de Direito do Trabalho suficiente para reproduzir o que ele escreveu, mas, grosso modo, ele comparou a profissão de ator à "mais antiga profissão do mundo", que usa o corpo para o exercício de seu mister. Então um ator, como uma prostituta, não poderia ser contratado como "pessoa jurídica", já que usa seu corpo físico como instrumento de trabalho. Pessoa física, portanto, *ipsis litteris*.

Acho que o escritório que a Globo contratou para defendê-la sabia que era inútil qualquer defesa: o ator é insubstituível, se ficar doente, adeus gravação, a novela para. Pode-se substituir um motorista, um engenheiro, um médico até. Um diretor, um cenógrafo, um figurinista. Nunca um ator.

Na segunda audiência, a Globo mandou uma emissária, uma senhora da assistência social, que falou que eu deveria fazer um bom acordo e voltar a trabalhar na emissora, "voltar para casa", ela disse. E era o que eu queria mesmo. Era lá que eu conseguira ser ator, diretor e produtor. Então autorizei o Paulon a fazer o acordo. Ele fez os cálculos dos direitos trabalhistas a que eu faria jus e encaminhou para o advogado deles.

Em Teresópolis, com a Ana, eu queria fazer um almoço japonês, já que tinha feito um curso de *sushiman* num restaurante da moda em troca de fotos para divulgação do curso. Consegui uns peixes recém-chegados do Rio, umas trutas da montanha criadas em Terê, afiei a faca e ia cortar os bichos como aprendi. Mas, na hora, cadê o *shoyu? Mannaggia porco cane!* Não tinha. Ligamos para o restaurante do condomínio e lá também não tinha. Ana então se dispôs a sair e comprar. Pegou o carro e foi. E não achava o *shoyu*. Teve que ir a um supermercado no centro da cidade e de lá me ligou: só tinha de um litro e era caro pra caramba. Quer dizer, nem era tão caro, mas estávamos duros, vivendo o dia a dia com dinheiro contado. Ana iria procurar mais, para ver se encontrava a garrafa pequena, bem mais barata. Assim que ela desligou, me ligou o Paulon:

— Zé, a Globo topou o acordo. É bom, cerca de 19 mil dólares fechar?

— Pode.

Tudo tinha que ser computado em dólares naquela época, a inflação fizera do nosso dinheiro um nada. Ana ligou em seguida, sem encontrar a garrafa mais barata. Ou comprava um litro ou nada.

Falei para ela comprar uma dúzia de litros porque o acordo com a Globo tinha saído. Ela voltou para casa, comemos os sushis e sashimis banhados em *shoyu*, já começando a organizar nossa viagem à Europa para gastar aqueles dólares rapidamente. Dava para fazer uma farra boa.

Com a preciosa ajuda de Fernando e Tereza, os pais da Ana, organizamos um roteiro maravilhoso de 45 dias na Europa e emendaríamos mais 15 em Nova York. Tínhamos amigos ou amigos de amigos vivendo em muitas cidades europeias e um tio da Ana, Alcides da Costa Guimarães, era embaixador do Brasil em Atenas. Resolvemos então começar nossa viagem por lá. Ficaríamos duas semanas e poderíamos conhecer bem a Grécia, já que com a Nara eu conhecera apenas Thessaloníki, Atenas e a ilha de Andros.

Pegamos um voo da Iberia — no aeroporto, um representante da empresa me deu um *upgrade* para a classe executiva e foi muito bom. Era a primeira vez que viajávamos assim e tomamos um porre. Foi *champagne* na chegada à poltrona, vinho branco com a entrada, tinto com o prato principal e xerez de primeira para a degustação final.

Tínhamos direito a uma estadia em Madri paga pela Iberia, chamava-se Programa Madrid Amigo. Chegamos no hotel lá pelas dez da manhã com uma ressaca homérica, descansamos um pouco e fomos para o centro da cidade. Era verão e o calor estava insuportável. E o pior, quase todos os restaurantes já fechados, passava das três da tarde. Depois de andarmos muito, descobrimos um aberto, mas com a cozinha fechada. O cara só tinha *gaspacho*. Pedimos. Tomamos aquilo como um néctar divino, nunca algo caiu tão bem numa ressaca: geladinho, com o frescor do tomate. Tomei litros!

No dia seguinte, partimos para Atenas. Na Grécia, hospedados na embaixada com as mordomias de praxe, conhecemos Meteora, Delfos,

Olímpia, Esparta e assistimos a uma tragédia grega no Festival de Teatro de Epidauro. Sempre viajando com o BMW emprestado pelo embaixador, com ou sem seu motorista. No dia da festa nacional brasileira, 7 de setembro, houve uma cerimônia seguida de um coquetel na embaixada em Atenas. Entre os convidados, um grego que comprava novelas da Globo para exibir na Grécia sabia mais de mim do que eu mesmo.

No meio da festa fui para a cozinha, como sói acontecer, conversar com o pessoal do "andar de baixo". Quando comecei a falar um pouco de grego, perguntaram, claro, como eu aprendera. Então contei a história de Andros em 1973, falei do meu amigo Iraklis, até que um motorista da embaixada me interrompeu:

— Eu conheço o Iraklis, ele é casado com minha sobrinha Marta.

Respondi que devia ser outro, porque o Iraklis que eu conhecia era casado com Eleni.

— Era, sim, mas se separou e se casou com a Marta — disse ele.

Dito isso, o motorista da embaixada pegou o telefone para ligar para a sobrinha, de modo que em poucos minutos eu estava falando com o meu amigo grego. Foi emocionante. Marcamos de ir visitá-lo em Andros — a ilha da água e do vento. A chegada ao porto de Gavrio, na ilha, foi uma festa grega: começou ali e passou por várias tabernas da vila portuária. Dormir na casa que ajudei a construir quando lá morei com a Nara e onde ele vivia com Marta foi uma emoção absurda — só quem tem um amigo grego sabe o sentido de filoxenia.

Depois de alguns dias em Andros, Iraklis e Marta insistiram para que fôssemos para Mykonos. Entre as duas vezes que estive na ilha, em 1973 e daquela vez, Iraklis tinha morado alguns anos em Nova Jersey e estava muito bem de grana. Em Mykonos ficamos em um hotel ótimo, recém-inaugurado. Ao chegarmos no quarto, fomos procurar atrás da porta o valor da diária — como é comum na Europa —, mas não achamos. A Ana ficou ainda mais apavorada quando eu lhe disse, brincando, que, se não tinha preço, devia ser muito caro. Mas foi apenas uma falha do hotel. No final, o Iraklis pagou as diárias e nós as refeições. Filoxenia.

Passamos o fim de semana na companhia de quinhentos gays americanos e canadenses que estavam num cruzeiro. Um motorista de táxi que nos serviu disse que na semana seguinte chegaria outro, este com setecentas lésbicas, todas ricas como os quinhentos gays do primeiro cruzeiro. E Iraklis no táxi me perguntava, com seu sotaque grego carregado:

— *Why, Jose, two men, beautiful men, kissing each other, kissing in the mouth! I can't understand!*[3]

E o motorista do táxi:

— *Why? To bring us money, lots of money. Doesn't matter if you don't understand.*[4]

Mykonos bombava. Iraklis voltou para Andros, nós seguimos para Atenas, de onde tomamos um voo para Roma. Lá pegamos o nosso carrinho alugado, ou melhor, comprado em *leasing* da Citroën num programa do governo francês para incrementar a venda de carros zero km. Era um AX-10, o menor carro fabricado pela marca, com motor a diesel. Fizemos tudo que tínhamos que fazer em Roma, menos ver o papa.

Vimos o Bertolucci. No Brasil já havíamos encontrado com ele, que tinha nos autorizado a adaptar o roteiro de Último Tango em Paris para teatro, uma ideia da Ana. Precisávamos de uma

---

3. "Por que, José, dois homens, lindos homens, se beijando e na boca! Eu não consigo entender". (T.L.)
4. "Por quê? Para nos trazer dinheiro, muito dinheiro. E não importa se você não entende". (T.L.)

autorização por escrito e aproveitamos a oportunidade para ir até a casa dele, no bairro Trastevere. Mas ele não estava. Deixamos o documento e voltamos no dia seguinte, quando pegamos o papel assinado. Mas nunca fizemos a peça.

De Roma fomos a Florença, outra cidade que amei de paixão e visito muito, e San Gimignano, do filme inesquecível *Chá com Mussolini* e do vinho branco Vernaccia. Demos uma bela rodada pela Toscana — linda demais! — e fomos para Treviso, a fim de procurar o documento de nascimento do meu Nono, como já contei no primeiro livro. Veneza fica a poucos minutos de trem de Treviso e passamos apenas um dia lá.

Da Itália fomos para a Espanha, só parando em San Remo — na fronteira com a França — para visitar a Villa Ada e a Villa Clélia, casas antigas da família do meu padrinho Agostinho Prada. Paramos em Barcelona, onde tínhamos uma amiga e um lugar para ficar. Passamos dez dias curtindo a cidade e o *taller*, onde nossa amiga Malu Morenah morava com um monte de artistas, inclusive um alemão que, na despedida, nos fez uma *paella* para ninguém botar defeito. Lá encontrei Neville d'Almeida na Fundació Antoni Tàpies, numa *vernissage* dos *Parangolés* de Hélio Oiticica, dentro do Projeto HO, que estava rodando o mundo. Foi uma noite homérica.

Adoro Barcelona, cidade a que volto todas as vezes em que vou à Europa. Lá um brasileiro nos recomendou Las Alpujarras, uns *pueblos* nas montanhas da Sierra Nevada. Depois de nos encantar com Córdoba e Granada e suas marcas do tempo em que cristãos, judeus e muçulmanos conviviam na boa — e tudo foi jogado fora pelos cristãos —, fomos procurar os tais *pueblos*. São três: Capileira, Bubion e Pampaneira. Realmente um lugar mágico. Em Capileira foi descoberta a reencarnação de um lama budista-tibetano — construíram inclusive um templo em sua homenagem — e o menino foi levado ao Tibet, para desenvolver sua santidade. Nós conhecemos a mãe dele numa festa de artistas, a maioria dos moradores de Las Alpujarras. Muitos anos depois, essa história serviu de inspiração para a novela *Joia Rara*, só que o menino virou menina e foi representada por Mel Maia. Voltamos para Madri, de onde pegamos o voo para Nova York. Sim, nossa volta seria via Nova York, a famosa triangulação que fazia a volta pelos EUA sair o mesmo preço de voar direto para o Brasil. Passamos 15 dias, viajando *budget*, ou seja, fazendo de tudo para economizar. Ana tinha algumas amigas morando lá, entre elas a Bebel Gilberto, ainda antes do sucesso. Ficamos amigos de cara. Saíamos com outras amigas, todas beirando os trinta, de pretinho básico. Eu era o único homem. Curtimos muito os dias e noites nova-iorquinos com essa galera — principalmente frequentando o badalado restaurante Barolo, cujo dono era namorado de um brasileiro amigo das "meninas de preto" e dava descontos conside-ráveis na conta — finalizando dois meses de viagem em que, mais uma vez, gastei quase tudo o que ganhei, separando sempre antes e com responsabilidade o sustento das crias.

De volta ao Brasil, duro de novo, recebi um telefonema do Paulo José contando que havia tentado me escalar para algum produto da casa, mas não conseguira porque eu ainda teria um processo contra a Globo. Quando liguei para tentar entender o que estava acontecendo, soube que o computador da empresa ainda não havia dado baixa no meu processo na casa. Marquei um encontro com um dos executivos, Mário Lúcio Vaz, cuja principal característica — além do trato muito agradável — era vestir-se sempre de branco. Enquanto conversávamos, entrou na sala o Luiz Fernando Carvalho, que me convidou para fazer *Renascer*, ali na hora, na cara do Mário. Ele ligou para o departamento jurídico, que afirmou que eu estava liberado e podia ser contratado novamente. Era a primeira vez que um ator processava a Globo e — surpresa! — voltava a trabalhar lá. Dizia-se que alguém reclamara com o Boni por eu ter sido recontratado, o que seria um mau exemplo. Nunca confirmei, mas Boni teria respondido algo como "caráter é característica de ser humano, não de empresa. O objetivo da empresa é o lucro, se o Zé dá lucro para a Globo, contrata de volta." Mais tarde aconteceu o mesmo com o Cláudio Marzo. Processou, fez acordo e voltou.

E lá estava eu de volta à Globo fazendo então o advogado-detetive que descobria que Buba era hermafrodita. Buba era o nome do personagem que levou Maria Luisa Mendonça ao sucesso logo na primeira novela. Nunca esqueço quando fomos gravar em São Paulo e o autor, Benedito Ruy Barbosa, nos levou para almoçar n'A Toca, a mesma churrascaria que eu frequentava quando estava no TUCA (está tudo no Livro I desta *Abreugrafia*). Outra coisa que não esqueço foi o injusto massacre da mídia contra minha querida Adriana Esteves fazendo sua primeira protagonista, o que a afastou da carreira por um bom tempo. Meu personagem nem fedeu, nem cheirou.

Daí veio *Sonho Meu*, dirigida por Reynaldo Boury, na qual eu faria o vilão, casado com a mocinha Patrícia França. Outra história maluca. Patrícia havia sido descoberta por Paulo Afonso Grisolli para fazer a minissérie *Tereza Batista*, baseada no livro homônimo de Jorge Amado. Depois de meses procurando uma atriz para o papel-título, ele a encontrou numa peça infantil em Pernambuco. Patrícia fez a minissérie, saiu-se bem e foi escalada por Paulo Ubiratan para ser a protagonista de *Sonho Meu* depois de uma passagem brilhante na primeira fase de *Renascer*, uma produção especial.

Patrícia não tinha experiência e minissérie era bem diferente, tinha mais tempo para gravar, para ensaiar. Grisolli deve tê-la dirigido com cuidado em *Tereza Batista*, assim como Luiz Fernando Carvalho em *Renascer*. Assim, quando ela foi jogada num estúdio de novela, o bicho pegou. Gravava muito, praticamente todos os dias, com uma quantidade enorme de texto para decorar. Eu já tinha visto aquilo acontecer com a Maitê Proença em *As Três Marias*, e tem que ser muito forte para resistir.

O fato é que, logo nos primeiros capítulos, talvez por defesa, Patrícia discutia as marcas, as intenções, parava no meio da cena. Ficou difícil para o Boury, a ponto de ele pedir para a Globo chamar outro diretor para dirigir as cenas dela, o também ator Cláudio Cavalcanti. Apesar de tudo isso, a novela fazia sucesso; havia a menina Carolina Pavanelli, que fazia minha filha e que estava estourando. A novela se passava em Curitiba, Elias Gleizer fez um enorme sucesso como Tio Zé, um Geppetto abrasileirado. Meu personagem era um maluco bêbado, Geraldo, que mudava de comportamento como de roupa.

Elias e eu começamos a falar mal da novela. Depois do último capítulo, dei uma entrevista para a *Folha* abrindo o verbo, dizendo que os autores não se falavam, que a cada capítulo o meu personagem era diferente, um dia ameaçava matar Tio Zé com um revólver e no outro apanhava com palmadas na bunda. O fato é que o personagem foi mal construído mesmo, mas dar aquela entrevista, que teve uma repercussão tremenda, foi uma ideia idiota. O Paulo Ubiratan, que não era mais apenas diretor de novelas e estava galgando outros postos como executivo, mandou me demitir. Apesar de sermos amigos.

"Saco", pensei, "vou ficar duro de novo".

Eu e Ana Beatriz Wiltgen no projeto Mambembom
— Mambembar é Bom (1994)

# CAPÍTULO 10

Ana e eu então resolvemos montar uma peça e viajar pelo Brasil. Me lembrei de uma compilação que o Luís Artur Nunes — sempre ele — tinha montado anos antes em Porto Alegre, com várias cenas de comédias em que o mote era briga de casal: *A Comédia dos Amantes* ou *Os Amantes da Comédia*. Começava com uma cena da comédia grega *Lisístrata ou A Greve do Sexo*, ia para *A Megera Domada*, passava por *Romeu e Julieta*, ambas de Shakespeare, e por um melodrama americano antirracista chamado *A Octoruna*, de Dion Boucicault, que só o Luís Artur conhecia.

Era tudo muito engraçado. Claudia Borioni faria a direção da peça. Ela é hilária, como atriz e como diretora, teve ideias ótimas e nos divertimos muito ensaiando. Pedi emprestada uma cobertura que o meu amigo Paulon tinha em frente ao Shopping da Gávea e começamos a ensaiar lá. Até que um dia, numa improvisação para a cena de *Lisístrata*, fizemos uma simulação de luta de espadas com escudo. Como acabáramos de comer uma pizza, peguei a caixa e improvisei com grampos e fita crepe dois escudos, um para cada um. Como espadas usamos um cabo de vassoura quebrado ao meio.

Logo na primeira tentativa de ensaio da luta, o escudo da Ana bateu no meu rosto, mais especificamente no meu olho esquerdo. Dentro. Dei um urro de dor, a Ana deu um grito de desespero e a Claudia um de susto! Lava, bota gelo, a Claudia desceu para a farmácia que havia no térreo do prédio para comprar um colírio. Mas a dor era imensa. Encerramos o ensaio e fomos para a casa da Ana. Compressas de gelo, água boricada, e a dor não passava. Era um sábado e tive que ir a um pronto-socorro oftalmológico: cinquenta por cento do meu olho tinha sido atingido, quase fiquei cego. Saí de lá com um tampão enorme no rosto. A Ana ficou desolada, mas sem motivo, não havia culpa. Tivemos que parar os ensaios por alguns dias. Nessa época, um jornal paulista publicou uma foto minha na capa com o tapa-olho e a manchete: "Esposa fura olho de ator da Globo com caixa de pizza".

Voltamos a ensaiar, mas o olho continuou com problemas. Tive que fazer várias microcirurgias para corrigir uma camada do epitélio que não parava de crescer. Mais tarde mudamos nosso local de ensaio para o Brizolão, um Ciep com centro esportivo e cultural montado pelo Leonel Brizola num antigo hotel desativado ao lado da favela de Ipanema, no morro do Cantagalo. Lá tinha um teatrinho perfeito para montarmos nosso circo. Um dia, o Theo subiu o morro com o meu carro e passou no meio de um tiroteio. Por pouco não foi morto por traficantes. Ele não sabia que tinha que andar de faróis apagados e deu luz alta nos olhos dos caras. Foi punk.

Iríamos começar a viajar numa caminhonete. Medimos sua caçamba para que o cenário, desmontado, coubesse nela. As luzes também seriam colocadas em caixas previamente calculadas para caber perfeitamente no carro. Tudo criado pelo iluminador Rogério Wiltgen, irmão da Ana, que desenhou um novo tipo de tripé de luz usando *spots* de pequenas lâmpadas dicroicas, com o mesmo feitio dos *spots* normais de teatro, só que em miniatura, muito bonitinhos. Os tripés ficavam no palco e operávamos as luzes com os pés, numa mesa que ficava no chão especialmente criada pelo Rogério. Criativo pacas! A caminhonete de cabine dupla levava quatro pessoas: Ana, eu, o Guta, que já tinha trabalhado como ator no Teatro Ipanema e ficaria responsável pela parte técnica, e a Bel Themudo, amiga da Ana de anos, incumbida da produção e administração da viagem.

Montamos a sede do projeto, chamado *Mambembom — Mambembar é Bom*, em Santa Rita do Passa Quatro, minha cidade natal, na casa onde nasci. Fizemos um escritório num dos quartos, eu e Ana dormíamos no quarto da direita, Bel no da esquerda e Guta no do fundo. Tudo perfeito para uma temporada pensada de quatro meses. Fazíamos a peça de terça a sábado, sempre folgando nos domingos. Por quê? Porque focamos a divulgação da peça nas escolas a partir da oitava série, ensino médio e universitário.

Durante o dia eu fazia palestras de trinta minutos nas escolas, várias por dia. Falava sobre o nascimento e a evolução do Teatro através do tempo, com muito humor. Era um sucesso. No final da "palestrinha", como chamávamos, a Bel e o Guta vendiam ingressos enquanto eu dava autógrafos. A peça lotou desde a estreia, afinal, *Sonho Meu* tinha sido um grande sucesso. E a fama das palestrinhas correu o interior de São Paulo. Que diretor de escola, pública ou privada, não queria ter um ator da Globo falando sobre teatro para seus alunos, e de graça?

Todo sábado voltávamos a Santa Rita depois da peça. Chegávamos por volta de meia-noite e parávamos no Bar do Zé. Guta se encantou pela garçonete, Sônia, gente finíssima, mãe de duas filhas, e os dois engataram um namoro. Ela passou a frequentar a casa, acabaram juntando os trapos. E, às vezes, nas folgas do restaurante, ia conosco em alguma cidade vizinha onde nos apresentávamos. Todo mundo gostava muito dela.

Um dia, a Bel entrou numa que queria voltar para o Rio e a Sônia pediu demissão do bar e veio substituí-la, pois já sabia fazer quase tudo o que a Bel fazia. Voltamos a viajar com uma vantagem: se antes usávamos três quartos — a Bel e o Guta dormiam em quartos separados —, passamos a precisar de apenas dois. Guta e Sônia se casaram e foram morar em Visconde de Mauá, um paraíso no interior do estado do Rio.

Em seguida, ampliamos nosso atendimento para Minas Gerais, depois Santa Catarina e Rio Grande do Sul. Um dos dias mais importantes foi quando fizemos a peça em Pelotas, no Teatro Sete de Abril — que, como já vimos no Livro I, chegou a ser chamado galhofeiramente de "Zet de Abreu" —, e a RBS TV, emissora na qual eu havia iniciado minha carreira televisiva, me fez uma homenagem surpresa. Como era meu aniversário, me chamaram para uma entrevista que, na real, foi uma transmissão ao vivo de uma festa no saguão do teatro. Os convidados eram atores que tinham trabalhado comigo nos anos 1970, ex-alunos da universidade e amigos em geral. Foi emocionante.

Outra coisa legal é que, anos depois, o projeto *Mambembom —
Mambembar é Bom* acabou sendo incluído como um dos estudos de
caso da dissertação de mestrado na pós-graduação em Teatro da
Unirio, que Ana Beatriz defendeu brilhantemente.

Ricardo Waddington fez contato comigo dizendo que o Paulo
Ubiratan me perdoara pela matéria da *Folha* e queria que eu voltasse
para fazer um trio com Zé Mayer e Lilia Cabral na novela que marcava
a volta de Maneco (o autor Manoel Carlos) à Globo: *História de Amor*.
Regina Duarte faria a Helena, nome de todas as protagonistas do
Maneco, e faria liga com Zé Mayer, que era amado por Lilia, que era
amada por mim. Os personagens, claro. Os três éramos médicos,
sócios numa clínica.

Novela de grande sucesso, foi a segunda a ser gravada no Projac,
o que significou uma grande revolução: estúdios imensos, iluminação
presa no teto com refletores subindo e descendo eletricamente,
enfim, uma nova maneira de gravar novelas em uma locação enorme,
com floresta, rios, bichos-preguiça, gato do mato... Até uma montanha
tem no Projac, hoje chamado Estúdios Globo.

Lá pelas tantas eu contracenava e me apaixonava pelo personagem
da Maria Ribeiro, que era amiga de infância do meu filho Theo e
namorada havia anos de um dos melhores amigos dele, o hoje diretor
Rafael Salgado. Havia uma confusão entre o meu personagem e o
do Zé Mayer, que não aprovava o envolvimento com sua irmã. Mas
nosso amor vencia e nos casávamos no último capítulo. Alguns dias
antes do casamento, eu ia visitar o local de trabalho dela e tinha
que lhe dar um beijão na boca. E eu não conseguia, era quase como
um incesto, tão novinha ela era! Mas o Ricardo exigiu e tive que
cometer o beijo.

Depois de *História de Amor*, o Projac começou a fazer parte da nossa vida e a emissora, na Lopes Quintas, desapareceu. Só fui lá mais umas quatro ou cinco vezes, apenas para dar entrevistas em época de Copa do Mundo.

...

*O Guarani* foi um filme que fiz com direção e produção da Norma Bengell. Lançando Marcio Garcia como Peri, e com Tatiana Issa — que tinha sido minha amante juvenil em *Amazônia — Parte II* da Manchete — no papel de Ceci. Tatiana, como Maria Ribeiro, também tinha sido parte da turminha dos meus filhos Theo e Ana na infância/ adolescência.

Norma, dirigindo, era muito louca. Tinha importado um microfone que chamavam de "microfone da Madonna", moderníssimo para a época — e que eu apelidei de "microfone da mandona". Ela gritava feito doida, dando "ação!", "corta!" e às vezes comentando a cena no microfone em voz alta enquanto a cena rodava, levando à loucura o técnico de som direto.

Isso aconteceu na cena da morte do meu personagem, Loredano, o primeiro vilão romântico da literatura brasileira, que morria queimado numa fogueira. No último *take* — não tínhamos mais madeira nem gás para o fogo — a Norma começou a berrar "genial, genial!" no microfone da mandona, e por isso meu grito de morte final teve que ser cortado na edição!

Anos antes, num Festival de Gramado, tínhamos tido uma noite de amor — Norma era uma loucura na cama —, e ela me protegeu o tempo inteiro durante as filmagens de *O Guarani*. Um diretor chegou a dizer que o filme acabava na cena da minha morte. É muito bom representar sendo tratado da maneira que gostamos. E, como os protagonistas eram atores muito jovens, meu trabalho sobressaiu ainda mais.

As últimas tomadas filmadas — que eram o prólogo do filme, quando meu personagem usava cabelo curto, barba raspada e ainda era padre — foram feitas em Icapuí, uma praia no Ceará. Ficamos hospedados numa pousadinha de frente para o mar e foi um grande barato. Gravamos numa locação linda, entre o mar e as falésias coloridas. Me lembro das lagostas que a produção comprou da cooperativa dos pescadores local. Foi em Fortaleza, na volta das filmagens, que Tatiana e eu finalmente resolvemos um tesão bilateral que pintava desde *Amazônia II*.

Um dos filmes mais difíceis que fiz foi *O Cineasta da Selva*, um docudrama dirigido pelo Aurélio Michiles, um dos criadores do *Globo Repórter*. Eu era o único ator em um filme narrado em primeira pessoa. Na cena do casamento do personagem-título, a atriz Denise Fraga fazia a noiva, sem fala. Nos outros dias, era eu sozinho.

Aurélio, excelente documentarista, chamou uma *coach* que estava começando sua carreira. No primeiro encontro, ela foi me preparar usando uma técnica que eu já usara anos antes, ainda em Pelotas. Embora ela fosse talentosa, decidi "enfrentar o touro" sozinho. Cada cena tinha uma ação paralela, e esta, muitas vezes, não tinha nada a ver com o que era dito. Falar na primeira pessoa um texto um tanto rococó escrito pelo Silvino Santos, o próprio cineasta da selva, já idoso, não era mole.

No filme, o personagem estava escrevendo a sua biografia, o livro era visto pelo espectador e se chamava *História de Minha Vida*. E "favorecendo" para a câmera, quer dizer, me colocando à disposição da imagem, facilitando a afinação da luz, o posicionamento do microfone etc. Afinal, era um filme sobre um fazedor de filmes. O resultado foi bom, mas considero a minha interpretação muito professoral, monocórdia.

Ganhamos alguns prêmios, fui indicado como melhor ator no Festival de Brasília, mas o júri me desclassificou por considerar que eu não estava representando no filme porque não contracenava com outros atores e narrava a ação na primeira pessoa. Uma prova total de ignorância no tocante aos narradores *brechtianos*, mas tudo bem. Eu, que já tinha feito narração em *A Salamanca do Jarau*, recurso muito utilizado pelo diretor Luís Artur Nunes — o rapsodo — em suas criações teatrais, sabia, claro, que estava interpretando.

Com muita surpresa, em 2015, muitos anos depois das filmagens, recebi um carinhoso telefonema do Jô, me convidando para ir ao seu programa falar sobre o filme. Ele o havia visto e adorado, queria então conversar comigo, Aurélio e Denise Fraga. Fomos, e como sempre, foi muito bom.

Em 1997, Paulo Ubiratan me chamou para fazer a novela do Aguinaldo Silva, *A Indomada*, que teria sua primeira fase gravada em Maragogi, uma cidade em Alagoas. Eu tinha acabado de voltar do Nordeste, onde filmara *Guerra de Canudos*, estava a fim de ficar no Rio, então recusei. O Paulo ficou puto porque eu nem o deixei terminar de falar e já fui dizendo que não queria. Dez minutos depois, me ligou o Ruy Mattos, o homem da grana, dizendo que era uma novela ótima, que o personagem era hilário e que a Globo precisava de mim.

O personagem seria feito pelo Hugo Carvana, mas, com figurino e tudo pronto, ele havia tido um problema de saúde e teria que ficar em observação, não poderia viajar. A equipe já estava lá, gravando, eu teria que ir "ontem". O Ruy terminou dizendo que, caso eu não aceitasse, seria demitido de novo. Liguei de volta para o Paulo e falei que, como o papel era bom, eu aceitaria. Ele "gentilmente" me mandou tomar no cu e disse que eu só aceitara por medo de ser demitido, "seu viado". Rimos e ficou tudo bem.

Quando cheguei a Maragogi, vi que o destino mais uma vez tinha me dado um presente. Quando experimentei o figurino do Carvana, mais baixo e gordo que eu, gostei de usar a calça acima da cintura, com o suspensório na altura dele, o que me deu um jeito de andar diferente. Pedi para não ajustarem a roupa. Apenas baixaram a bainha das calças e mudaram o tamanho dos coletes. Escolhi um chapéu pequeno, e, depois de meia hora andando para lá e para cá com o figurino, o delegado Motinha estava pronto.

Adoro criar personagem de novela a partir do figurino. De fora para dentro, portanto. Como você não sabe ao certo o rumo que ele vai ter — novela é obra aberta, podendo ser modificada ao longo do percurso —, fica mais fácil. Numa obra fechada, como uma peça ou um filme, ou até uma minissérie, em que você sabe tudo o que vai acontecer com o personagem, faço o caminho inverso, ou seja, crio de dentro para fora.

Ficamos hospedados num resort maravilhoso, novinho, o Salinas Maragogi. Os donos tinham uma fazenda ao lado do hotel, ou melhor, a fazenda é que ia até o mar e os donos construíram o hotel dentro da fazenda, na beira do mar — era só atravessar uma estrada de asfalto. Então, gravávamos na fazenda de cana-de-açúcar, como o roteiro exigia, e ainda tínhamos a praia no hotel, um mar lindo, cheio de piscinas naturais.

Num domingo de folga, saímos Paulo Ubiratan, Marcos Paulo, Flavio Nascimento e eu. Flavio dirigindo um Buggy alugado pela praia até um bar famoso na região, onde comemos camarão, caranguejo e bebemos cachaça. Voltamos os três bêbados e acompanhados.

E Flavio Nascimento sóbrio, como se espera de um produtor, dirigindo o Buggy.

Foi no resort Salinas Maragogi que Marcos Paulo deu uma das tiradas de humor mais irônicas — ou maldosas — do seu imenso arsenal. Ao passarmos por um pequeno portão que levava à praia, vimos duas turistas, também hóspedes do hotel. Uma delas olhou para o Marquinhos e disse para a outra:

— Olha o Marcos Paulo, como está gordo!

E ele, na lata:

— Eu posso emagrecer facilmente, mas essa sua cara, nem o Pitanguy resolve.

Pano rápido.

A novela era uma loucura, farsa genial do Aguinaldo: passava-se numa cidade imaginária pernambucana, Greenville, que, colonizada por ingleses que lá estiveram para implantar uma estrada de ferro, sente-se inglesa por ter entre seus habitantes alguns descendentes dos britânicos que se lambuzaram com as moças do lugar. Os habitantes, então, falavam algumas palavras em inglês com sotaque pernambucano. Era um tal de *oxente, mai godi* e *uóti?* hilários. E o elenco era de matar!

Meu núcleo era o de maior nível de comédia. Éramos os três fofoqueiros da cidade, que passávamos os dias na praça a ver e comentar a vida dos moradores: padre José, representado brilhantemente pelo Pedro Paulo Rangel, que, além do sotaque britânico-pernambucano, ainda acrescentava um toque alemão; o dono do British Club, Flávio Galvão, e o delegado Motinha, representado por este seu criado. Paulo Betti fazia o prefeito corrupto. Havia um buraco enorme na cidade, ao lado da prefeitura, "por onde escoavam as verbas públicas", como dizia o delegado, mostrando que não, a corrupção não começou com o PT.

Após a metade da novela, meu personagem, tentando investigar o tamanho do buraco, cai nele e desaparece. Depois de todas as tentativas infrutíferas de recuperar o delegado, o padre resolve fazer uma missa de encomendação da alma, sem o corpo. Claro que o delegado Motinha reaparece bem durante a tal missa, surpreendendo a todos e fazendo o padre desmaiar inúmeras vezes. Ele então conta que o buraco o havia levado até o Japão, onde foi cuidado e alimentado. Ninguém acredita, mas Motinha continua e diz mais: que lá se casou com sua salvadora, uma jovem japonesa. E, no auge da incredulidade dos presentes, a faz entrar na igreja, provocando um oh! dos personagens e dos espectadores e que ecoou por todo o Brasil. A audiência foi enorme, o elenco inteiro da novela estava na cena, na igreja, e as reações de cada um dos personagens foram hilárias.

A Indomada foi um marco na dramaturgia de Aguinaldo Silva, um dos melhores autores de novelas de todos os tempos, simplesmente genial. Nunca, creio, um elenco se divertiu tanto numa novela. Ríamos nos ensaios, durante a cena, depois dela. Paulo Ubiratan estava num dos melhores momentos de sua vida. Marcos Paulo, diretor geral, curtindo muito fazer comédia. Renata Sorrah estava brilhante, Eva Wilma, maravilhosa! Para ter ideia da loucura que era a novela, no último capítulo, Emanoel, personagem de Selton Mello, virgem, vira anjo, ganha asas e sobe aos céus em praça pública diante de todo o elenco. Fora o mistério do Cadeirudo, personagem que aparecia nas noites de lua cheia para atacar mulheres desprevenidas.

A partir de A Indomada, minha amizade com Paulo Ubiratan se consolidou ainda mais. Éramos muito diferentes: ele caretíssimo, eu doidão. Mas bebíamos juntos e tudo bem. E com o Marcos Paulo também. Foi Marquinhos quem me alertou sobre a minha aposentadoria — coisa que jamais havia passado pela minha cabeça geminiana. Indicou-me a pessoa na Globo que poderia ajudar e me aconselhou a esquecer numa poupança o salário de aposentado e o fundo de garantia que passaria a receber mensalmente.

Aceitei o conselho e acabei juntando um dinheiro que, anos depois, me ajudaria a comprar um apartamento do Rio. Começamos a sair para jantar quase todas as noites, eu e o Paulo Ubiratan. Não só nós dois, mas um grupo formado por Cássio e Tato Gabus Mendes, Antônio Grassi, Flávio Galvão, Paulo César Grande e alguns outros poucos. Nos divertíamos muito nos jantares, principalmente no Arlecchino, o restaurante.

Caracterizado como General Arthur Oscar para o filme
Guerra de Canudos (1996)

# CA
# PÍ
# TU
# LO

# 11

Fiz dois filmes com direção do Sérgio Rezende e produção da Mariza Leão, ambos com Paulo Betti. O primeiro filmamos em Vitória, no Espírito Santo, e em Ibotirama, na Bahia, e suas cercanias. Para chegar em Ibotirama, nas margens do Rio São Francisco, pegávamos um voo do Rio para Brasília, outro de lá para Barreira (BA) e mais algumas horas de carro numa estrada poeirenta.

O filme era *Lamarca*, nome de família de Carlos Lamarca, um dos maiores líderes na luta contra a ditadura. Paulo fazia o papel-título e eu, o major do exército que o assassinara. Meu personagem entrava no filme aos poucos para se destacar na segunda parte, quando o roteiro se concentrava na caçada final. Como era uma história verídica, o major, que já era general, processou a produção antes de o filme ser finalizado. Seu nome, na vida real, era Nilton Cerqueira. O processo andava e o filme também.

A filmagem da cena do assassinato de Lamarca, a sangue frio, foi feita na Bahia, bem perto do lugar onde o fato acontecera, nos arredores de Brotas de Macaúbas e Oliveira dos Brejinhos. Parentes de Lamarca e de outros mortos pela ditadura apareceram por lá e foi muito duro ouvir seus relatos sobre as torturas por eles sofridas.

Em Ibotirama, barranca do São Francisco, onde os barcos usam as famosas carrancas, ficamos num hotel no meio do nada, reformado especialmente para abrigar a enorme equipe que um longa normalmente usa, ainda mais naqueles tempos de película. Durante o dia, os bois da região entravam no pátio interno do hotel para pastar sua graminha. Era lindo passear nas noites de lua cheia às margens do Rio São Francisco, vendo as impressionantes carrancas e entrando nas barcas, especialmente acompanhado de uma jovem ibotiramense que conheci no posto de gasolina que pertencia a seu pai.

O outro filme, *Guerra de Canudos*, era uma superprodução, com três horas de duração, e foi filmado em Junco do Salitre (BA), também no meio do nada. Ficamos hospedados em Petrolina (PE), mais uma vez na barranca do Velho Chico, que no sertão faz a divisa entre os dois estados nordestinos. Zé Wilker fazia Antônio Conselheiro, com uma barba e uma peruca que, apesar de importadas de Hollywood, quase derrubam a credibilidade do filme. Marieta Severo, Paulo Betti, Selton Mello, Tonico Pereira, Cláudia Abreu e eu fazíamos os principais papéis. O meu era o General Arthur Oscar, o terceiro comandante das forças do Exército contra os revoltosos de Canudos. O segundo era o coronel Moreira César, representado pelo Tonico Pereira.

Durante o filme, a animosidade entre os dois militares, que faz parte da História, passou para a vida real, mas como comédia. Começamos a disputar qual dos militares ganhava mais batalhas. Tonico era ruim de cavalo e eu, ótimo cavaleiro. Por isso, como sempre acontecia, me deram um cavalo novo e enorme, muito difícil de comandar. Era o 19, emprestado pela Polícia Militar do Estado da Bahia para a filmagem. Quando tinha que galopar nas cenas de guerra, Tonico parecia um joão-bobo em cima do cavalo. Seu corpo pulava de um lado para outro, quase caía, mas seguia firme comandando seu pelotão. E eu, sempre por perto tirando sarro, dizendo que ele, um mero coronel, jamais chegaria a general andando a cavalo daquele jeito.

Numa ocasião, não conseguíamos filmar um *big close* meu sobre o cavalo porque ele não parava de se mexer, dificultando muito o *take*: colocava a cabeça entre mim e a câmera, batia as patas da frente no chão, indo para cima do *cameraman*. O sol estava caindo e não conseguíamos fazer. Então o Antônio Luiz, diretor de fotografia, sugeriu que fizéssemos a cena sem o cavalo, um "truque" de cinema: colocaram a sela no mourão de uma cerca para eu ficar no alto, sentei, segurei as rédeas como se sobre o cavalo estivesse, e mexi o tronco para fingir movimento. Ficou ótimo, mas algum imbecil tirou uma foto.

Na hora do jantar no hotel, quando toda a equipe e o elenco estavam reunidos, entra Tonico com a foto, me esculachando. Foi uma gozação geral. A partir desse dia, até hoje, nos esculachamos mutuamente sempre que nos encontramos. Os atores mais novos, que não conhecem a história, ficam impressionados com o nível da agressão entre nós, principalmente falando de nossos personagens e nossa qualidade como atores. Não sabem que é tudo comédia e que somos amigos. Mas que ele faz tudo igual, ninguém discute... (Escrevi e saí correndo!)

Petrolina, no verão, não era um lugar lá muito gostoso e Junco do Salitre era seco demais, um pó desgraçado. Tinha apenas cinco ou seis casas; uma delas, nossa base de produção. A algumas centenas de metros dali ficava a cidade cenográfica que recriava Canudos, genial obra do cenógrafo e diretor de arte Claudinho Amaral Peixoto, um apaixonado por cinema. Os figurinos, mais uma vez da gloriosa Beth Filipecki, e produzidos pelo querido Renaldo Machado.

Saíamos bem cedo do hotel e em meia horinha chegávamos em Junco. Vestíamos os figurinos e íamos para a periferia da aldeia cenográfica, onde ficavam acampados os soldados e o alto comando. Lá, no chamado Morro da Favela — favela é nome de uma planta que cobria o morro e que, quando tocada, solta um leite branco que queima a pele — ficava também minha tenda de comandante, onde, na ficção, eu fazia minha barba de general, as refeições e organizava reuniões com os oficiais.

Filmávamos até uma da tarde e voltávamos a Junco para almoçar. Depois do almoço, tudo de novo. A poeira era imensa, respirávamos pó. Um efeito incrível de luz era conseguido mexendo a poeira com um galho de árvore e fazendo-a subir. A contraluz formada pelo sol querendo romper aquela parede de pó parecia um quadro renascentista. Minha garganta às vezes ficava tão cheia de poeira que as cordas vocais se recusavam a vibrar como de costume. Muitas cenas foram filmadas com uma certa rouquidão e algumas foram dubladas depois.

A palavra "favela", como a entendemos hoje, surgiu de uma maneira insólita: a promessa do governo brasileiro de dar uma casa de presente a cada soldado que participara daquela guerra insana, o que fez com que todos viessem para o Rio cobrar o que fora prometido. Eles ficaram acampados num morro atrás da Central do Brasil — o Morro da Providência —, que, para os soldados, lembrava o Morro da Favela de Canudos, e começaram a chamar o acampamento pelo mesmo nome. Aos poucos o local virou apenas favela, e o nome do arbusto se estendeu para todos os morros cariocas onde pobres viviam em condições precárias. Hoje, seu significado todo mundo sabe.

Outra coisa que matava de cansaço era subir e descer daquele imenso cavalo, o 19, várias vezes numa cena. Ensaiávamos umas quatro ou cinco vezes, filmávamos duas ou três. Parece pouco, mas num cavalo alto precisa-se usar muita força na perna esquerda, com o pé no estribo, para subir elegantemente, como deveria acontecer com um general da cavalaria. Às vezes eu usava uma "três-tabelas", um caixote de madeira com três alturas diferentes, que é o maior quebra-galho no cinema. Isso me fazia mais alto, facilitando a subida no bicho — e era motivo para mais fotos e chacotas do Tonico. Mas gostoso mesmo era passar o dia de folga numa ilha do Rio São Francisco, com praias de águas límpidas e tendas que faziam peixes fritos maravilhosos.

Um detalhe importante de *Guerra de Canudos* foi o fato de o Sérgio Rezende e a Mariza Leão terem contratado três mexicanos para fazerem os efeitos especiais: o Federico Farfan, para armas e explosivos, o Javier Lambert, para marcar e treinar dublês em cenas de ação, e o Martín Macías Trujillo, para maquiagem especial. Eles são geniais. Já tinham feito muitos filmes no México e trabalhado também em Hollywood, em produções como *Rambo II* e *Inferno na Torre*, entre outros. Nas filmagens, principalmente antes do almoço e depois do último *take*, eles me chamavam para tomar a tequila mexicana que haviam trazido, que ficava escondida no carrinho de efeitos especiais.

Antônio Luiz Mendes foi o diretor de fotografia tanto de *Lamarca* como de *Canudos* e também de *O Guarani*. Nossa cumplicidade era total — o mesmo acontecia com José Tadeu Ribeiro, com quem fiz vários outros longas — e ele chegava a me dar sinais com a mão para que eu me posicionasse melhor para a câmera enquanto estávamos rodando, algo meio proibido num ambiente com hierarquia rígida como o cinema. Teoricamente, só o diretor do filme fala com os atores, os outros membros da equipe se dirigem ao diretor e este transmite ao ator suas sugestões, se aceitas por ele. Desde *A Intrusa* eu sabia que aquela turma que anda para lá e para cá com o carrinho e que sobe e desce com a grua eram os mais importantes numa filmagem.

Foi o diretor Sérgio Rezende, dos dois filmes, quem descobriu que adoro fazer a cena de primeira, ou seja, no primeiro *take*. O segundo era "para o laboratório", como se dizia na época dos filmes que usavam negativo. Muitas vezes o laboratório de revelação estragava a película, então era bom se prevenir; mas o primeiro *take*, para um ator de teatro, era sempre melhor. No Brasil, onde uma lata de filme virgem era caríssima, fazer a mesma cena mais de duas vezes, se tudo havia corrido bem, era esbanjar dinheiro. Alguns produtores ficavam nervosos quando tínhamos que filmar muitas vezes a mesma cena: parecia que o barulhinho do rolo de negativo rodando nas câmeras era o dinheiro saindo do bolso deles. Hoje, com o advento das gravações digitais, tudo isso acabou. Até aquele barulhinho gostoso.

Por mais uma dessas sincronicidades que ocorrem na minha vida — quantas vezes eu já escrevi isso? —, eu estava em Nova York quando o diretor Sérgio Rezende, a produtora Mariza Leão e o compositor da trilha sonora do filme, o Edu Lobo, foram editar o som no estúdio Sound One, um dos mais famosos do mundo, num belíssimo edifício da Broadway, o Brill Building, perto da Times Square. Claro que passei dias indo lá acompanhar. Havia no estúdio um cinema grande — a única maneira de se ouvir o som do filme como o espectador o ouviria ao redor do mundo — com os imensos equipamentos de mixagem sonora no fundo. A mesa era comprida pacas, com centenas de canais de áudio com seus respectivos botões de ajustes.

O engenheiro era um dos mais famosos editores de som de Hollywood, Peter qualquer coisa, e as cenas de guerras de *Canudos* ganharam muitíssimo depois que ele passou suas mãos por elas. Numa das sessões, Peter me mostrou as novas e sofisticadíssimas técnicas que levaram o som a níveis nunca vistos no cinema, que tiveram seu ponto máximo no filme *À Espera de um Milagre*. Sem que fossem previstos nas filmagens, novos significados eram criados pelo som sobre as imagens.

Ele me mostrou uma cena em que eu chegava a cavalo em primeiro plano, parava, olhava para a direita e depois para a esquerda, observando uma batalha campal. Milésimos de segundos antes de eu olhar para a direita, ele colocou um relincho de cavalo sofrendo e ruídos de queda no chão, vindo das caixas à direita, como se eu tivesse sido atraído pelos ruídos do animal caindo. Isso não havia sido pensado na hora da filmagem, mas dava uma dimensão muito maior à cena. Era uma adição criativa do editor de som. Genial!

No Sound One, assisti o diretor Sérgio Rezende e o compositor Edu Lobo discutirem o volume de uma das músicas que compõem a trilha sonora do filme. Era uma cena na qual o Zé Wilker fazia um dos sermões como Antônio Conselheiro. Edu queria a música alta e Sérgio dizia que ela não poderia disputar com a voz do ator.

Edu justificava que a música havia sido composta e gravada com instrumentos tais que exigia um determinado volume mínimo e o Sérgio não concordava. Edu ficou profundamente chateado, mas

Sérgio tinha lá suas razões — e também a palavra final. O impasse durou um longo tempo e eu saí do estúdio antes de saber o resultado. Creio que optaram por um volume entre o que o Edu queria e o Sérgio exigia. Foi lindo ver os dois defendendo sua obra em plena Nova York.

*Guerra de Canudos* foi uma experiência riquíssima na minha carreira de ator. Mais uma vez eu tinha aproveitado para estudar tudo sobre um personagem; e de quebra sobre Canudos, a guerra e seu maior escritor, Euclides da Cunha (*Os Sertões*), além de Vargas Llosa (*A Guerra do Fim do Mundo*). Uma parenta do Sérgio, Nilza Rezende, fez um livro sobre as filmagens, chamado *Guerra de Canudos: o filme*, editado pelo Sesc.

...
———

Mais uma vez, Paulo Ubiratan me chamou à sala dele. Com a gentileza com que tratava seus amigos, me disse na lata:

— Tenho um personagem que foi feito para o Nuno Leal Maia, mas como ninguém mais aguenta o Nuno fazendo surfista coroa, vou te dar o papel.

A novela *Corpo Dourado* se passava numa praia paradisíaca, então fomos gravar em Búzios, onde passamos algumas semanas. Que locação! Eu conhecia a cidade superficialmente, havia ido lá com a Betty Faria quando namoramos, e aproveitei a nova oportunidade para conhecer tudo. Paulo Ubiratan junto. Marcelo Faria, Fábio Jr., Giovanna Antonelli, Marcos Winter e Cristiana Oliveira eram alguns do elenco que foram para Búzios no início das gravações.

Ficamos numa pousada na Praia de Geribá. Eu estava de carro e era mole ir almoçar ou jantar na Rua das Pedras. Gravávamos na praia, e tive que aprender a surfar. Não conseguia ficar de pé na prancha por mais que alguns segundos, mas, usando diferentes posições de câmera, o Paulo conseguiu convencer o espectador de que eu surfava. Foi uma temporada de boa comida, bons vinhos e boa companhia num lugar fodaço.

Um dia, indo almoçar no centro de Búzios comigo no meu carro, uma caminhonete Chevrolet Blazer verde escura, Paulo recebeu um telefonema do Boni dizendo que "fora demitido pelo Roberto Irineu". Não era bem uma demissão, ele continuaria como "conselheiro" na Globo. Boni, segundo Paulo, disse ainda algo como "o brinquedo é dele e ele agora quer brincar". Mas o mais interessante é que o Boni avisou que o Roberto Irineu iria pessoalmente ligar para o Paulo em seguida, coisa raríssima de acontecer. Ele então pediu que eu parasse o carro e ficamos aguardando a ligação. Ela veio e ao final Paulo foi promovido, seria um dos responsáveis gerais pela produção na Globo. Mais uma vez meu lado *Forrest Gump* dava as caras. O afastamento do Boni da Globo foi um momento histórico na tevê brasileira. E eu o vivi em primeira mão.

A Globo foi sacudida pela entrada da Marluce como diretora-geral, no lugar do Boni. Apesar de ser da casa, ela não era "do ramo", e teria sob sua responsabilidade toda a produção artística, o que não era uma tarefa fácil. Mas ela é uma lutadora, uma executiva de respeito. Dividiu as 24 horas de programação por três diretores de criação. Paulo Ubiratan ficaria com a parte do leão, das 18h até aproximadamente as 21h30 — da novela das 6 até o fim da novela das 8 —, que concentra a maior audiência e, portanto, o maior volume de comerciais. Daniel Filho e Carlos Manga dividiriam os outros horários: os programas da manhã e dos finais de semana, e a linha de shows. Paulo ficaria com a dramaturgia, mas tinha dúvidas em relação à Marluce, tinha medo de não se dar bem com ela.

Boni havia aventado a possibilidade de ir para o SBT comandar a rede do Silvio Santos e Paulo estava inclinado a ir junto. Numa noite em que eu jantava com eles no Restaurante Arlecchino, os dois chegaram a fazer contas. Paulo havia pedido um empréstimo na Globo para reformar uma cobertura que comprara na Lagoa e tinha no bolso da camisa um papelzinho com tudo que precisaria pagar para poder se demitir. Boni — Silvio Santos por tabela — iria bancar. Me lembro dessa anotação escrita com letrinhas pequenas, a lápis, cheia de números. Mais tarde, após a morte do Paulo, eu iria saber de mais detalhes, mas aquela ida para o SBT nunca se concretizou. Se por um lado Silvio Santos era imprevisível, o que tornava qualquer negociação temerária, Paulo passou a conhecer e respeitar a Marluce. Logo ficaram amigos. Ela realmente é uma pessoa especial, nos tratava com carinho, admirava mesmo o nosso trabalho. Aos poucos conquistou não apenas o Paulo, mas todos na Globo.

Numa ida a São Paulo, Paulo conheceu uma jovem recém-separada, chamada Carla. Ela não sabia nada sobre a sua vida, e ele estava muito feliz com isso. Explico: eu e outros amigos vivíamos pegando no seu pé, dizendo que ele arranjava muitas namoradas apenas porque era diretor de novelas. E só namorava atrizes exatamente por isso. Mas não era verdade, Paulo era um homem bonito, parecia um ator italiano, além de muito sensual e com uma lábia! Na cobertura da Lagoa passou boi, passou boiada. Muita mulher bonita nadou naquela piscina. Mas Carla, repito, não fazia ideia de quem era Paulo Ubiratan. Se apaixonara pelo homem, não pelo diretor. E ele, pela primeira vez depois de muito tempo, entrou de cabeça num relacionamento.

Num fim de semana em que o *Sai de Baixo* comemoraria aniversário, a Globo decidiu que, em vez de gravado, o programa seria transmitido ao vivo. Como sempre, no domingo à noite, e com grande parte do elenco da Globo na plateia. Paulo e eu combinamos de ir para São Paulo na sexta-feira à tarde; ele ficaria com a Carla num hotel e eu em outro com alguns colegas.

Quase na hora de eu ir buscá-lo para irmos para o aeroporto como combinado, ele me ligou dizendo que Carla preferira dormir no Rio e ficou decidido que iríamos apenas no domingo à tarde. Naquela noite jantamos na cobertura. Paulo já havia sido devidamente aplicado na maconha quando namorava uma atriz maconheira. Fumava pouco, era caretérrimo, mas estava gostando do hábito, especialmente para fazer sexo.

Depois do jantar, fui embora deixando os pombinhos apaixonados. No dia seguinte pela manhã, eu estava abastecendo o carro num posto na esquina da Lopes Quintas com a Jardim Botânico quando o Rogério, irmão da Ana Beatriz, me ligou de Teresópolis:

— Zé, se manda para a casa do Paulo porque ele sofreu um enfarte.

A empregada havia localizado meu telefone de Teresópolis na agenda do Paulo. Liguei para a Carla e ela já estava num táxi com ele, indo para o hospital, para onde também fui, voando. Deixei o carro no meio da rua e entrei apavorado porque o Paulo tinha quatro pontes de safena — que ele tinha batizado com os nomes de duas atrizes (Lúcia Veríssimo e Tônia Carrero) e dois atores (Carlos Eduardo Dolabella e Mário Gomes), os que mais lhe causavam problemas nas gravações.

Eram pontes de safena antigas, que precisavam ser trocadas depois de dez ou doze anos. Sempre que bebia um pouco mais, Paulo vinha com o papo da "safena vencida", que poderia explodir a qualquer hora. Mas nem ele nem nenhum dos safenados à moda antiga tinha coragem de procurar um médico para trocar as pontes, tamanho trauma que era ter seu peito aberto e suas costelas cortadas na serra, como era feita a cirurgia naquela época. Fora a recuperação que, pelo que Paulo dizia, era dolorosíssima.

Então, naquele sábado de manhã, ao acordar, Carla e Paulo se amaram pela última vez. Segundo Carla, ele teria olhado bem para ela e perguntado:

— Onde você esteve esse tempo todo que não te conheci?

E soltou um grito de dor. Ela conseguiu colocá-lo no táxi, mas ele acabou morrendo ao entrar no hospital.

A família decidiu enterrá-lo em São Paulo, onde moravam sua mãe e sua irmã. Para levar o corpo de avião, era necessário embalsamá-lo. Ainda na Clínica Sorocaba, em Botafogo, Ricardo Waddington, Roberto Talma e eu assumimos a responsabilidade. Algum enfermeiro sugeriu um hospital na zona norte do Rio para onde levamos o corpo, já no caixão. Lá chegando, ele foi encaminhado para um embalsamamento meio fajuto, fora da lei, mas seria dado o certificado exigido para transportar o corpo até São Paulo.

Com a chegada da imprensa tudo foi paralisado e ficamos sem informações sobre o que estava acontecendo. O fato é que o tal hospital ficou com medo. Até que "sequestramos" o corpo do Paulo e o levamos, no carro do Ricardo, até outro hospital na Zona Sul que daria um jeito na bizarra situação. Por volta das nove da noite chegamos com o corpo, ainda no carro do Ricardo, no Aeroporto Santos Dumont, onde o Roberto Talma tinha alugado um jatinho. Imaginem nós no carro, com o corpo do Paulo Ubiratan, a pessoa mais importante da Globo depois da Marluce, rodando o Rio de Janeiro em busca de um embalsamamento.

Os detalhes do velório podem ser pesquisados na internet, foi tudo coberto pela imprensa. Como estou evitando citar pessoas que não merecem minha consideração, não vou contar detalhes que certamente interferiram no estado de saúde dele. No dia seguinte, de tardinha, o corpo foi enterrado. Paulo foi o meu segundo amigo íntimo que morreu. O primeiro fora Reinaldo, afogado na Prainha.

...
—

Daniel me chamou para fazer um português engraçado numa novela das 6 do Gilberto Braga, com direção do Maurinho Mendonça, *Força de um Desejo*. Gilberto Braga às seis da tarde? Sim, convencido por Daniel, ele escreveu, com Alcides Nogueira, um dramalhão de época genial com um elenco enorme e de alta qualidade. Mancomunado com a maquiadora Marlene Moura (a mesma que em Cusco, no Peru, quase morreu de tanto vomitar) e com a aprovação da direção da novela, resolvi fazer o personagem careca. Mas não completamente, só no topo da cabeça, com uma rodinha de cabelo ao redor, o que era ainda pior que se tivesse raspado tudo. Marlene ainda tinha a pachorra de colar um tufinho de cabelo bem no cocuruto, tornando a caracterização ainda mais engraçada. Um bigode enorme e despenteado dava o toque final do personagem.

Hilário, seu Pereira, meu personagem, também era esperto, muito esperto. Tentava se aproximar de uma jovem (interpretada pela atriz Julia Feldens) para se casar, mas ela, tentando evitar o destino com um velho mão de vaca, cozinhava pratos inimagináveis, como cabeça de bode servida inteira à mesa, com chifres e tudo. Era um sucesso. Comerciante rico, seu Pereira recebe uma oferta tentadora e resolve vender sua loja. Compra uma das prostitutas brasileiras do bordel da cidade e com ela vai para Portugal. E eu saía da novela, coisa de quarenta capítulos. Fui direto para Nova York, namorando a atriz que fazia a prostituta comprada: Glória Portella.

Eu tinha me separado da Ana alguns meses antes, depois tinha tentado voltar e ela não quisera; sofri pra caralho, muito mesmo.

Me ajoelhava aos pés dela, que, sentada, colocava minha cabeça em seu colo e eu chorava como uma criança. Ana me consolava, dizia que ainda me amava, para no fim dizer que tinha mesmo acabado. Foi uma porrada.

O fato é que, quando voltamos de Fernando de Noronha, após quase oito anos namorando em casas separadas, resolvemos morar juntos e alugamos um apartamento no Alto da Gávea, perto da PUC, num prédio cheio de gente fina, como o jornalista Alfredo Ribeiro — o Tutty Vasques — e a figurinista da Globo Marília Carneiro. Foi o início do nosso fim como casal.

# CADERNO DE
# FO
# TOS

*Detalhe da minha Carteira de Trabalho quando foi
assinada pela TV Globo em 1980*

*Com Clarisse Derziê na novela As Três Marias, TV Globo (1980)*

Foto: Emidio Luisi/ Fotograma

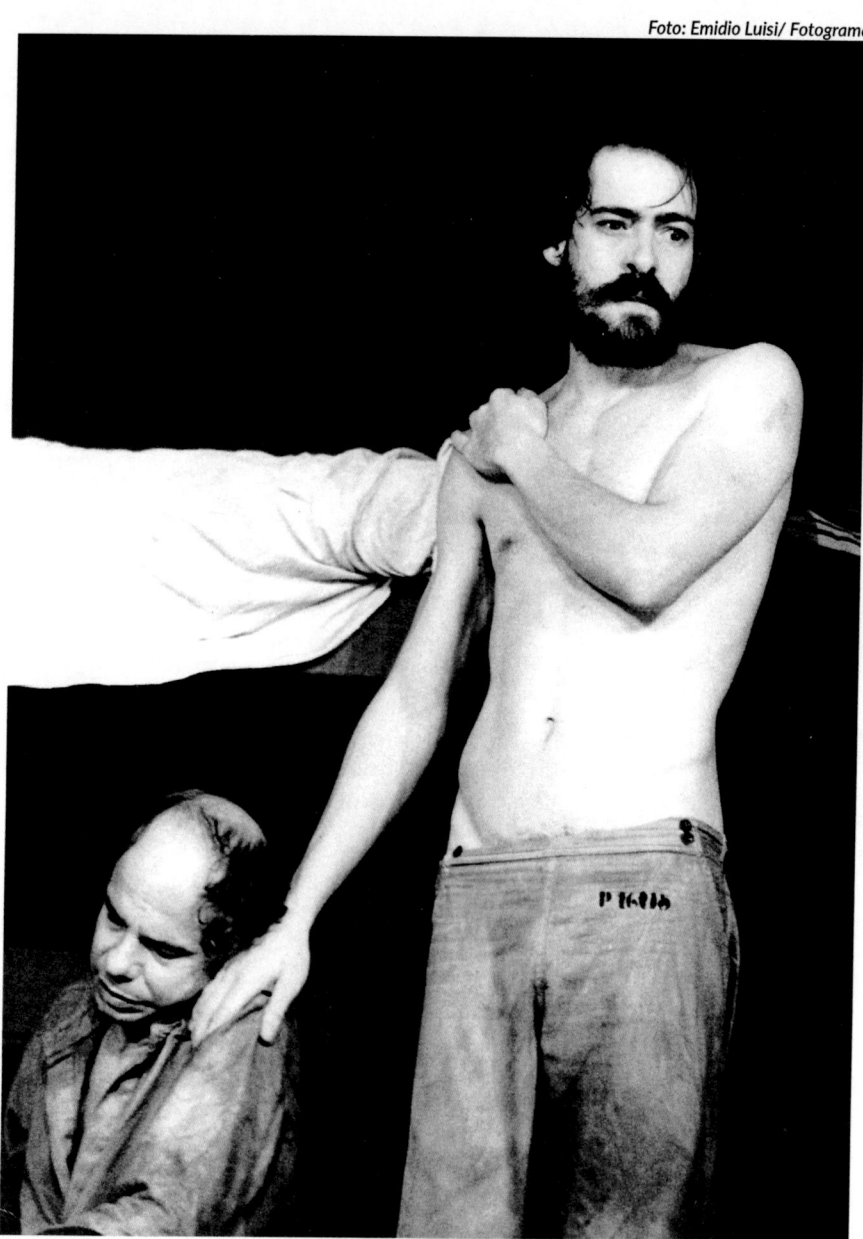

*Com Rubens Corrêa na peça O Beijo da Mulher Aranha (1981)*

*Em cena na peça O Beijo da Mulher Aranha (1981)*

*Com Rubens Corrêa na peça O Beijo da Mulher Aranha (1981)*

*Caso Verdade "O Fabuloso Silki", TV Globo (1983)*

*Com faquir Silki, nas gravações de Caso Verdade*
*"O Fabuloso Silki", TV Globo (1983)*

*Com Tarcísio Meira na minissérie O Tempo e o Vento, TV Globo (1985)*

Em cena com Betty Faria na minissérie *Anos Dourados*,
TV Globo (1986)

Em cena com Nívea Maria na minissérie *Anos Dourados*,
TV Globo (1986)

Com Débora Duarte
(1986)

Com o diretor Bruno Barreto, Rodrigo, Theo e Luiz Carlos Barreto,
o Barretão, nas filmagens de Luzia-Homem (na camisa do Rodrigo,
campanha do Tasso Jereissati a governador do Ceará em 1987)

Com Daniel Filho, diretor da minissérie O Primo Basílio,
da TV Globo, nos jardins do Palácio Guanabara (1988)

Em cena com Ibañez Filho e Tony Ramos na minissérie
O Primo Basílio, TV Globo (1988)

*O Primo Basílio, TV Globo (1988)*

*Com meu filho Rodrigo (1987)*

*Meu filho Rodrigo
aos 21 anos (1990)*

No aeroporto de Lima, chegando
para gravar a novela Amazônia,
da TV Manchete, em Cusco e
Machu Picchu (1992)

Com meu filho Cristiano
na Disney (1994)

Foto: arquivo pessoal

Na estrada com o projeto Mambembom — Mambembar
é Bom (1994)

*Eu e Ana durante o projeto Mambembom — Mambembar
é Bom, que rodou pelo Brasil entre 1994-1996*

*Em cena na peça A Comédia dos Amantes ou*
*Os Amantes da Comédia (1997)*

*Com Paulo Betti em Petrolina, na filmagem de*
*Guerra de Canudos (1996)*

*Com o ator Jeremy Irons e o escritor Paulo Coelho, no Château*
*de Brissac, na França (1998)*

Com o elenco da peça A Mulher sem Pecado (2000)

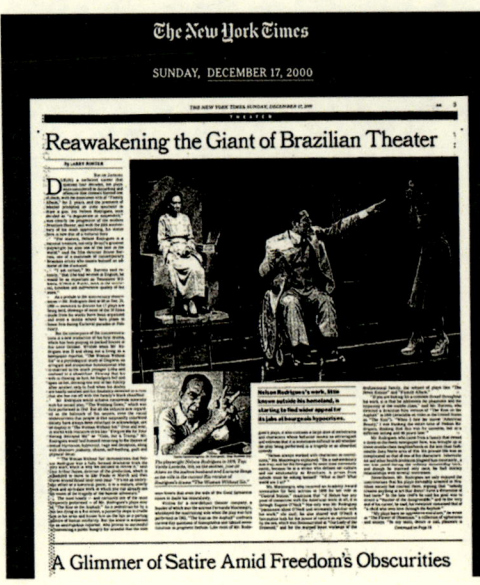

Artigo no New York Times sobre a peça A Mulher sem Pecado de Nelson Rodrigues (2000)

Foto: arquivo pessoal

*Eu com as atrizes Viviane Porto, Camila Morgado, Mariana Ximenes e
Samara Felippo nos bastidores da minissérie A Casa das Sete Mulheres da
TV Globo no Club Nineteen (2003)*

Em cena com Andrea Beltrão na peça A Prova (2002)

Peça A Prova (2002)

Com Susana Vieira e Renata Sorrah na novela Senhora
do Destino, TV Globo (2004)

*Em cena com José Wilker na minissérie JK, TV Globo,
em que interpretei Carlos Lacerda (2006)*

*Com meu filho Bernardo em
Bariloche (2007)*

A casa onde morei em Londres durante o autoexílio

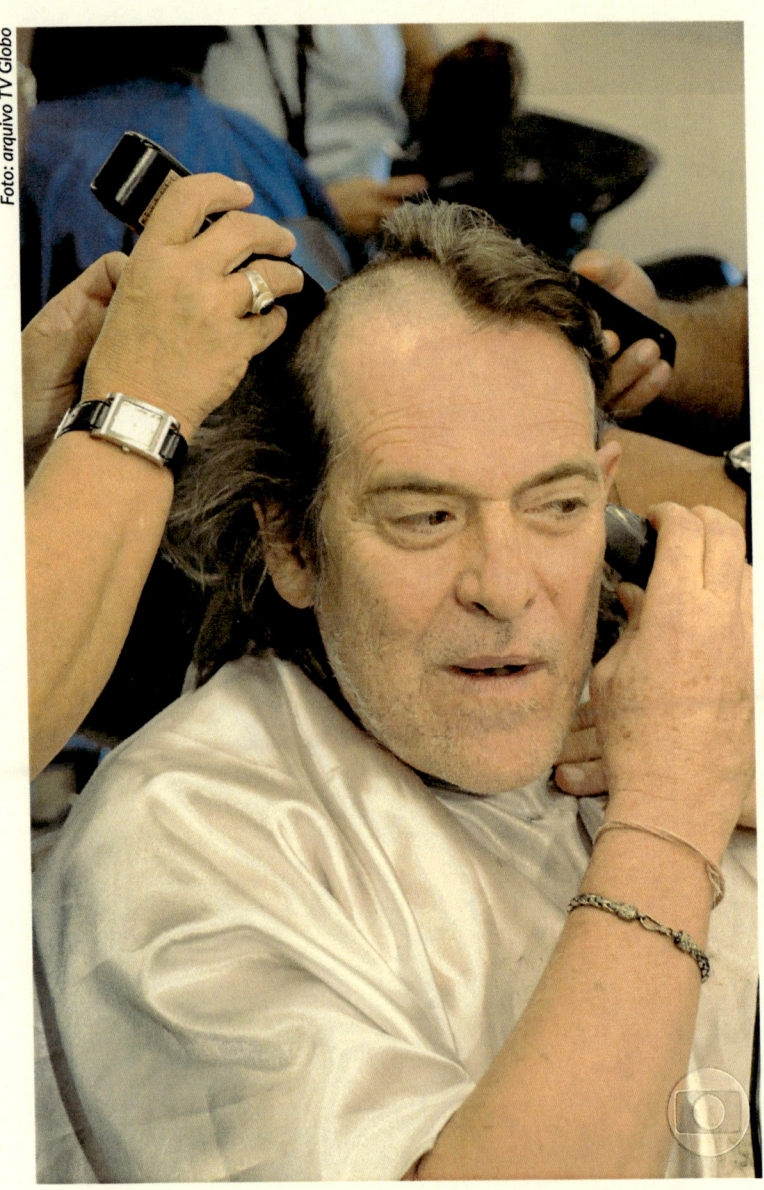

*Raspando a cabeça para interpretar o sacerdote Pandit na novela*
*Caminho das Índias, TV Globo (2009)*

*Tony Ramos, Karina Ferrari, eu, Danton Mello, Cláudia Lira e Laura Barreto
na novela Caminho das Índias, TV Globo (2009)*

Foto: arquivo TV Globo

212

*Em cena com Cauã Reymond na novela Avenida Brasil, TV Globo (2012)*

*Em Bariloche (2012)*

*Em cena com Mel Maia na novela Joia Rara, TV Globo (2013)*

*Como Ernest Hauser na novela Joia Rara, TV Globo (2013)*

*Francisco, Lourdes, Maria, Theo, eu, Ana, Miguel, Cristiano e Bernardo, meus filhos e netos*

*Minhas netas Maria e Lourdes e meus filhos Bernardo e Theo em Paris (2015)*

*Em um jardim de Paris (2014)*

*Eu-escritor em Andros, na Grécia (2017)*

*Com o ex-presidente francês Nicolas Sarkozy e a cantora Carla Bruni*

*Andando por Paris*

*Festival de Cannes (2019)*

*Com Luiz Inácio Lula da Silva, ex-presidente do Brasil*

Montando computadores para amigos (1994)

Foto: arquivo pessoal

# CAPÍTULO 12

Meu primeiro contato com o mundo digital conectado foi com um Brother Work Organizer, um misto de supercalculadora com editor de texto. Quase um pré-notebook, que os pais da Ana me trouxeram de viagem, ainda antes de iniciarmos a turnê para o interior de São Paulo com *A Comédia dos Amantes*. Junto com ele veio uma caixinha bem parecida com aquela de baralhos marca Copag, do mesmo tamanho, e que vinha com um manual.

Uma coisa que aprendi com computação foi a ler manuais, coisa que brasileiro não gosta muito de fazer. Quando fazia alguma pergunta na rede sobre algum software ou hardware, vinha sempre a resposta RFM — *Read the Fucking Manual*[5]. Pois o tal manual dizia que eu poderia me conectar a uma linha telefônica e, através dela, em um BBS (*Bulletin Board System*), uma pré-internet.

Aquela caixinha se chamava modem, que quer dizer *MOdulator and DEModulator*, ou simplesmente, modulador e demodulador, que transformava os dados em sons analógicos que podiam ser transmitidos pela linha telefônica comum e, chegando ao destino, voltar ao original. Para um geminiano, foi uma loucura! Eu podia conversar por texto com gente do mundo todo! Mas só de madrugada, durante o dia o telefone era usado como telefone mesmo.

Já completamente absorvido pela computação e lendo tudo sobre o assunto, comprei por telefone, direto da IBM, um computador Aptiva 486-DX2-66-Multimedia, um avanço tecnológico imenso, com 540MB de HD (*hard drive*, ou disco rígido) — hoje nem uma foto grande cabe nisso —, slot de disquete de 3.5", 1 MB de RAM, com tocador de CD e tudo! Era o máximo! E o IBM-Aptiva, ao contrário dos computadores pessoais sem marca (os PCs montados por técnicos juntando as peças), que usavam a torre vertical, tinha uma caixa bem menor e que ficava na horizontal, colocando-se o monitor sobre ela. Ficava muito legal.

Assim que abri a caixa do Aptiva, encontrei uma fita de vídeo VHS com um aviso: "Assista antes de tirar o computador da caixa". Ok, levei-a para a salinha de entrada da casa dos pais da Ana, onde havia um tocador de VHS, e dei o play. O conteúdo da fita me levou para mares nunca dantes navegados, era uma aula grátis de computação. Ensinava todo o necessário para um neófito virar especialista. Coisas da IBM que eu conhecera bem.

---

5. "Leia a porra do manual" (T.L.)

O ator que dava a aula no VHS tinha aquele sotaque paulistano simpático e, no fim da aula, depois de ensinar todo o funcionamento da traquitana, pediu para desligar o Aptiva da tomada, tirar o monitor de cima, e ensinou como abrir a caixa metálica com apenas dois cliques, a retirar os pentes das memórias RAM, como limpar os contatos com uma borracha de apagar lápis e colocá-las de volta, ensinando também que elas poderiam ser trocadas por pentes de maior poder de fogo.

Desparafusei o HD da sua base, entendi as ligações dos cabos e percebi que cada um tinha uma cor ou um formato diferente, além dos conectores que também eram totalmente diversos uns dos outros. Era impossível errar, mesmo que quisesse. O cabo de força do HD, por exemplo, não encaixava no conector do cabo de dados e vice-versa. Entendi o funcionamento da *motherboard*, a placa-mãe, a diferença entre memória RAM e ROM e, ao final da fita e da aula, havia perdido o "medo de computador", uma doença genérica na época.

Internet ainda não existia para os simples mortais. E eu ainda não sabia que não era um deles, embora já desconfiasse. Depois do *upgrade* do Work Organizer para meu IBM-Aptiva, o objetivo era tentar conseguir uma senha de internet. Na época apenas um sonho inspirado pelos artigos lidos nos cadernos de informática de *O Globo*, o *Info. Etc.*, editado pela querida Cora Rónai. Nomes como B. Piropo, Cristina de Luca e Carlos Alberto Teixeira (C@T) passaram a ser íntimos. Como aprendi com essa gente, meu Deus!

Fiquei muito feliz na noite em que encontrei a Cora e seu time de craques no restaurante Arlecchino e jantamos juntos. Eles eram meus heróis do mundo digital, que estava apenas começando a se abrir para mim. Não sei se esse pessoal — tinha também o Marcelo

Balbio, Marco Fadiga, não me lembro de todos — tem noção da importância que teve para uma geração de iniciantes do mundo digital. Foram os desbravadores.

Novamente a sincronicidade aparecia em minha vida, (ai, que saco ficar repetindo isso!). Fui pela primeira vez para Miami e Orlando levar o filho caçula, o Cristiano, para conhecer a Disney. Os pais da Nara, dr. Naum e dona Clara, já haviam levado Theo e Ana. Quando chegou a vez do Cristiano, eles já estavam mais velhos e me passaram a missão. E lá fomos nós numa excursão de uma dessas tias da Disney. No grupo apenas duas mães, um pai, eu e 17 adolescentes, a maioria viajando sozinha, sob a responsabilidade da guia. Entre eles um garoto de Brasília que, segundo os amigos e pais de amigos, "era muito complicado".

Pois comigo ele não foi. Nos demos muito bem, conversamos bastante e fiquei sabendo que ele quase não via o pai, alto funcionário do Ministério das Comunicações. Tinha lá seus 15 anos, como quase todos os jovens. Durante os 17 dias de excursão ficamos juntos. Me lembro da guia que, todas as manhãs, quando acordava os excursionistas com um indefectível "bom dia, flor do dia!", me agradecia por cuidar do "adolescente-problema".

Quando voltamos da viagem, recebi um telefonema do pai do garoto, agradecendo muitíssimo a atenção que eu dera a seu filho e me convidando para visitá-lo em seu gabinete quando fosse a Brasília. Um dia, fui. Ele me recebeu, agradeceu novamente o que fiz e me ofereceu duas rádios. Isso mesmo: duas emissoras de rádio. Eu nunca tinha pensado nisso, levei um susto, mas sabia que desde a entrada do Sarney no governo estavam distribuindo rádios e tevês (o Fagner me disse uma vez que ganhou um canal de cada).

Me recuperei rapidinho e pedi duas emissoras, uma em Santa Rita do Passa Quatro e outra em Teresópolis. A primeira, na minha terra natal, estava livre, mas a segunda não, e ele, então me sugeriu Cachoeiras de Macacu, que era perto. Voltei para o Rio para preparar a documentação, mas a voz do meu Grilo Falante me induziu a desistir. Liguei para o ministério e falei com o homem. Recusei as rádios, mas fiz um pedido insólito: uma senha de acesso à internet.

Meu primeiro contato com a chamada www (*World Wide Web*) foi um acontecimento que me marcou pelo resto da vida. Meu sol em Gêmeos, ligado diretamente à comunicação, entrou em alfa. Passei então a ter a chave da mina. Amigos iam à minha casa para ver a maravilha do mundo moderno, a tal internet. Eu comprava livros e mais livros sobre o assunto, lia todas as revistas, estudava inglês... A partir dali o computador era apenas um meio e não mais um fim; o fim era a rede.

Logo depois o Paulo Betti me levou para a Alternex, o primeiro provedor privado de acesso à web, pertencente ao Ibase (Instituto Brasileiro de Análises Sociais e Econômicas), do Betinho de Souza, numa época em que nem Nova York tinha aquilo. Fui até a sede do instituto em Botafogo e recebi 12 disquetes de 3 ½ — *floppy disk* — com o software da entidade, que permitia que o modem do meu Aptiva se comunicasse por linha telefônica com o provedor, a Alternex, e de lá para a rede mundial de computadores.

Depois de me degustar com as várias redes que existiam dentro da rede — como o FTP (*File Transfer Protocol*, para transferir arquivos), o SMTP (*Simple Mail Transfer Protocol*, para correio eletrônico, o e-mail), o IRC (*Internet Relay Chat*, para conversas ao vivo em texto, o chat), fiquei alucinado com a HTTP (*Hypertext Transfer Protocol*) que levou o nome da rede, a www, a internet atual, com interface gráfica, usando os browsers. E eu ficava viajando (termo que caiu em desuso) na web horas por dia.

Assim como gostava de softwares (o que não se pode pegar com as mãos, só existe no mundo digital), gostava de hardware (o que você pode pegar, como HD, pente de memória RAM etc.). Montava PCs "genéricos" para os amigos (o último montei em apenas quarenta minutos, já era um especialista), consertava-os, dava aulas. E "downloadeava" tudo quanto era programa, mantinha meu OS (*Operating System*, ou sistema operacional) do Windows sempre atualizado, cheguei a ser "testador" de várias empresas, inclusive da Microsoft, o que me garantia atualizações beta de vários programas.

Fui precursor do uso do mIRC — uma interface gráfica para usar no IRC, um dos primeiros softwares de chats, uma rede dentro da rede, onde trocávamos mensagens num canal específico. Fui um dos criadores de um dos canais mais frequentados na época, o #Barril, junto com uma turma — me lembro do Gilnei Marques, criador do *Baguete*, talvez o primeiro jornal via e-mail do Brasil —, e passávamos noites conversando em tempo real com gente do mundo todo. Era uma coisa louquíssima em termos de comunicação. Para nos conhecer pessoalmente organizávamos IRContros, encontros físicos do IRC, em várias partes do país, onde se bebia muita cerveja e só se falava de internet.

Convenci Ana Beatriz a fazer a estreia de *Os Amantes da Comédia* no Rio, no Teatro Candido Mendes, em Ipanema, convidando as pessoas apenas através dos canais do mIRC. Foi o primeiro evento desses no país, um IRContro diferente. Vieram mais de cem pessoas de todo o Brasil, foi incrível! Depois da estreia, fomos tomar uns chopes num bar de Ipanema. Tínhamos certeza de que inaugurávamos um novo momento nas relações humanas.

Nós ríamos muito com um novo programinha que a Microsoft lançara, o *Microsoft Comic Chat*, um canal próprio de IRC, com interface gráfica, em que cada participante usava um avatar engraçado, já pré-desenhado. Em vez de vermos apenas o texto, como nos outros mIRCs, cada participante usava uma fantasia — o avatar poderia ser apenas um saco de supermercado na cabeça, com dois furos nos olhos. E o chat seguia como numa história em quadrinhos que ia se formando com os balões que continham nossos textos. Era uma loucura, uma interação incrível, foi uma revolução. E o fato de termos avatares era como se usássemos máscaras escondendo nossos rostos, ou seja, como no teatro de máscaras, a liberdade de criar era total.

Aqui cabe um parágrafo sobre o uso das redes sociais hoje em dia. Creio que a utilização de avatares e *nicknames* no início dos chats, precursores das redes sociais, davam um distanciamento ao utilizador. Não era a pessoa física que estava ali postando, mas uma "persona". Se igual ou distante do real, creio que dependia de cada pessoa. Era um tempo em que se respeitava um certo comportamento civilizado, que chamávamos de "netiqueta", a etiqueta da Net. Diferente de hoje, o ataque não era tolerado, como na vida real. Havia o *kick*, ou chute na bunda, que os administradores dos canais davam nos inconvenientes.

Eu sempre tentava induzir os colegas a entrar no mundo digital. O Zé Mayer começou a me chamar de "Zé Windows" de tanto que eu enchia o saco deles. Outros já conectados eram o já citado amigo Paulo Betti, o Antônio Grassi, o Dennis Carvalho e a Gloria Perez. Quando ela quis colocar o mundo digital na novela *Explode Coração*, que falava pela primeira vez de internet, o Paulo Ubiratan chiou. Não entendia nada disso e me falou num jantar:

— A Gloria quer falar dessa tal de internet na novela das 8! Não vai dar certo.

No outro dia levei na sala dele trocentas revistas e livros e lhe dei uma aula sobre o assunto. No fim de mais de uma hora de papo, ele mandou:

— Tá, já estou entendendo melhor, mas não sei...

E mandou a frase que ficou famosa nos corredores da Globo:

— Tenho que fazer novela pra mãe do Romário. Será que ela vai se interessar?

Paulo acabou cedendo à vontade da Gloria e já na abertura da novela, de 1995, se podia ver um protótipo de iPad criado pelo Hans Donner com décadas de antecedência. Claro que a mãe do Romário gostou, Gloria sabe tudo! Sobre isso, disse ela numa entrevista:

— Quando falei de internet em *Explode Coração*, disseram que era ficção científica. Imagina, um computador falando com outro!

Como eu sempre tive uma certa tendência ao monotemático, quando me envolvo com um assunto, vou fundo. E foi assim com a informática e a internet. Isso atrapalhou muito meu casamento com a Ana, mas não a minha relação com o mundo digital, que dura até hoje.

Assim que me convenci de que a Ana não me queria mais, caí na vida. Aluguei um apartamento grande, velho, mas em bom estado, como eu. De frente para a praia, no fim do Leblon, que ainda não havia se transformado no bairro caríssimo que se tornaria mais tarde, depois das novelas do Maneco. Foi a primeira vez que montei uma casa sozinho, sem a ajuda de uma mulher. E eu já tinha mais de cinquenta anos, estava saindo do terceiro casamento, tinha passado mais da metade da vida casado.

Comprei tudo que era preciso: muitos móveis, já que a casa era grande e eu, como sempre, saía de um casamento com minhas calças jeans, camisetas Hering e pouca coisa mais. Foi uma epopeia. Eu nunca tinha comprado um copo sequer, uma peça de mobiliário, um lençol de cama, nada. Sempre foram minhas mulheres que cuidaram disso, até minhas roupas elas compravam. Num certo sentido, elas sempre substituíam minha mãe. Uma época pensei que talvez meu amor pelas mulheres, e pelo sexo delas, era saudade de casa. Talvez eu quisesse voltar para o lugar de onde eu saí, vai saber... (preciso ligar para o Chaim, meu psiquiatra, urgente!).

Até aquela época eu era completamente imbecil nas áreas de decoração, arquitetura e artes plásticas em geral. Não tinha a menor ideia do que fazer, do que comprar, por onde começar. Foi montando minha casa que comecei a despertar para esse lado. Visitei dezenas de lojas de móveis, fiz planta baixa do apartamento e tudo. Baixei softwares de decoração, virei figurinha fácil no Rio Design Center (em cujo apart-hotel morei assim que me separei da Ana) e do Shopping da Gávea.

Num dos quartos fiz o escritório, no outro meu "matadouro" — como eu era ridículo! — e deixei um para hóspedes. A sala era enorme, então foram dois sofás de três lugares, duas poltronas, mesa de centro etc. e tal. Curti meu sonho de ter um sofá grande de couro, bem macio, que comprei numa liquidação no Shopping da Gávea. Um dia, lendo O Globo de domingo, vi nos classificados aqueles anúncios "família americana vende tudo". O endereço era na rua Prudente de Morais, quase em frente ao Teatro Ipanema, e me interessei. Fui lá e comprei uma cama enorme de madeira de lei, com suas duas mesinhas de cabeceira.

Já estava indo embora quando o vendedor me ofereceu uma mesa de jantar, de oito lugares, com base de ferro preta e vidro grosso por cima. Disse que a mesa era de uma loja chique do

Shopping da Gávea e só o vidro custava três mil dinheiros. Ele estava vendendo a mesa com o vidro por dois mil. Ofereci 1,5 mil e levei. Anos depois, num intervalo de gravação de uma novela num shopping da Barra, entrei numa loja de móveis à procura de uma mesa de centro bacana. Me deram um catálogo do arquiteto francês Le Corbusier e, ao folhear, tive a surpresa: ali estava a minha mesa de jantar, e tinha até nome: LC6! Só a base custava sete mil dinheiros e o tampo mais uns 3,5 mil! E eu havia pagado apenas 1,5 mil. Foi um bom começo como decorador...

Nesse apartamento do Leblon me transformei num *womanizer* sem limites. Eu havia me casado pela primeira vez com 22 anos e emendado três casamentos seguidos, que juntos duraram 32 anos. Era a primeira vez que eu estava solteiro e a fim de ficar assim. Com um bom salário, um bom carro, um bom apartamento. E famoso. Meus instintos mais primitivos afloraram.

Comecei a sair todas as noites. Eram os tempos do Provisório, bar do Ricardo Amaral que ficava ao lado do Hippopotamus, Calígula, Bunker, Le Streghe e tantas outras casas noturnas onde eu ia paquerar e fatalmente "arrastava" ou era "arrastado". Nunca fui bom paquerador, era coisa de olho no olho, mão na mão e boca na boca. E lá íamos nós para o apartamento da rua General Artigas, esquina com Delfim Moreira no terceiro andar do Edifício Saint Etienne.

Sempre me orgulhei de nunca deixar de levar as mulheres para suas casas pessoalmente depois da transa. Sempre achei uma falta de cavalheirismo, no mínimo, deixar que elas voltassem de táxi na madrugada. Ou dormiam no meu apartamento ou eu as levava. E eu sempre ligava no dia seguinte, chegava a mandar flores!

As festas Segundas Intenções no bar Provisório — criadas pela Cíntia "Tudo de Bom" Oliveira, atual mulher do Lucio Mauro Filho

— eram fatais. As mulheres iam para paquerar, os homens também, então não tinha erro. Muitas vezes fui "arrastado" logo na chegada, nem dava tempo de entrar...

Numa noite, num dos cantos da casa, me atraquei com uma moça que me paquerou. Era a Clarissa Martins e quase fomos até o fim ali mesmo. Mas foi em casa que tivemos nossa primeira de inúmeras noites de sexo muito bom. Chegamos a ficar alguns meses juntos, fizemos uma viagem a Londres e outra ao Castelo de Caras, no Vale do Loire. No Castelo, um jantar especial foi organizado com um recital de piano do Arthur Moreira Lima, com Paulo Coelho, o ator britânico Jeremy Irons e eu, entre outros, na plateia. Jeremy me pediu um "cigarrinho brasileiro". Claro que eu tinha.

Depois do show e do jantar enchemos a cara de champanhe La Grande Dame, da Veuve Clicquot — Ponsardin. Ficamos bem altinhos e rimos muito. Arthur é uma pessoa muito engraçada, Paulo Coelho é ímpar! Foi uma noite memorável. Foi nessa semana no Castelo de Caras que me enturmei com o maravilhoso fotógrafo — e editor da *Caras* na época — Sergio Zalis e com uma pessoa especial também, o Claudio Lobato, que produzia as fotos e reportagens. Ambos são meus amigos até hoje.

A relação com Clarissa não durou muito, pouco menos de um ano, mas ela me deu um banho de liberdade sexual — acho que nem ela percebia o quanto era livre. E ria, Clá ria muito. Acho que foi ela quem me contou a piada sobre o cara que dizia para as moças, ao pedir para fazer anal, que iria "colocar só a cabecinha", até que uma delas respondeu:

— Como vou saber? "Ele" não tem ombrinhos!

•••
—

Foi nessa época do bar Provisório que um jornalista italiano, Alessandro Porro, que foi diretor da sucursal da revista *Veja* no Rio, começou a escrever uma coluna no jornal *O Globo* chamada *Swann*, substituindo a do Zózimo Barrozo do Amaral. Porro era uma figura controversa e ficou negativamente famoso quando fez uma reportagem sobre Cazuza para a *Veja*, que gerou uma foto chocante do cantor na capa, magérrimo, pouco antes de sua morte. Porro adorava festas e eu era o próprio arroz. Começamos a nos encontrar na noite e ele logo me arranjou um apelido que, visto por uns como negativo, na verdade acabou me promovendo a "galinha" — o que sempre atrai aquele tipo de mulheres a fim de "encerrar a carreira do solteiro pegador".

Alessandro Porro só se referia a mim na coluna como "José (Casanova) de Abreu". E sempre citava o nome de quem estava comigo. Numa época em que todos queriam seus 15 minutos de fama, ter seu nome citado no *Segundo Caderno* de *O Globo* dava um caldo. E aquele ridículo papel de pegador só aumentava meu prestígio, fazendo com que eu fosse convidado para todas as festas do Rio de Janeiro, de ensaio de escola de samba à Feijoada do Amaral no Hippopotamus.

Nessa época, levado por um casal de amigos, conheci grupos de *swing*, ou troca de casais, muito em voga na ocasião. Eu, por ser "celebridade", era o único que podia entrar na farra sozinho, sem levar parceira, o que me dava uma vantagem imensa sobre os demais. Eu era disputado a tapa, literalmente. Pelo menos uma vez, duas participantes quase chegaram às vias de fato. Mas o *swing* é algo estranho, é como uma droga viciante. Era muito louco ver os homens se excitando ao ver suas mulheres fazendo sexo com outros homens. Na maioria das vezes apenas se masturbavam, mas era superexcitante também. Às vezes virava uma loucura que ninguém entendia mais nada. No fim, você nem se lembra mais com quem teve relação.

Uma das regras era que o sexo seria livre apenas na presença do outro membro (epa!) do casal. Dessa forma, não é considerado "traição", no sentido estrito do termo. Mas, como brasileiro desrespeita todas as regras, duas mulheres que conheci nos grupos começaram a frequentar meu apartamento. Nenhuma das duas gostava do *swing*, era algo que faziam para tentar manter o casamento que já tinha falido... Eu logo cortei porque não estava a fim de confusão com mulher casada.

Foi aí que resolvi comemorar meu aniversário com uma festança em casa. Eu tinha acabado de fazer um grande sucesso como o delegado Motinha na novela *A Indomada* e havia emendado com *Corpo Dourado*, onde interpretava um surfista coroa, mas de corpinho em cima, todo queimadão, lentes verdes, cabelos descoloridos. Pela primeira vez me senti gato. Eu estava emendando uma novela na outra há tempos, me lembro de ter ganho um aumento por ter trabalhado 97 por cento do tempo do último contrato. Certa vez, fui convidado numa mesma semana para fazer as três novelas da casa: a das 6, a das 7 e a das 8!

Como dizia uma *promoter* amiga de cama e mesa — que me ajudou a arrumar tudo para a minha festa —, para que um evento lote, é preciso convidar o dobro de pessoas que você quer que vá. Eu queria que viessem duzentas, então chamei quatrocentas. E as quatrocentas apareceram! Eu havia convidado o elenco das duas novelas, uma havia acabado em outubro e a outra começado em janeiro. Era maio de 1998, eu estava fazendo 52 anos. Foi uma lou-cu-ra!

No meu quarto, sempre fechado, ar-condicionado no máximo, o pessoal mais *heavy*. No escritório, os que queriam conversar, fumar um e dispensavam a música. No quarto de hóspedes, vários *laserdiscs* do Frank Sinatra para os mais velhos. E na sala de visitas e de jantar a festa propriamente dita, com comidas e dança. A casa lotou rapidamente e não parava de chegar gente. Ninguém conseguia se mexer na sala, dançar então ficou impossível. Até que a Renata Sorrah sugeriu que quem não estivesse muito a fim de ficar ou não fosse muito amigo — havia penetras, e muitos! — que se mandasse. Deu certo, algumas pessoas foram embora e o clima melhorou. A cozinha fervilhava de cozinheiros e garçons, e chegou a hora do japa, o ponto alto da festa. Eu tinha entrado de sócio num restaurante japonês na Barra, na avenida Olegário Maciel, o Deusi-Mar, do primeiro *sushiman* cearense do Rio, o Deusimar (daí o nome do restaurante). E ele foi o rei da festa. Nunca se produziu tanto sushi e sashimi em tão pouco espaço de tempo.

Acredito que foi inédito o fato de numa mesma festa estarem presentes dois elencos praticamente inteiros de duas novelas. Fora outros atores, diretores, escritores, jornalistas, enfim, uma multidão de amigos e conhecidos. Às sete da manhã os vizinhos começaram a pedir para parar a música, ninguém havia dormido no prédio. Eu também não, com a atriz da peça *O Analista de Bagé*, a Melissa Mell.

Logo depois da minha festança, num tradicional aniversário de uma amiga da Ana em Santa Teresa, encontrei a Andrea Pontual — que eu conhecera como namorada do Zé Golfinho, quando morava em Fernando de Noronha — e começamos a sair. Ela, como eu, adora tudo que é natureza, e era época de as baleias amamentarem seus filhotes em Abrolhos. O papo surgiu e eu a convidei a ir para lá. Ela conhecia algumas pessoas envolvidas com a preservação das baleias em Caravelas e fomos. Alugamos um pequeno veleiro de apenas uma cabine. O dono dele — um carioca que abandonara tudo para viver ali — e seu ajudante dormiam no convés.

Passamos três dias embarcados e embasbacados com as baleias amamentando os filhotes praticamente embaixo do veleiro. Quando nos aproximamos de Abrolhos, o dono do veleiro comunicou-se com o comandante militar do arquipélago, que prontamente autorizou o meu desembarque. Ficamos umas boas horas na ilha de Santa Bárbara, a maior do arquipélago de Abrolhos. O sargento responsável pelo destacamento que protege o farol nos recebeu com muita alegria, assim como os soldados.

Ele nos explicou o funcionamento do farol, contou como era a vida naquele isolamento e a convivência com as baleias que se aproximavam da ilha. Na volta à terra, ficamos mais uns dias numa pousada curtindo a vida com os amigos da Andrea, quase todos do Projeto Baleia Jubarte e do Parque Nacional Marinho, essa gente que cuida de golfinho, tartaruga, baleia e tem bom coração. Foram poucos dias, mas profundos.

Nossa segunda incursão pela natureza juntos — terceira, se contarmos Noronha — foi na Chapada dos Veadeiros. Como eu havia sido convidado para apresentar o Festival de Cinema de Brasília, resolvemos ir uma semana antes e curtir o lugar na casa de amigos. Foi uma festa, a casa ficava ao lado do Vale da Lua. Eram duas casas próximas, uma delas com uma varanda que dava direto nas cachoeiras. Fazíamos churrasco, bebíamos cerveja, caíamos nas piscinas que a água desenhou na rocha. Foi como viver no paraíso. Aliás, a cidade grande mais próxima se chama, apropriadamente, Alto Paraíso de Goiás. Os dias se passavam assim: de dia, natureza na veia; de noite, festa em São Jorge, o vilarejo vizinho.

Houve um sábado que baixou uma turma de malucos. Fomos a um areal perto de São Jorge, violões e percussão nas mãos e algumas caixas de isopor cheias de cerveja. Andrea estava meio distante, com dores nas partes. Tínhamos passado a tarde numa fazenda cheia de piscinas naturais de água corrente e, como estávamos sozinhos, transamos dentro d'água. Achamos que as dores eram por causa disso. No dia seguinte voltamos para Brasília. O festival começaria na segunda-feira e eu queria acordar lá para trabalhar com tranquilidade. Como as dores da Andrea continuaram fortes, fomos a um hospital. Depois de alguns exames de rotina, descobrimos que as dores eram na verdade uma gravidez. Tóim!

Não me lembro de nada do festival, fiz tudo mecanicamente. Voltamos para o Rio e comecei a fazer análise, porque não estava preparado para ter o quinto filho aos 54 anos, morando num "matadouro". A minha querida amiga Maria Clara Guimarães, irmã da Ana Beatriz, que havia se formado em Psicologia, me sugeriu o psicanalista Chaim Samuel Katz. Ele topou e começamos, ainda antes de o Bernardo nascer, em maio de 2000. Foi a melhor coisa que fiz na vida. Há anos faço análise e quando estou fora do Rio, converso com meu analista por telefone.

Bernardo nasceu no dia 28 de maio, geminiano como seus pais. Andrea foi a segunda geminiana com a qual tive filho — a primeira foi a Nara. Quem é de Gêmeos é difícil pra caramba e eu não estava no pique de constituir outra família. Ficamos juntos durante a gravidez e, quando Bernardo fez dois meses, fomos viver em casas separadas. Devolvi o apartamento do Leblon e aluguei um pequeno no Humaitá, perto do Largo dos Leões, onde Andrea foi morar.

O Humaitá estava virando um bairro boêmio — muito por causa dos restaurantes da Cobal —, seus apartamentos eram antigos, bons e com aluguéis baratos. Curti muitíssimo os primeiros meses do Bernardo. Eu estava sem trabalhar e tive tempo total para ele. Me lembro do Réveillon de 2000 para 2001, quando o "Casanova" aqui tinha convite para todas as festas mais badaladas do Rio, públicas e privadas. Mas preferi ficar em casa, brincando com Bernardo, então com sete meses. Parei de beber e de fumar maconha, contratei um *personal trainer*, entrei de sócio da Estação do Corpo, academia frequentada por nove entre dez atores da Globo, com bolsa do Ricardo e do Rick Amaral. Corria na Lagoa, na esteira, nadava, levantava peso, tudo para estar pronto para segurar a infinita barra de ser pai novamente, com mais de cinquenta.

Uma vez li que um filho de classe média no Brasil, estudando sempre em escolas particulares e fazendo aqueles cursos extracurriculares de judô, balé e inglês, custa, até a formatura na faculdade, cerca de um milhão de reais. Bernardo é o quinto. Há que se trabalhar muito.

Com o elenco da peça A Mulher sem
Pecado (2000)

# CAPÍTULO 13

Então bateu saudade de fazer teatro. Numa conversa com o Luís Artur Nunes, pedi uma sugestão de peça que ele quisesse dirigir e que tivesse um bom protagonista, para que eu a produzisse. Entre outras, ele sugeriu a primeira do Nelson Rodrigues, pouco conhecida e muito menos montada, *A Mulher sem Pecado*. Li, amei e decidi fazer. Contratamos uma equipe nota mil: Helio Eichbauer no cenário, Beth Filipecki, a eterna, nos figurinos, Maneco Quinderé na luz e David Tygel na trilha sonora.

Meu lema como produtor era: "Sonhe alto, muito alto, porque normalmente não se consegue realizar muito mais que a metade dos sonhos. Se sonhar baixo, não vai realizar nada que valha a pena". Então comecei a voar. Li numa análise da Lei Rouanet — eu não entendia nada da lei, minha última produção fora *A Comédia dos Amantes*, paga do meu bolso — que os projetos mais viáveis para captação de patrocínio eram os do tipo "festival", que juntavam várias formas de arte. Criei então o projeto *Nelson Rodrigues, 60 Anos de Teatro*. Além da montagem de *A Mulher sem Pecado*, organizaríamos um ciclo de leituras dramáticas de todas as peças do dramaturgo, com mais de cem atores envolvidos recebendo um cachê não simbólico. Haveria também uma mostra de cinema com exibição de todos os filmes baseados nas obras de Nelson Rodrigues, com a presença do diretor e/ou de atores de cada filme. Ambos os eventos seguidos de debates, é claro!

Na última hora, ainda inventei um evento inédito no Rio de Janeiro: uma mostra dos desenhos em nanquim do irmão de Nelson, o pintor Roberto Rodrigues, cujo assassinato, aos 23 anos, marcou profundamente a vida do nosso maior dramaturgo. O filho de Roberto, o arquiteto Sergio Rodrigues, conhecido internacionalmente pela criação da poltrona Mole, me deu os originais de todas as obras do pai e eu mandei copiar com qualidade excepcional.

O projeto foi apresentado no Teatro Nelson Rodrigues, da Caixa, no centro do Rio, com enorme sucesso, foi uma grande realização o que fizemos, mais uma vez, Luís Artur e eu. As críticas foram maravilhosas, Barbara Heliodora teceu grandes elogios à montagem e ao meu trabalho como Olegário, o protagonista da montagem. Já Sábato Magaldi confessou que nunca vira *A Mulher sem Pecado* como uma peça pronta, de Nelson já maduro, mas que iria mudar seu conceito na próxima edição de seu livro sobre o autor após assistir nossa montagem.

Eu nunca havia usado a Lei Rouanet, mas sabia que o José Sarney era o cara que ajudava todo mundo a conseguir patrocínio. Mandei-me para Brasília, onde já conhecia muita gente desde a montagem de *JK*, inclusive o Sarney, que me recebeu muito bem. Falei sobre o projeto e ele adorou. Indicou uma pessoa para eu procurar na Eletrobras e me disse que o Marco Maciel adorava Nelson Rodrigues. Consegui uma audiência com ele, vendi o projeto o melhor que pude e o vice-presidente imediatamente ligou para o presidente da Caixa, pedindo que ele me ligasse. Maciel me disse também que o ministro da Fazenda, Pedro Malan, era outro apaixonado pelo Nelson. Assim que entrei no carro, saindo da audiência, o presidente da Caixa ligou marcando uma reunião comigo e o pessoal da área de patrocínio cultural para dali a alguns dias.

Eu já conhecia o ministro Malan da festa de formatura em Direito do meu filho Theo, que estudara junto e era amigo do Diogo, um dos filhos dele. Não foi difícil conseguir que ele me recebesse, e Malan se mostrou tão entusiasmado por Nelson Rodrigues quanto o Marco Maciel. Falei da Eletrobras e da Caixa e ele me indicou o ministro das Comunicações, que tinha os Correios como forte patrocinador de teatro. E prometeu dar um empurrão no presidente da Caixa, Emílio Carazzai, pernambucano também, como Nelson e Maciel.

Liguei para o mineiro Pimenta da Veiga, o ministro das Comunicações à época, que me recebeu no final de um dia de expediente e conseguiu imediatamente um patrocínio dos Correios. O projeto realmente era apaixonante. Seria a primeira vez que a obra do mais importante dramaturgo brasileiro — chamado mais tarde pelo *The New York Times* de *"the giant of Brazilian Theater"* — seria mostrada em sua quase integralidade, faltando apenas seus trabalhos como jornalista e escritor de romances.

Quando chegou o dia da reunião na Caixa, eu estava apreensivo. O banco tinha fama de ser durão, de não receber imposição de políticos para patrocínios, e a reunião, realmente, não foi fácil. Assim que cheguei, Carazzai foi logo dizendo:

— Só estamos aqui para discutir esse projeto porque foi indicação do cardeal e do arcebispo — referindo-se ao Maciel e ao Malan, os responsáveis diretos por sua indicação ao cargo.

Fui bombardeado com perguntas de seus assessores sobre a produção do projeto, custo, retorno, tudo. Ainda bem que eu estava preparado e respondi a contento. No final da reunião, eles estavam convencidos da necessidade do projeto para divulgar a obra do Nelson. Mas depois percebi que o buraco era mais embaixo. A Caixa não usava a Lei Rouanet porque não pagava imposto de renda, os patrocínios saíam de verba própria, o chamado "dinheiro bom".

A lista de documentos que eu deveria apresentar era infinita. E o responsável pelo meu projeto, um ex-gerente de agência que tinha um amor desmedido à sua fonte de renda, me perturbou o que pôde. A cada mês ele reduzia o valor do patrocínio e me pedia mais papéis, certidões, atestados... Foi um saco. Mas vi que a Caixa é realmente uma entidade séria pacas.

Na Eletrobras, a pessoa indicada pelo Sarney me recebeu muito bem, concordou com o patrocínio, mas a coisa não andava. Depois de conversar com um diretor de lá que encontrei numa festa, fiquei sabendo que o poder havia passado do ex-presidente para o senador Antônio Carlos Magalhães, cujo antigo apelido — Toninho Malvadeza — estava sendo substituído para Toninho Ternura. Mas o que vi quando falei com ele no Senado foi malvadeza braba — o ex-governador de

Sergipe João Alves Filho foi maltratado pelo ACM na minha frente e na frente de um monte de assessores.

Comigo ACM foi fofo, me recebeu no seu gabinete de presidente do Senado. Expliquei-lhe o projeto, falei dos apoios de Malan, Maciel, Pimenta da Veiga. Ele ligou na hora para o presidente da Eletrobras e ordenou: patrocina o José de Abreu em tanto. E repetiu: é uma ordem! ACM fazia questão de que todos soubessem quem é que mandava.

O caso do Guilherme Fontes, que havia captado dinheiro de praticamente todas as estatais para produzir o filme *Chatô*, fez com que a Casa Civil centralizasse todos os patrocínios, para que não houvesse superposição. O Andrea Matarazzo ficou encarregado das análises, como secretário de Comunicação da Presidência da República. E lá fui eu, indicado pelo Malan, falar com ele. Apresentei o projeto e ele aprovou os patrocínios da Caixa, dos Correios e da Eletrobras.

Quando se trabalha com o governo, a primeira coisa que se precisa ter é paciência. Eu tinha os patrocínios prometidos, mas da intenção ao gesto o caminho é longo, estreito e cheio de pedras. Eles demoraram mais de nove meses para se concretizar, depois de dezenas de idas a Brasília e centenas de telefonemas. E quando veio, foi com um corte de trinta por cento. Dei a volta por cima ao convencer o Ronaldo Fenômeno — com a ajuda prestimosa de seu assessor de imprensa, Rodrigo Paiva — a copatrocinar o espetáculo. Foi a primeira vez que um jogador de futebol fez isso.

O projeto chamou a atenção do jornalista Larry Rohter, correspondente do *The New York Times* no Brasil, que me ligou e fez uma grande reportagem sobre Nelson. Num domingo pela manhã meu amigo *manhattense* Timothy Lightman, na casa de quem eu me hospedei várias vezes, me ligou de Nova York:

— José, você está no caderno de cultura de domingo numa foto enorme, e com chamada na primeira página do The New York Times!

Realmente a matéria era excelente, mais de meia página, e tinha como título "Reawakening the Giant of Brazilian Theater"[6]. E, no meio da página, uma foto enorme minha com Vanda Lacerda, que interpretava minha mãe, e Luciana Braga, minha mulher.

Claro que foi uma surpresa agradabilíssima para todos. A Vanda não trabalhava havia algum tempo por problemas de saúde, não estava mais conseguindo decorar texto. O papel era mudo, mas tinha um bom destaque e praticamente não saía de cena. Quando apresentamos a peça no Festival de Teatro de Curitiba, ela foi ovacionada pelo público e ficou extremamente agradecida.

Quando Vanda se foi, Fernando Pamplona, cenógrafo e carnavalesco, amicíssimo dela, me disse que ela havia morrido extremamente feliz por ter voltado aos palcos e lembrava sempre da ovação que recebera em Curitiba. Sabem quem me recomendou a Vanda? Nosso grande amigo em comum, o ator Louzadinha, grande figura humana, o mesmo que descobriu minhas hemorroidas na estreia de Miss Banana!

Entre os atores do projeto havia minha amiga Bel Themudo, da turma da Ana Beatriz, que havia feito a produção de A Comédia dos Amantes. Numa noite, ao final do espetáculo, ao sair do meu camarim, vi descendo as escadas uma deusa. Morena, alta, magra, muito bem vestida e maquiada — estava indo a uma festa —, ela me deixou paralisado. Como veio, sumiu, e eu não sabia quem era. Até que descobri ser uma amiga da Bel chamada Mônica, atriz que ainda não havia sido descoberta.

---

6. Despertando o gigante do Teatro brasileiro" (T.L.)

Era dezembro e fiquei com aquela moça na cabeça. No dia 31, marquei um encontro com amigos na praia de Ipanema para tomar um champanhe de final do ano. E, no Posto 9, às quatro da tarde, reconheci a deusa. Relaxado pelo champanhe, me aproximei dela e confessei minha paixão. Um toró caiu bem na hora e fomos nos proteger numa das barracas de vendedores da praia. Foi embaixo da barraca, com a chuva torrencial caindo, que demos nosso primeiro beijo. Era a Mônica Martelli.

Eu havia convidado alguns amigos para passarem o Réveillon em minha casa e cada um levaria uma comida. Eu tinha comprado um peru na Rio-Lisboa, a padaria mais famosa do Leblon, e a festa, segundo me disseram, foi um sucesso. Mas nem eu nem a Mônica vimos nada, assim como os convidados não nos viram. Preferimos passar o Ano-Novo na cama, no quarto, festejando nosso novo amor.

...
—

Então veio a novela *Porto dos Milagres*, inspirada na obra de Jorge Amado, escrita pelo Aguinaldo Silva e com direção-geral do Marcos Paulo e Roberto Naar e direção do Fabricio Mamberti e Luciano Sabino. Era um excelente papel, o braço direito e matador oficial do personagem do Fagundes e que era apaixonado pela mulher dele, dona Adma, feita pela Cassia Kis. Foi o primeiro dos grandes vilões que fiz em novelas e mais um amigo do galã. Eu tinha feito um *Caso Verdade* com a Cassia, antes de ela fazer *Roque Santeiro* e demos uns beijos numa saída depois das gravações. Ela jura que não lembra e que é loucura minha. Mas não é. E ela ainda não havia emagrecido nem mudado seu nome para Cassia Kis Magro.

A assistente de direção do Marcos Paulo era a Luisa Thiré — filha do Cecil e neta da Tônia Carrero — e, aos poucos, com a convivência diária, nos envolvemos. Luísa é uma pessoa maravilhosa. Daí pintou a chance de apresentar *A Mulher sem Pecado* no Teatro do Leblon, uma temporada de três meses durante o verão. A temporada foi um fracasso, diziam que os moradores da zona sul não gostavam de Nelson. Perdi toda a grana que havia ganho na temporada da peça no centro. Obviamente o dinheiro dos patrocínios fora totalmente investido na montagem, eu não imaginava outra maneira de produzir. O lucro, se viesse, viria da bilheteria. Quase quebrei. Mas fiquei feliz assim mesmo. Atores se realizam no palco, não no banco.

Em cena com Andrea Beltrão na peça A Prova (2002)

# CA
## PÍ
### TU
### LO 14

Dennis me ligou para dar uma ordem: emagrecer.

— Mas não estou gordo — respondi.

— Foda-se! Emagrece ou não tem papel.

Minha relação com ele sempre foi assim, carinhosa. Era para fazer um dos protagonistas da novela das 7, *Desejos de Mulher*, do Euclydes Marinho, dirigida por ele, pela nova paixão profissional da minha vida, a Maria de Médicis, e por dois outros novos diretores que fariam história: Zé Luiz Villamarim e Amora Mautner. Eu seria o vilão, casado com a mocinha, Regina Duarte. E teria casos com

Alessandra Negrini, Mariana Lima e, pasmem, Mel Lisboa! A Mel, que com meses de idade brincava com meu filho Cristiano nos cercadinhos da vida.

A novela foi um fracasso. O galã era o Herson Capri, um *bon vivant* que começava a novela num iate cheio de modelos lindas em Fernando de Noronha e abandonava tudo para tentar resgatar um amor de juventude: o personagem representado pela Regina. Dizia-se — não sei se é verdade ou apenas "rádio corredor" — que o público não acreditou nessa parte da história. Teria que ser um amor muito forte o que faria um homem abandonar aquela vida e voltar para Regina Duarte. Mas o fato é que os personagens que cresceram na novela foram o da Negrini, a Selminha, e o meu, o Bruno Vargas. Fizemos um casal bandido apaixonado e com cenas tórridas. Maldade e sexo sempre fazem sucesso, revelam nossos desejos mais recônditos.

Foi quando meu personagem se envolveu com o da Mariana Lima, uma das atrizes mais completas do Brasil. Ela é uma atriz incomum, uma mulher incomum. E ainda é casada com o Enrique Diaz! Eu adorava contracenar com ela. A terceira namorada do Bruno, como eu disse, era Mel Lisboa, e havia cenas de sexo entre nós. Se eu não sabia onde botar as mãos, imaginem o resto. Eu sempre me excito em cenas de sexo, aviso antes às colegas, peço desculpas, mas não consigo ficar indiferente. Com Mel foi a primeira vez que consegui. Seus pais, a astróloga Claudia Lisboa — hoje no jornal *O Globo* — e o cantor e compositor Bebeto Alves, vieram para o Rio na mesma época que Nara e eu. Éramos amigos no Rio Grande do Sul e ficamos mais íntimos na nova cidade. Claudinha fazia meu mapa astral, Bebeto iniciando sua carreira nacional.

Tínhamos dois filhos da mesma idade, Cristiano e Mel. Saíamos muito juntos, churrasqueávamos sempre e acabou acontecendo: Claudinha e eu nos apaixonamos. Mas seguramos a onda. Falamos sobre, mas nenhuma atitude foi tomada. O casamento dela estava ruindo e a paixão retraída aumentando. Uma única vez nos encontramos a sós, conversamos seriamente sobre nos separarmos para tentar uma nova vida, juntos.

Não sei o que aconteceu, talvez ela tenha contado a ele, talvez ele tenha desconfiado. Mas um dia tocou o interfone do meu apartamento e era o Bebeto, pedindo para eu descer porque ele queria falar seriamente comigo. Sentamo-nos no antigo Restaurante Sagres, no Baixo Gávea, e ele mandou na lata:

— Você está comendo a Claudinha?

Eu gelei, claro, mesmo porque eu não estava. Respirei fundo e arrisquei, exagerando:

— Não, te juro por Deus, mas estou apaixonado por ela e sei que você está a fim de deixá-la. Se isso acontecer, aí sim, fico com ela.

Ele se levantou e saiu. O casamento deles ainda durou alguns anos. E enfiamos nossa paixão no saco.

No final da novela, já inimigos, Selminha e Bruno Vargas — meu personagem — têm um embate armado, um atira no outro e os dois morrem, numa cena que durou quase três capítulos. Apesar do fracasso da novela, foi muito bom para mim e para a Negrini, que na época estava apaixonadíssima pelo Otto. Curtimos muito o início da carreira solo dele indo a shows e saindo na noite.

•••

Aderbal Junior, depois Aderbal Freire-Filho, é um gênio. Se Luís Artur é um gênio que sempre se dividiu entre a arte e a academia, mais pragmático — o cara é virginiano! —, Aderbal é um gênio anárquico, um taurino alucinado, no melhor sentido. Ator, autor, diretor, assim como Luís. Mas diferente, sabe? De outra enfermaria. Eu o conhecia de longa data, porque ele deu aulas na CAL, bem no começo, junto com a Nara. E eu também dei um curso lá, na época, chamado "Espaço adentro, espaço a fora."

Pois um dia o assistente dele me ligou marcando um encontro para discutir uma peça. Era *Proof*, traduzida como *A Prova*, de um autor novato americano, David Auburn, premiada com o Tony e com o Pulitzer de melhor texto. Tinha sido montada na Broadway com enorme sucesso. Os outros atores seriam Andrea Beltrão, Emílio de Mello e Gisele Fróes.

Nunca apanhei tanto em minha vida como ator. Aderbal tirou meu sangue. Muitas vezes cheguei a pensar em sair da peça e abandonar a carreira. O personagem era dificílimo, um matemático genial que é acometido por esquizofrenia no auge da sua criatividade. Dizem os colegas que três tipos de personagens carregam uma armadilha para o ator: o velho, o bêbado e o louco. É caminhar no fio da navalha. Você tem que arriscar para dar veracidade, mas não pode passar do ponto, senão cai no ridículo e vira objeto de riso fácil. E, absolutamente, não era o caso.

Sofri muito para construir o personagem. Fato é que, depois de todo o sofrimento, acabei fazendo um dos melhores trabalhos de minha carreira. O Robert, esse era o nome do personagem, me trouxe bastante conhecimento sobre a vida. Estudei muito matemática e psicologia, principalmente esquizofrenia. Cheguei a passar dias na Casa de Saúde Dr. Eiras, um hospital psiquiátrico, conversando com doentes e médicos, para melhor entender a doença. Triste pacas.

A peça foi um baita sucesso de crítica e médio de público. E era muito boa, Andrea em estado de graça, Emílio e Gisele, legítimos representantes do que há de melhor no teatro brasileiro. Depois de uma bela temporada no Rio, fomos para São Paulo, no Teatro FAAP.

Entre as duas temporadas, as festas de final de ano no Rio me levaram a passar o Réveillon na festa do Selton Mello, em uma casa enorme no Alto da Gávea que ele havia comprado do Walter Avancini e que hoje pertence ao Danton Mello, seu irmão. Durante a noite, balas cortavam o céu. Traficantes da Rocinha, a favela ao lado da casa, também comemoravam o Ano-Novo. Eu estava sozinho, até que apareceu uma menina linda, pequenina, com um dentinho meio torto que a deixava com cara de sapeca. E era.

Lá pelas tantas, algumas pessoas se jogaram na piscina e ela foi uma delas. Lu era o seu nome. Quando saiu da água, de vestido branco, estava praticamente nua. Vestida, porém nua. Lembrei-me na hora da Claudia Ohana. Foi extremamente excitante. Nós nos pegamos na beira da piscina, mas não dava, tinha muita gente, então resolvemos ir embora. Ela morava no Recreio dos Bandeirantes, longe pra caramba, mas não podia dormir na minha casa por causa do filho pequeno.

Depois de algumas semanas, acabei entregando meu apartamento no Humaitá e alugando uma casa no Recreio para morarmos juntos. Lu, o filho dela, eu e, nos fins de semana, o meu filho Bernardo. O Jayme Monjardim ganhara um cão boxer do Faustão, não queria o cachorro e me deu. E eu já tinha um border collie, Kakau, que havia comprado para a Andrea, mas ela me dera para cuidar por um tempo e nunca mais o quis de volta. Então eram dois cachorros, uma criança e um casal. Curtição pura.

Foi a primeira casa em que morei no Rio — casa mesmo, grande, com quintal e cachorros. Ah, tinha piscina e churrasqueira, com aluguel muito mais barato que qualquer imóvel na zona sul, pois o Recreio naquela época ainda era "longe". E, de quinta-feira a domingo, eu encenava *A Prova* em São Paulo.

A FAAP fica pertinho da praça Vilaboim, que, por sua vez, fica no fim da rua Doutor Albuquerque Lins, onde morei assim que cheguei à cidade nos idos de 1960. Então, para mim, foi um reencontro com o lugar. Uma noite, fui preso ali por um guarda civil — antes da ditadura havia, além da Força Pública, a Guarda Civil, ambas transformadas depois na Polícia Militar — por atentado ao pudor porque estava "fazendo sexo com uma jovem em plena praça pública", como disse o guarda ao me dar voz de prisão. Exagero, estávamos apenas nas preliminares. De bicicleta, ele insistia em nos levar para a delegacia. Então saímos eu e a moça em desabalada carreira, cada um para um lado e o guarda ficou meio sem saber o que fazer com a bicicleta e a lanterna nas mãos.

A minha volta para São Paulo — eu não fazia teatro lá desde *O Beijo da Mulher Aranha* — foi um desbunde, como havia sido com a peça. Nem sempre eu voltava para o Rio na segunda-feira, ficando em São Paulo a semana toda. Como já disse, antigamente se fazia teatro de terça a domingo, às vezes com duas sessões às quintas, aos sábados e aos domingos. Com o tempo, os dias da semana foram se reduzindo até que hoje, em São Paulo, muitas peças se apresentam apenas de sexta a domingo.

Perdi o interesse por teatro por isso. Na sexta-feira acontece a primeira apresentação da semana, depois de ter ficado desde domingo sem atuar. No sábado, a tradicional apresentação para o público mais chato da semana e domingo, quando a peça esquenta, acaba. Não faz sentido. Uma peça só cresce com a repetição. Três apresentações por semana realmente não me satisfazem.

A gente se hospedava em apart-hotéis conseguidos gratuitamente pela produção da peça, então era fácil passar a semana sem pagar hospedagem. Numa noite, num restaurante frequentado por gente de teatro, notei que uma menina me olhava com frequência. Com a cara de pau que me acomete às vezes, fui falar com ela, que já estava altinha, como eu. A menina convidou-me a sentar, conversamos, e lá pelas tantas começamos a nos beijar. Ela era linda, alta, cabelinho curto. Flávia Zillo, seu nome. Estava iniciando a carreira de atriz, terminando a escola de atores Célia Helena. Dezenas de anos mais nova que eu, filha de usineiros de açúcar e álcool. Fora da cama éramos muito diferentes, mas na cama éramos idênticos.

Flávia morava num *flat* moderníssimo no Morumbi, para onde me mudei no meio da temporada. Fui para o Rio resolver o caso com a Lu, terminamos numa boa, e ela ainda morou um tempo na casa do Recreio dos Bandeirantes. Tínhamos quartos separados, mas sempre havia recaídas a cada vez que eu ia dormir lá. A temporada de *A Prova* em São Paulo foi gloriosa, Andrea Beltrão ganhou todos os prêmios do ano. Digno de nota foi um encontro na casa de um colega do TUCA, José Buck, onde encontrei o Silnei Siqueira, diretor de *Morte e Vida Severina* e *O&A*, e o ator David José, dos áureos tempos do Teatro de Arena, além de vários outros antigos colegas. Uma noite memorável.

Quando a temporada em São Paulo acabou, Flávia veio comigo para o Rio. Mas não aguentou o Recreio, realmente muito longe, ainda mais para uma paulista pela primeira vez na cidade, apesar de o Recreio ser, teoricamente, "dos Bandeirantes". Um dia, voltando para casa, ela estava me esperando na porta. Entrou no carro antes de eu descer e disse que queria me fazer uma surpresa. Me levou ao Condomínio Joatinga, perto da praia de mesmo nome, onde Ana Beatriz costumava me levar. Era uma casa relativamente pequena, na qual Marcos Paulo já havia morado anos antes, acho que quando foi casado com a Renata Sorrah. A vista do mar era espetacular. Flávia havia alugado a casa com seu dinheiro, pagando seis meses antecipados. Só o que eu tinha que fazer era entregar a casa do Recreio e levar meus móveis. Flávia tinha a certeza dos milionários, e não adiantava discutir. Fez a mudança sozinha, levou móveis de São Paulo com um caminhão da usina de açúcar do pai, afinal, infraestrutura era o que não lhe faltava. Bernardo na época tinha três anos e passava bastante tempo conosco. Flávia gostava de festa, eu também. Passamos a fazer churrasco para os amigos quase todos os finais de semana. A vida estava indo bem, apesar do excesso de álcool.

Flávia, no entanto, era muito possessiva, ciumenta demais, e comecei a me sentir preso na relação. Íamos muito para São Paulo, fui algumas vezes na casa da sua família em Lençóis Paulista e outras vezes passeamos no barco de seu pai, um Ferretti enorme, tinindo de novo. Numa dessas idas a São Paulo, tivemos uma briga feia e voltei para o Rio sozinho.

Logo em seguida fiz *A Casa das Sete Mulheres* no Rio Grande do Sul, onde passamos quase dois meses, primeiro em São José dos Ausentes, divisa com Santa Catarina, depois Pelotas e, de novo — lembram de *A Intrusa?* —, Uruguaiana. Em São José ficamos numa pousada no campo, numa fazenda, longe do centro. Ficava junto a um cânion, um lugar belíssimo, mágico. Toda a pousada — cerca de vinte chalés — fora reservada para nós, dois atores em cada chalé. Como fazíamos as refeições lá mesmo, praticamente não saíamos da pousada.

À noite o elenco inteiro se reunia num dos quartos e o meu passou a ser chamado de "Club Nineteen", já que era o de número 19 — assim como o cavalo que eu usara no filme *Canudos*. Espalhávamos colchões e colchonetes pelo chão da sala e ficávamos cantando — sempre aparecia um violão —, contando piadas e bebendo vinho vagabundo. Pela manhã tínhamos gravações, afinal, estávamos lá para isso. Era muita gente boa reunida: Eliane Giardini, Bete Mendes, Nívea Maria, Jandira Martini, os exemplares da minha geração na série. São mulheres inteligentes e muito engraçadas, gargalhadas certas nas noites do Nineteen.

Foi em São José que pintou, pela primeira vez, um clima com a Mariana Ximenes. Eu não acreditava no que acontecia, mas o fato é que havia uma atração forte. Numa noite em que fomos jantar em um restaurante pequeno, sentamos lado a lado. Depois de uns copos de vinho gaúcho caseiro, confessei meu imenso tesão por ela, que me respondeu algo assim:

— Pois eu acho que desejo a gente tem que realizar, senão vai ficando cada vez mais grave.

Eu quase tive um piripaque, mas me segurei, peguei em sua mão e a beijei. Na saída do restaurante veio o Murilo Rosa me dar lição de moral, dizendo que ela era casada e tal, que eu não devia paquerar colega casada, ainda mais na frente do elenco. Fiquei muito puto com ele, foi um banho de água fria, e tentei esquecer. Mas Mariana estava certa, "senão fica mais grave".

Em Pelotas, a segunda locação, ficamos no Hotel Manta, do meu amigo João, bem no centro. Eu tinha morado na cidade, conhecia todo mundo, e durante a nossa estada recebi o título de Cidadão Pelotense, concedido por unanimidade pela Câmara dos Vereadores. No dia da entrega, todo o elenco da minissérie foi me prestigiar e foi uma loucura. Colocaram um telão do lado de fora do prédio para que os moradores pudessem assistir não propriamente à cerimônia, mas aos atores reunidos. O momento mais hilário foi quando um vereador começou seu discurso dizendo:

— Sei que, em suas andanças pelo Brasil como artista, jamais usarás, por motivos óbvios, o título de Pelotense! Mas saiba... — disse ele, provocando gargalhadas nos espectadores.

Outra coisa digna de nota foi gravar numa fazenda que havia sido muito importante na época das charqueadas: a Charqueada São João, preservada e tombada pelo IPHAN. Situada, como devia, às margens do Arroio Pelotas, que dava vazão à produção do charque vendido para o centro e o norte do país.

Elenco enorme, com atores famosos que eram objetos de desejo, como Thiago Lacerda, Thiago Fragoso, Bruno Gagliasso, Dado Dolabella, Marcello Novaes, Tarcísio Filho e Dalton Vigh. O Hotel Manta virou um lupanar. O dia todo, dezenas de mulheres de todas as idades ficavam em frente ao hotel — cercado com cordão de isolamento e policiado por soldados da Brigada Militar. Cada entrada ou saída do elenco era uma loucura: os brigadianos faziam um corredor até a porta do ônibus, e tínhamos que passar correndo, levando beijos, abraços, apertos e puxões de cabelo, como os Beatles no início da carreira.

Quanto mais cidades vizinhas ficavam sabendo da presença dos atores da Globo ali em Pelotas, maior ficava a multidão de mulheres. E sempre havia algumas que preferiam homens mais velhos. O elevador do Manta subia e descia sem parar, levando atores e moças para visitar o hotel. O oposto não ocorria, ainda preciso entender o porquê. Todos os casos envolvendo atrizes eram com atores. Apenas uma delas acabou apaixonada pelo filho do dono do hotel, que nem fã dela era. Aliás, nem a conhecia.

Lá também vi uma demonstração de amor louco — desses que adoro — cometida pela Deborah Secco em favor de seu namorado à época, Dado Dolabella. Numa das suas idas a Pelotas para visitá-lo, mandou encher o quarto do amado de rosas vermelhas vindas de várias floriculturas, espalhadas no chão, forrando tudo: cama, poltronas, mesas. Foi lindo, coisas de uma atriz fantástica e uma pessoa ótima. Ao contrário do homenageado.

Um dia, tocou a campainha do meu quarto uma porto-alegrense muito estranha. Eu a tinha conhecido no Hotel Sheraton em Porto Alegre ainda antes de ir para São José dos Ausentes, numa situação insólita. Estavam hospedados lá os músicos do Red Hot Chili Peppers, que fariam uma apresentação na cidade, e a movimentação de fãs era intensa. Na noite do show, eu estava no bar do hotel por volta de uma da manhã praticamente sozinho quando chegam os músicos do grupo e algumas moçoilas. Ela era uma delas.

Algum produtor local me apresentou aos músicos, conversamos um pouco, os dois guitarristas subiram aos seus quartos e o baixista e o baterista ficaram. Papo vai, papo vem, Chad Smith nos convida para subir a sua suíte, todos. Fomos, fumamos, bebemos, conversamos muito. E a menina ali, ao meu lado. Já de manhã, descemos para meu apartamento com ela dizendo que não ia com a cara de ator da Globo, não queria nada comigo, apenas ia dormir no meu quarto. Por mim, tudo bem, não seria a primeira vez que eu dormiria com uma mulher sem tocar nela, já tinha acontecido com algumas amigas.

Deitamos, dormimos. Algumas horas depois acordo excitadíssimo, com a moça mexendo no meu pênis. Passamos o dia no hotel fazendo sexo e ela foi embora. Não sem antes levar um papelzinho com o e-mail e telefone que o Chad havia me deixado. Essa mesma moça soubera onde a equipe de *A Casa das Sete Mulheres* estava hospedada e viera passar uns dias comigo. Não consigo lembrar o nome dela, só que era morena, cabelos longos, magra, e rica, muito rica, segundo soube.

Depois de Pelotas, elenco e equipe da minissérie se mudaram mais uma vez, e para uma cidade que eu já conhecia bem: Uruguaiana. Ficamos no mesmo hotel em que eu ficara nas filmagens de A Intrusa, dezenas de anos antes. Nos dois locais eu me sentia em casa. Em Uruguaiana, bem menor que Pelotas e sem tantas cidades por perto, a loucura da porta do hotel foi bem menor, pois muitos atores e atrizes já tinham voltado para o Rio para as gravações em estúdio. Somente as cenas de guerra seriam gravadas ali.

As opções de namoro se reduziram bastante, tanto interna quanto externamente. Uma noite, numa cena de guerra em que esperei em vão para gravar, acabei ficando com uma das jovens atrizes numa barraca da direção, montada no meio do nada. O clima esquentou — ela é um doce de pessoa e eu não sou nada salgado — e começamos a nos pegar. Não chegamos às vias de fato, mas foi muito bom. A gravação acabou e continuamos juntos. No ônibus do elenco, sentamos lado a lado, e eu estava certo de que ela iria dormir no meu quarto. Afinal a pegação tinha sido bem, digamos, úmida.

Alguns atores começaram a tirar sarro da nossa cara e é claro que isso inibiu a atriz. Quando chegamos no hotel, ela se mandou para o quarto dela. No dia seguinte acordei excitadíssimo, meio aparvalhado pela noite anterior. A atriz em pauta é uma pessoa maravilhosa, de uma simplicidade emocionante. E estava chateada com o namorado que a tratava mal, não lhe dava muita bola. Momento certo para uma paixão de locação.

Eu não gravaria no dia seguinte, então escrevi uma carta linda para ela, com poemas sobre seu corpo, seus seios — que eu havia tocado e beijado —, sua boca, seus pés. E seu cheiro era o cheiro de mulher, o mais perfumado que eu havia sentido. Ela tem um dos corpos mais lindos da tevê brasileira, eu estava a mil. Fui até a recepção, pedi o número do quarto dela e enfiei a carta por baixo da porta. No envelope, apenas o nome de batismo, não o artístico inteiro. Mas havia ali uma outra atriz muito bonita, com o mesmo nome daquela. Pois o desgraçado do cara da recepção me deu o número do quarto da outra, e não da que eu tinha ficado!

Estava eu no restaurante do hotel esperando a atriz da noite anterior e veio falar comigo a outra, de mesmo nome. Eu já tinha dado uma paquerada nela uns dias antes, então a carta — apesar de exagerada, pois fora escrita para outra situação — também cabia. Não tinha como explicar que estava havendo um equívoco, ficaria uma situação absurdamente chata. E como ela era bonita e estava muito a fim de mim, topei. Como disse na abertura do Livro I, eu nunca aprendi a dizer não.

Começamos a ficar logo depois da primeira conversa. A única coisa chata é que ela tinha colocado um aplique no cabelo e durante nossos embates eles caíam pela cama. E se há uma coisa que me incomoda são fios de cabelo. Longe das cabeças e mortos, bem entendido. Ela foi para o Rio e ficamos namorando até o final das gravações em estúdio. A verdadeira destinatária da carta nunca a recebeu. E perdeu a chance, talvez, de ser pedida em casamento por mim. Eu tinha certeza de que ela não aceitaria, mas sem sair na chuva, como se molhar? Mas se aceitasse, viveria por um tempo a dor e a delícia de ser minha mulher.

*A Casa das Sete Mulheres* foi um sucesso estrondoso em todo o Brasil. Lançou o excelente Werner Schünemann (que interpretou Bento Gonçalves) como ator, consagrado no seu primeiro papel na

Globo. Ele, Tarcisinho e eu fazíamos os três militares mais importantes, contracenávamos bastante e ficamos muito amigos. Tínhamos em comum o amor pelos cavalos e pelo Rio Grande do Sul — além de, claro, pelas mulheres. Werner é de lá, eu tinha sido e Tarcisinho passou a ser. Do Rio Grande, não das mulheres.

A *Casa* foi vendida para o mundo todo e uma vez, passeando pela *strip* de Las Vegas, fui parado aos gritos de "*Colonel, colonel!*" por um russo que estava vendo a minissérie em seu país. Meu papel tinha sido o coronel Onofre, mais precisamente Onofre Pires da Silveira Canto — o "cavaleiro negro" das histórias contadas nos pampas gaúchos —, e centenas de escolas levam seu nome. Claro que escolhi um cavalo preto, chamado Nanquim, que, com a convivência, passou a me seguir por todos os lugares aonde eu ia.

No Projac, no final das gravações, ele me esperava na porta do camarim da cidade cenográfica enquanto eu trocava de figurino, como um cachorro esperando o dono. Acabei me afeiçoando e comprando o cavalo, que até hoje está cobrindo éguas em Dom Pedrito, na estância de um amigo, o flautista e fazendeiro José Blanco. Sei que ninguém vai acreditar, mas o cavalo me "beijava" a cada vez que eu pedia, fazendo um ruído característico. Uma vez fiz com celular um vídeo dele me beijando, mas não consegui mais encontrá-lo para provar o que digo.

A cena final do meu personagem era um duelo entre Onofre e Bento, na qual usamos espadas de verdade, coisas de atores brasileiros. Novamente, um acidente quase me fez perder um olho. Num embate mais empolgado, a ponta da espada do Werner raspou em meus cílios e cortou a pálpebra direita. Alguns milímetros a mais e adeus olho. Dois malucos fazendo maluquices. Tudo pela arte.

•••
___

*Senhora do Destino* foi a surpresa que Wolf Maya me reservou. Eu não trabalhava com ele desde o *affair Miss Banana*, quando uma cirurgia de urgência me fez abandonar a peça. A gente se falava, eu ia a festas na casa dele, mas ele nunca mais me convidara para um trabalho. Foi uma surpresa enorme. Meu personagem era o Josivaldo, ex-marido da protagonista, que, no meio da novela, virava amante de sua pior inimiga, a eterna vilã Nazaré Tedesco, interpretada magistralmente pela Renata Sorrah, com quem eu havia feito a peça *Grande e Pequeno* e a novela *A Indomada*. Já tínhamos uma boa química antes da novela e foi um sucesso arrasador.

Nazaré me chamava de "Josimerdo", "Pedreiro" e outros apelidos menos conhecidos. Me pedia para fazer sexo anal — claro que sem falar diretamente, mas usando metáforas como "pelo outro lado" e "me pega com essa mão de pedreiro". Era hilário! Outra coisa engraçada era quando gravávamos os três Josés da Globo: o Wilker, o Mayer e eu. Nós três gravitávamos em volta da protagonista, muitas vezes estávamos juntos nas externas e, para facilitar o enquadramento, o diretor dizia:

— Zé, dá um passo atrás!

E nós três dávamos. Não tinha como não rir, o bom humor imperava.

*Senhora do Destino* foi a única novela que fizemos os três juntos. E que nunca mais se repetirá. Wilker morreu, levando com ele uma inteligência ímpar, uma ironia fina e um senso de humor impecável. Zé Mayer caiu em desgraça. Sempre foi muito paquerador, mas sempre na base da graça, do humor, era quase um pedinte. Quem resistiria a um pedido carinhoso do Zé Mayer? Ela. A figurinista que não quis, disse não e não foi atendida.

Numa ocasião de gravação de festa, com o elenco inteiro no camarim masculino — o diretor Wolf Maya inclusive, pois ele sempre fazia um papel nas novelas que dirigia —, pedi autorização para acender um baseado. E o Wolf deu. Entre os atores na roda, Raul Cortez, com aquela fleuma britânica que lhe era particular. Quando o baseado chegou no ator que deveria passá-lo para o Raul, houve aquela hesitação. Passar aquilo para um memorial da atuação brasileira lhe pareceu um desaforo. Mas Raul, com seu *timing* perfeito, desarmou o ator mandando a velha piada famosa pelo filme *Mediterrâneo*:

— Comeu frango com a mão? Põe na roda!

Para quem não entendeu: quando se come frango com a mão, fica a cola de gordura nos dedos, o que impediria o baseado de ser passado para o seguinte da roda. No filme, na cena em que os italianos são levados a fumar com o turco, eles usam a mesma expressão, só que em italiano: *"Hai mangiato il pollo con le mani? Fai girare"*.

**...**

Eu disse anteriormente que tinha ficado amigo da Vera Fischer em Fernando de Noronha, onde ela foi gravar *Riacho Doce* e recebia a visita do então namorado Felipe Camargo, outro amigo. Mas nossa amizade vinha de antes, desde o tempo em que ela era casada com o Perry Salles, que eu conhecia de longa data. Me lembro de um jantar na casa deles, no Alto Leblon, nos anos 1980, quando eu ainda era casado com a Nara. A beleza da Vera era estonteante, e ela parecia me devorar com aqueles olhos lindos. Achei que era loucura minha, como podia a Vera me dar mole?

Fizemos várias novelas juntos, apesar de nunca termos contracenado. Tínhamos uma cumplicidade inata, talvez por pertencermos, de certa forma, à mesma enfermaria. Às vezes ela me ligava, eu ia para a casa dela e passávamos a noite rindo, bebendo vinho ou champanhe, vendo filmes antigos. Claro que eu tinha tesão nela, o Brasil inteiro tinha. Vera estava numa fase ótima, ganhando dinheiro, fazendo presença em festas, desfiles... Nada acontecia no Rio de Janeiro sem a presença dela. A quantas festas fui em que parava tudo quando alguém dizia "chegou a Vera Fischer". E nós dançávamos e ríamos muito. Eu adoro a gargalhada dela!

Uma noite, a Liège Monteiro, outra amiga e que era uma espécie de assessora especial da Vera, me ligou. Normalmente era a própria quem ligava quando queria me ver, mas tudo bem. Estavam jantando no Antiquarius, Liège, seu namorado Luiz Fernando Coutinho, hoje marido, e Vera. E ela me convidava para acompanhá-los. Fui. Sentamo-nos na primeira mesa do lado esquerdo, a mais escondidinha, restaurante lotado. Vera e eu de um lado e o outro casal à frente. Ela estava, como sempre, linda, esfuziante. Notei alguma coisa diferente na maneira como ela me olhava. Gostei. Conversávamos, ríamos, dávamos autógrafos e tirávamos fotos com alguns turistas presentes.

O restaurante foi esvaziando e, quando acabamos de jantar, não tinha mais quase ninguém, só nós quatro, os garçons e Manoelzinho, o factótum, gente boníssima, a âncora do restaurante. Durante todo o tempo notei que Vera estava a fim de mim. Oba, pensei. Mas não me atrevi a atacar. Quando fui ao banheiro, a Liège me alcançou e disse mais ou menos assim:

— Ela cismou que quer ficar com você hoje.

— Ok, pode me usar à vontade — eu disse.

Quando voltei à mesa olhei bem no fundo dos seus olhos, segurei seu rosto com as duas mãos e mandei:

— Quero você.

Eu sabia que Vera se sentiria muito melhor sendo escolhida do que escolhendo. Começamos a nos pegar ali mesmo, beijos, abraços, toques, loucura, e os garçons ali. Fomos para a casa dela, se não me engano a antiga casa, onde morara com o Perry, no Alto Leblon. E tive uma das mais lindas noites de amor da minha vida.

# CAPÍTULO 15

"Soldado no quartel em dia de folga quer serviço", me disse Marcos Paulo, sentado ao lado do diretor Luiz Henrique Rios, num dos restaurantes da praça de alimentação dos Estúdios Globo.

Nem me lembro o que tinha ido fazer lá, acho que fora resolver algum problema administrativo, mas resolvi almoçar e encontrei os dois falando sobre a nova novela que iam dirigir, *Desejo Proibido*. Mais uma novela rural e de época, e outra vez do Walther Negrão. Precisavam de um coronel, típico vilão a cavalo. Como eu tinha acabado de fazer um deles em *Amazônia*, Marquinhos tinha me desconsiderado desde o início. Mas quando me viu de perto, *desdesconsiderou* e me convidou para o papel. Eu seria o marido da Letícia Sabatella, pai do Daniel de Oliveira e da Fernanda Vasconcellos (claro que eram os filhos com a primeira mulher, já falecida), genro de Eva Wilma, amigo de Lima Duarte, Cássio Gabus Mendes, Cláudio Marzo, Marcos Caruso, disputando o amor de Sabatella com Alexandre Borges. *Resistir, quem há-de?*

Novelinha mineira, passada na imaginária cidade de Passaperto, com uma Nossa Senhora milagrosa cuja imagem aparecera numa gruta dentro da fazenda do meu coronel, onde o trem iria passar e destruir tudo. No primeiro capítulo, Laura Cardoso "matando a pau", fazendo uma parteira que meu personagem vai buscar às pressas, de charrete, debaixo de um temporal.

Foi a volta do Marzo, depois de ter sofrido um problema sério de saúde que o deixou com problemas de mobilidade. Ele interpretou um barqueiro que fazia a travessia do rio que separava a cidade da civilização. E foi a última novela que fez. Saudade. A novela não foi um grande sucesso, apesar do elenco maravilhoso. Mas me lembro de aulas que eu recebia do diretor Luiz Henrique Rios sobre o funcionamento do iPhone, o primeiro que comprei. Ele já sabia tudo sobre o aparelho.

*Desejo Proibido* valeu para conhecer o ator Rodrigo Lombardi e a Fernanda, a Grazi e a Marquezine, atrizes que prometiam e que cumpriram o prometido. Hoje são do primeiro time. E também para me decepcionar com uma das melhores atrizes do Brasil, mas que não respeita horários e faz os colegas esperarem. Como são pouquíssimos e cada vez mais raros, chamam a atenção. Nunca mais nos falamos.

Lá veio de novo Luís Artur me convidar para fazer teatro, dessa vez *O Santo Parto*, peça muito louca do Lauro César Muniz, que ele iria dirigir. No elenco, Roberto Bomtempo, o iniciante Sergio Marone e a cantora que hoje mora na Islândia, Jussanam Dejah. Eu faria um bispo que passa a primeira parte do espetáculo imóvel, na realidade um quadro que passa a ter vida na imaginação de um jovem padre que toma um ácido ou coisa parecida. A aparição causava um grande impacto, claro. E não era fácil ficar cerca de 15 minutos completamente imóvel, ainda mais para um geminiano que, como minha irmã Maria Eulália dizia, tinha doença de São Guido, ou, indo no popular, fogo no rabo.

Durante os ensaios, jamais consegui ficar imóvel, nem tentava. Luís pedia para eu ficar, mas era inútil. Como ele sempre gostava de ensaiar bastante, começamos três meses antes da estreia prevista. A peça, apesar do escândalo de ter um padre gay grávido, apaixonado por Elvis Presley, fez uma temporada média, mas ficou poucos meses em cartaz. Difícil manter um espetáculo tendo que pagar para o dono do teatro cerca de quarenta por cento da lotação. Ou seja, num teatro de 400 lugares, o dinheiro correspondente aos primeiros 160 pagantes, inteira, fica com eles. Só grandes sucessos conseguem se manter pagando os teatros privados.

Mais uma vez resolvi dar uma festa de aniversário, dessa vez em Teresópolis, na pousada Toca-Terê, do meu amigo Carlos Artur Paulon, e decidimos juntos aproveitar a ocasião para divulgar a pousada, que era linda, com vários chalés finamente decorados pelo bom gosto indiscutível deste advogado que ganhou muito dinheiro defendendo trabalhadores.

Convidei casais amigos em número igual à quantidade de chalés que havia na pousada. A festa começaria com um jantar na sexta-feira à noite, teria seu ponto alto no sábado durante o dia e terminaria após o almoço de domingo. Tudo com a cobertura dos meus amigos fotógrafos da *Caras*, respeitando ao máximo a privacidade dos convidados. Eu era amigo de todo mundo na revista, a primeira de celebridades que nos respeitava. Para terem uma ideia, a *Amiga*, a mais conhecida de todas, era apelidada por nós, atores, de *Inimiga*.

No sábado, outros convidados avulsos chegariam do Rio apenas para passar o dia. Paulon teve a ideia de chamar uma moça de Teresópolis, amiga de sua companheira na época, a Debora "Baixinha", para cuidar da recepção na entrada da pousada. A moça se chamava Camila Paola Mosquella e tinha 23 anos. Eu estava comemorando 58, portanto, 35 anos nos separavam. No sábado, pouco a vi, porque ela ficou recebendo os convidados e levando-os para o local do churrasco. Eu a via de relance, ela me olhava, mas ator está acostumado a ser olhado em qualquer lugar que vá. Só que o olhar dela era mais significativo do que apenas curiosidade de uma teresopolitana por um ator famoso. Como ela era muito jovem e bonita, achei que estava imaginando coisas.

Uma chuva leve começou a cair, providencialmente. Não tinha como a moça ficar na porta desprotegida, a maioria dos convidados já havia chegado, e ela começou a participar do churrasco. A primeira coisa que fiz quando a vi foi falar para ela, tocando em seu rosto, que ela era linda demais. A moça abriu um sorriso maravilhoso, deixando aparecer um pequeno defeito em seus dentes que lhe dava um ar ainda mais interessante. Ela respondeu dizendo que eu também era lindo, mantendo seus olhos fixos no meu. Não resisti e dei-lhe um delicado beijo no rosto. Ela colocou sua mão em minha barba e a acariciou docemente, mantendo o olhar. Eu não disse mais nada, tomei-a pela mão e a levei ao chalé onde estava hospedado. Ninguém mais nos viu na festa depois disso. Meus amigos já estavam acostumados, não seria nem a primeira nem a última vez que eu desaparecia da minha própria festa.

No quarto, um novo romance começava. Ela era dona de uma pele macia, um corpo lindo, e eu fiz dele minha capelinha pelos dez anos seguintes. "No teu corpo é que eu encontro, depois do amor, o descanso..." Quem leu o Livro I sabe do que estou falando. Quem não leu, leia!

No domingo — eu apareci para as despedidas — os convidados tomaram um café da manhã reforçado e desceram para o Rio. E eu fiquei. Na segunda-feira de manhã fui me encontrar com ela, fomos para a pousada e depois de horas de amor, apenas para confirmar a escolha — e para ter prazer, claro —, voltei para o Rio.

Eu tinha um motorista que trabalhava eventualmente para mim, buscando e trazendo o Bernardo da casa da mãe para a minha, e ele começou a ir para Teresópolis buscar a Camila e trazê-la para o Rio. Ela vinha de manhã e voltava à noite, fazia faculdade e não queria matar aula. Eu estava ensaiando *O Santo Parto* e não podia sair da cidade. Mas a vontade dela de ir para o Rio e o seu amor por mim — olha o ego! — foi maior que a dedicação aos estudos. Ela trancou a matrícula e aceitou o convite para morar comigo.

Camila tratou logo de procurar outro pouso para nós, pois eu ainda morava no alto do morro da Joatinga, na casa alugada pela Flávia. Ela achou um lugar maravilhoso, que eu não conhecia bem: o Jardim Oceânico, no comecinho da Barra, atrás da Praia do Pepê e relativamente perto de onde eu morava. Alugamos um apartamento antigo, ótimo, com um quarto para nós, outro para o Bernardo e um escritório/quarto de hóspedes. Camila tratava meu filho muito bem, era carinhosa e ele correspondia.

Se com Flávia a noite era uma criança — ela, como eu, amava sair à noite para tomar umas e encontrar os amigos —, com Camila o dia passou a ser. Ela era tão nova, tão legal, tínhamos a capacidade de rir um do outro e desenvolvemos uma cumplicidade incrível na cama. Tudo isso me fez crer que aquele seria um excelente investimento afetivo. Camila era "minhoca da terra", como machistamente nós, homens brasileiros, nos referimos às moças do interior que ainda conservam uma ingenuidade pueril, apesar de estar na fase adulta. Entrei de cabeça. Parei de sair à noite, reduzi a bebida e resolvi, por mim mesmo, que jamais a trairia. E cumpri. Deixei de ser babaca.

Decidimos ficar juntos pelo resto da vida. Eu já tinha experiência suficiente para saber contornar e corrigir os problemas de percurso de uma relação a dois — "quando um não quer, dois não brigam", dizia minha mãe, dona Gilda. Sei, ou penso que sei, como contornar as pedras que o destino nos põe no caminho e aprendi também que algumas delas precisam ser quebradas, não podem ser evitadas porque mais tarde bloqueiam definitivamente a nossa caminhada. Às vezes, as pedras têm que ser quebradas com um chute que pode, ao contrário, acabar quebrando nosso pé.

Quando *O Santo Parto* estreou, Camila teve o *feeling* perfeito e compreendeu o processo de um ator quando está encenando uma peça. Me acompanhava diariamente ao teatro e cumpria comigo o ritual de me preservar durante o dia para eu poder render tudo à noite. Quanto mais durmo bem, me alimento de forma frugal, deixo de beber e descanso, mais rendo no palco. Chegávamos cedo, Camila conservava meu camarim sempre em perfeito estado, trazia incensos, mimos e providenciava a sagrada dose de uísque antes de eu entrar em cena, "para aquecer a voz" — a desculpa esfarrapada que a maioria de nós, atores, usa para despistar o real motivo da bebida: enfrentar o medo de subir no palco, o que na estreia se transforma em pavor!

Gostei muitíssimo de fazer o cardeal. Como disse, eu ficava imóvel nos 15 minutos iniciais da peça, num nicho que dava a impressão de ser um quadro. Outro quadro compunha o cenário, este real, ajudando a enganar o espectador. Na ocasião, pude botar para fora todo o meu conhecimento de latim e da religião católica — fui seminarista, coroinha e tocador de sino de igreja. Era um cardeal reacionário, o fundador da igreja em que o padre, protagonista, tornara-se pároco. Numa alucinação do padre, provocada por uma droga, ele se sente grávido! Então o cardeal "sai" do quadro para aterrorizá-lo com o fogo do inferno. O texto é maravilhoso, traz de volta — com muitas citações latinas — o discurso da Inquisição, lembrando os pastores evangélicos de hoje.

Camila assistiu a todas as apresentações da peça. Nunca na minha vida alguém tinha feito isso, e acho difícil que algum ator já tenha vivido algo semelhante. Voltávamos para casa conversando sobre o que eu fizera diferente naquela encenação. Era um grande barato, a cada dia ela aprendia mais sobre interpretação, sobre teatro, sobre o meu *métier*. E nos envolvíamos mais e mais.

•••
——

Fiquei sabendo numa festa no restaurante La Fiorentina que o diretor Zelito Viana iria fazer um filme sobre JK. Era um sonho do produtor Nei Sroulevich que sua viúva, Claudia Furiati, resolvera realizar. E soube também que Zelito — pai do Marquinhos Palmeira e da Betse de Paula, e irmão do Chico Anysio — não estava querendo muito que eu fizesse o Juscelino porque eu já o tinha feito no teatro e estava com o personagem pronto. Ele preferia um ator com o qual pudesse criar o papel, do seu jeito. Mas todo mundo que tinha visto a peça lhe dizia que aquela decisão era um erro, que eu havia "encarnado" o JK, e seria uma bobagem não aproveitar isso.

Zelito acabou me convidando e fizemos um belíssimo trabalho, mas com uma pedra — do tamanho do Pão de Açúcar — no caminho da minha relação com Camila: Mariana Ximenes. Ela fazia a amante do JK e tínhamos cenas tórridas, que sempre extrapolavam o roteiro. Era difícil controlar o tesão que eu sentia. Mas nunca chegamos aos finalmentes, tanto porque eu prometera a mim mesmo nunca trair Camila, como por absoluto medo de me relacionar com um anjo.

Além disso, a psicanálise estava fazendo efeito e passei a dar mais importância ao fato de eu ter me transformado, ao longo do tempo, num adicto por sexo. Não por transar, apenas, mas por transar com muitas mulheres diferentes. Vários amigos também eram como eu, algumas mulheres idem. Mas eu estava me sentindo mal com isso. Por isso decidi parar com todos os meus vícios, inclusive esse.

Tenho muito orgulho de ter feito *JK — Bela Noite Para Voar*. Eu já tinha um amplo conhecimento da vida de Juscelino Kubitschek e me envolvi ainda mais nela, depois de ter feito peça e filme. Então Dennis Carvalho me convidou para viver Carlos Lacerda na minissérie *JK*. Lacerda era o "Corvo", o pior inimigo de Juscelino. Perfeito! Eu ia representar o outro lado da moeda.

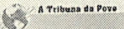

## SOCIAL

99

"Vida longa aos que ainda conseguem enxergar o mundo com olhos sensíveis"
(Martha Medeiros)

# Zélia Casoni

zeliacasoni@uol.com.br / fone/fax: 3622-2013 / 9966-1716
http://zeliacasoni.blogspot.com

## BOM DIA, José de Abreu!

José de Abreu, na turnê da peça Fala Zé

Uma das suas atividades favoritas é levar o teatro pelo Brasil afora. Desde 1967 faz o que gosta, interpreta. Via e-mail respondeu com muito carinho as perguntas da Tribuna do Povo, entre uma pausa e outra do livro que está lendo (O Mago, a biografia de Paulo Coelho escrita pelo amigo Fernando Morais). Contou que ainda fica nervoso, a boca seca, o coração dispara quando entra em cena. Como todo mundo. Tem um carinho especial pelos produtores de teatro, uns mais loucos, outros excelentes profissionais (como o Michel Azevedo que produz a peça em Umuarama) e se define como: "Sou um cara alegre, feliz da vida, meio ingênuo, muito exigente em termos de trabalho e apaixonado pela minha mulher Camila".

**Zélia Casoni:** O que o público de Umuarama pode esperar do José de Abreu?
**JOSÉ DE ABREU:** A maior dedicação possível para fazê-lo rir muito e se emocionar também. Venham rir da minha cara!

**Zélia Casoni:** A peça vai nos fazer rir?
**JOSÉ DE ABREU:** Do começo ao fim.

**Zélia Casoni:** Fazer teatro hoje é...
**JOSÉ DE ABREU:** ...o que sempre foi. Levar cultura, emoção e alegria ao público.

**Zélia Casoni:** Que personagem (na sua carreira) está bem vivo em você?
**JOSÉ DE ABREU:** Aquele crápula do Josivaldo, ex-marido da Senhora do Destino e amante da Nazaré.

**Zélia Casoni –** Deixe aqui seu recado, convide meus leitores ....
**JOSÉ DE ABREU:** É difícil falar da minha própria interpretação, mas estou fazendo a peça há mais de dois anos (estreei no Festival de Curitiba, em 2006) e estou nos trinques para fazê-los se divertir muito!

---

# VIVER BEM

SEXTA-FEIRA, 6 DE JUNHO DE 2008

## José de Abreu se apresenta hoje no Tupec

Bruno Sgambato,
de Mogi Guaçu

O ator global José de Abreu se apresenta hoje na cidade com a peça "Fala Zé". O espetáculo acontece às 21h, no Teatro do Tupec do Centro Cultural. Em "Fala Zé", o ator interpreta cerca de 20 personagens que passaram por grandes momentos da história brasileira como o movimento estudantil: na década de 60, o qual o próprio ator foi militante e chegou a ser preso e exilado. Passagens como o desbunde de drogas em Arembepe e na Europa, no início dos anos 70, a orientalização filosófica substituindo o marxismo, a volta dos exilados políticos, a formação dos partidos de esquerda e ainda momentos atuais como a crise do governo brasileiro. Para trazer tantos personagens vividos por um só ator, que divide o palco consigo mesmo, a peça abusa de projeções em telões e um televisor de plasma que fazem parte do cenário. A peça foi escrita por Angel Palomero e Walter Daguerre a partir de improvisações do ator que resultou em um texto que mistura a realidade e ficção dando vida a uma comédia popular.

Os ingressos podem ser comprados antecipadamente por R$ 25,00. Na hora os ingressos serão vendidos a R$ 30,00 (inteira) ou R$ 15,00 (meia). Quem apresentar o selo promocional do jornal paga R$ 20,00.

*Reportagens dos jornais A Tribuna do Povo e Viver Bem sobre a peça Fala Zé (2008)*

# CAPÍTULO 16

Mais uma vez Luís Artur e eu resolvemos montar uma peça, retornando ao início do nosso relacionamento artístico, quando ele primeiro induzia os atores a improvisar e depois escrevia a peça em função dos improvisos. Resolvemos que seria um monólogo, algo que eu faria pela primeira vez na carreira, usando o rapsodo que ele tanto ama: um ator-narrador conta a história e, no desenrolar dela, assume personagens que contracenam com outros personagens — no caso de monólogo, representados todos por ele mesmo.

Discutimos o tema e decidimos que seria uma biografia *fake*, misturando fatos reais e invenções. Utilizamos, como título, *Fala, Zé!* — *Uma Comédia Psico-político-délica*, título autoexplicativo, e como subtítulo *Uma autobiografia não autorizada*, hoje usado por outros autores por causa da discussão pública sobre a Lei das Biografias. Como Luís estava sem saco de escrever sozinho, contratamos dois autores, que também eram diretores e atores: Walter Daguerre e Angel Palomero. Depois de alguns ensaios, percebemos que aquela não seria uma tarefa fácil. Eu nasci em 1946, estávamos em 2007, era muita história para contar. E cortar. Afinal, diferente desta *Abreugrafia*, uma peça de teatro tem que ter, salvo raras exceções, cerca de duas horas, "senão o público não aguenta", como dizem. Triste país o nosso, em que a duração de uma peça — ou até de um filme — pode transformá-la num fracasso.

Os ensaios tinham uma estrutura diferente de tudo que tínhamos feito até então: eu era entrevistado pelos dois autores — gravávamos tudo — e depois eu improvisava em cima do assunto tratado, com estímulos do diretor. Então tínhamos várias verdades: a verdade da minha vida e o que criávamos em cima dela a partir de improvisações. Além de discussões intermináveis, nas quais ríamos a bandeiras despregadas. Estipulamos o máximo de três meses para termos um texto montável e continuamos a maratona.

A cada dia os autores traziam escritos pedaços da história nos quais já haviam trabalhado. Repassávamos, rediscutíamos, um trabalho insano. Se Daguerre fazia o seu trabalho sem se envolver com o conteúdo da minha vida, Angel me criticava. Tivemos altos problemas, mas jamais o demiti. Os dois sabiam muito de teatro, escreviam bem e eram comediantes natos. O texto estava ficando muito engraçado, como queríamos, mas sem perder o fio da História do Brasil que perpassa minha vida. A eleição de JK e a morte do meu pai; a ditadura e minha prisão e autoexílio, e por aí ia.

Outra coisa que resolvi foi repetir com *Fala, Zé!* a excursão pelo interior do Rio Grande do Sul que eu havia feito em 1977 com *A Salamanca do Jarau*. Contratamos uma produtora gaúcha, Ivana Dalle, para organizar a viagem. Ela fez uma proposta para o Sesc-RS que foi aceita. Faríamos apresentações por trinta (que depois viraram sessenta) cidades do estado gaúcho. O projeto começaria dentro de aproximadamente um mês, o tempo de a peça ficar pronta.

Em um fim de semana que fomos para Teresópolis, aproveitei para ensinar a Camila a dirigir o meu Citroën C5, enorme, mas com câmbio automático, o que facilitava muito a aprendizagem. Ela já estava dirigindo na estrada, seria a primeira vez na cidade, quando saímos para ir ao mercado. Camila dirigiu na boa, desde a pousada do Paulon, onde estávamos hospedados, até a avenida principal de Teresópolis, no açougue de um amigo. Comprei as carnes e ela voltou ao volante. Fiquei do lado de fora do carro, para ajudá-la a sair da vaga:

— Engata a ré, anda um pouco, freia, engata o drive, vira o volante para cá, vira para lá...

De repente surgiu um ônibus na mesma faixa de trânsito e metade do carro estava fora da vaga, interrompendo o fluxo. Dei uma ordem mais ríspida para Camila, que se atrapalhou e arrancou com o carro, mas de ré. O pneu dianteiro passou sobre o meu pé, parou em cima dele, e eu caí. Camila, que não havia entendido o que acontecera, não me viu, entrou em desespero e freou o carro em cima do meu pé. Eu, caído no chão, com o pé preso, gritei para ela sair bem devagar e ela conseguiu. Juntou um monte de gente e eu lá, no chão, no meio da avenida mais importante da cidade, num sábado de manhã. Logo apareceu um médico e perguntei se a óbvia fratura era exposta. Ele fez uma cara de "sim":

— Dos dois lados — disse, e chamou a ambulância.

Fui operado e colocaram placa, pinos e parafusos na perna, perto do calcanhar. Fiquei uma semana no hospital, lá em Teresópolis. Os médicos recomendaram dois meses de cama, mais um mês sem pisar no chão usando muletas — seria a segunda vez. Liguei então para o Dennis Carvalho dizendo que talvez eu não pudesse gravar a minissérie *JK*. Ele perguntou:

— Pode gravar sentado?

E assim seria. O pessoal do Sesc-RS também compreendeu o problema e tudo foi adiado sem mais complicações.

Já *Fala, Zé!* parou, gerando um baita prejuízo, que resolvemos assumir. Toda a equipe estava contratada, eu não podia dispensar as pessoas, estavam todas ensaiadas. Camila ficou péssima, perdeu dez quilos em uma semana. Ninguém tinha sido culpado, essas coisas simplesmente acontecem, mas ela assumiu toda a culpa para si.

Nos dois meses em que fiquei de repouso, continuamos a discutir a peça e os autores aproveitaram para terminar o texto. Às vezes vinham para a minha casa trabalhar. Eu deitado e todos no meu quarto. Quando o texto ficou pronto, fizemos uma leitura e deu mais de três horas. Mas decidimos que só cortaríamos quando voltássemos a ensaiar, já com a peça "de pé".

O personagem Carlos Lacerda na minissérie *JK* era episódico, só para marcar a imensa mágoa que o Corvo tinha por não ter conseguido evitar a vitória do Juscelino, tentando por todos os meios prejudicar seu governo. Eu gravava pouquíssimo, e Dennis cumpriu sua promessa, modificando cenas para que eu sempre estivesse sentado. Numa de restaurante, por exemplo, na qual

JK estaria sentado e Lacerda entrava, Dennis inverteu: Lacerda já estava no restaurante sentado quando JK entrava e a cena corria normalmente.

Numa cena que gravamos na Câmara Municipal do Rio, quando Lacerda é atacado pelo deputado Carlos Murilo, não aguentei: me levantei do banquinho que estava na tribuna e desci as escadas meio "na louca", pisando pela primeira vez no chão com o pé quebrado. O pé se comportou bem. O *cameraman* é que não esperava e perdeu o *take*, tive que fazer de novo. Quando a minissérie foi ao ar, notei claramente que meu Lacerda mancava. Mas consegui terminar o trabalho sem maiores complicações.

Quando faltava ainda um mês para que eu pudesse colocar o pé no chão, caminhar e iniciar a fisioterapia, chegou um convite para estrear *Fala, Zé!* no Festival de Teatro de Curitiba dali a dois meses. Os médicos achavam que não daria, porque a perna direita estava totalmente atrofiada. Eu precisaria de mais de um mês e um intenso trabalho de fisioterapia para conseguir retomar os ensaios, ainda mais porque na primeira cena eu cantaria e dançaria o tango *Cambalache*.

Não sei de onde ou de quem veio a ideia da aquaterapia, que, muito desenvolvida no sul do país, estava ainda chegando ao Rio. Mas não foi difícil achar um *personal* especializado. Perto da minha casa, no Jardim Oceânico, havia uma academia com uma piscina interna aquecida, de aproximadamente 1,20 m de profundidade, perfeita para a prática. Um professor meticuloso me fez ficar pronto em um mês. Por coincidência, a Academia da Praia pertencia ao amigo de um amigo, o Baianinho. Ele ficou famoso depois como operador do Eduardo Cunha na Petrobras, foi um dos primeiros presos da Operação Lava-Jato. Eu o conhecera em Nova York alguns anos antes, num jantar com um casal de amigos em comum, Wilson Quintella e Tatiana Stefani. Ele me deu uma bolsa para usar a piscina e eu só pagava o professor. Depois de duas semanas eu estava ensaiando, com cuidado. E conseguimos estrear no festival de Curitiba com o Teatro Sesc da Esquina completamente lotado. *Fala, Zé!*, depois dos últimos cortes, ficou com duas horas e vinte minutos de duração, e o público segurou bem, foi um imenso sucesso. A peça tinha um forte componente político e as críticas foram excelentes.

A excursão de *Fala, Zé!* pelo Rio Grande do Sul, patrocinada pelo Sesc-RS, finalmente começou. A estreia no Theatro São Pedro foi um acontecimento, muito maior do que tinha sido em Curitiba! A peça começava comigo em cima de um praticável redondo, com uma contraluz linda e aparecendo minha silhueta de terno e chapéu, estático por alguns segundos, até entrar a primeira nota do tango *Cambalache*, quando eu acendia um isqueiro e com ele uma cigarrilha que estava na minha boca. Antes ainda de entrar a música, a plateia veio abaixo. Era a primeira vez que eu voltava a Porto Alegre com teatro desde que saíra de lá, em 1980. Parecia peça da Broadway que, quando entra(m) o(s) ator(es) principal(is), todo mundo aplaude e a peça para. Como eu não ouvira o acorde por causa dos aplausos, tive que parar, agradecer e recomeçar. Novos aplausos, mas daí eu já estava preparado e quando entrou o bandoneón eu já saí dançando e cantando:

*Que el mundo fue y será*
*Una porquería, ya lo sé*
*En el quinientos seis*
*Y en el dos mil, también...*[7]

---

7. Que o mundo foi e será / Uma porcaria, eu já sei / Em 506 / e no ano 2000 também (T.L.)

A peça foi interrompida várias vezes por aplausos. Quanto mais aplaudido, melhor o ator trabalha. Depois de um fim de semana de glória em Porto Alegre, partimos para o interior. Mais uma vez eu realizava o sonho de todo artista: ir aonde o povo está. Além de me apresentar em cidades grandes, como Porto Alegre e Pelotas, fui a outras onde nenhuma peça teatral ainda fora. Apresentei-me em clubes, cinemas, o que tinha disponível na localidade. Ficamos por quatro meses viajando pelo Sul, repetindo o que eu já tinha feito outras vezes, tanto com *A Salamanca do Jarau*, quanto com *A Comédia dos Amantes*.

Vida dura, montar e desmontar cenário, praticamente um hotel por noite, às vezes dormindo em alguns bem ruins. O que mais me irritava era a mania recorrente dos donos de hotéis brasileiros de usar a tal cortina *blackout* para escurecer o quarto sem nenhuma margem, no tamanho exato da janela, ou seja, não escurece porcaria nenhuma. E colocam velcro, cola e fitas para evitar que o sol entre pelas laterais das cortinas. Serviço porco para economizar alguns tostões.

Camila, que viajou o tempo todo com a gente, aprendeu com a Ivana Dalle a administrar uma peça e uma excursão. O Sesc ficou satisfeitíssimo com a temporada e partimos de volta para o Rio. Mas, antes disso, no meio da viagem pelo Rio Grande do Sul, recebi o telefonema do diretor Marcos Schechtman, que iria dirigir uma minissérie da Gloria Perez a ser gravada no Acre, chamada *Amazônia – De Galvez a Chico Mendes*. Eu teria tempo suficiente para terminar a excursão, então concordei em fazer, mesmo sendo uma participação pequena.

Logo que cheguei ao Rio, liguei para Schechtman e fui até os Estúdios Globo conversar. A minissérie teria três partes: o auge do ciclo da borracha e a criação do estado do Acre, a derrocada da borracha e, por último, a história de Chico Mendes. A primeira parte teria dois personagens centrais: um coronel milionário, seringalista, o Coronel Firmino, e o Galvez do título, que seria feito por José Wilker. Pois foi durante nossa conversa que ele me deu a boa notícia: haviam feito um remanejamento no elenco e então me caberia o papel do Coronel Firmino, simplesmente um dos melhores personagens que ganhei na carreira.

Como a primeira fase era a mais bonita da série, revelando Manaus e o fausto da época — suas casas de shows com dançarinas e prostitutas francesas, o Teatro Amazonas com suas óperas, no meio da floresta, as guerras contra a Bolívia com batalhas navais nos rios da região —, e, claro, a paixão da Gloria pela história de seu estado de origem, essa primeira etapa tomou quase toda a minissérie, sobrando poucos capítulos para a segunda e apenas três para a terceira fase.

Começamos a trabalhar e estudar tudo sobre a borracha, sua extração e comércio, as relações de trabalho quase escravo, a ida dos nordestinos à Amazônia para trabalhar na extração — os soldados da borracha —, enfim, aquele mergulho que a Globo nos oferece antes de iniciarmos a gravação de um produto e que adoro fazer para estudar meus personagens. Muito de minha pouca cultura vem daí, estudar com objetivo vira prazer.

Uma das inúmeras conferências que tivemos foi com o então governador Tião Viana, que ao final nos pediu que levássemos arte ao seu estado. Imediatamente me ofereci para fazer em Rio Branco uma temporada de *Fala, Zé!* e ele topou na hora. Quando embarquei em direção ao Acre com a equipe inteira da Globo, foram comigo a Camila e os dois técnicos que trabalhavam na peça. Ao chegarmos a Rio Branco, uma surpresa enorme: quase todas as casas tinham no quintal uma vara de bambu bem alta, tendo na ponta... a bandeira vermelha do PT. Parecia que estávamos em Cuba. Os irmãos Viana se revezavam entre o governo do estado e o Senado Federal, ambos eram do PT, assim como o prefeito da cidade.

Ficamos em dois hotéis alugados integralmente pela Globo, um de frente ao outro, bem no centro de Rio Branco, uma cidade relativamente pequena, no meio da Floresta Amazônica. Foi uma loucura. No meio da noite acordávamos com um cheiro insuportável de urina que vinha do quarto do pessoal que alugava animais selvagens para a produção e estava hospedado com uma jaguatirica. Fora outros eventos que meus dedos se recusam a digitar.

O elenco era enorme e a equipe, imensa. Chegávamos a gravar em três frentes de trabalho simultâneas, em diferentes locações — mais uma vez, o produtor Flavio Nascimento fazendo mágica para "tocar o trem". E Marcos Schechtman, com mais cinco ou seis diretores, fez um trabalho impecável.

As apresentações de *Fala, Zé!* aconteceram no Teatro Plácido de Castro, bem grandinho para o tamanho da cidade, e lotaram com antecedência. No dia da estreia, praticamente todos do elenco e da equipe da minissérie estavam na plateia. Fizemos um espetáculo primoroso. Foi fantástico estar sozinho naquele palco, num teatro no meio da floresta, e com uma plateia formada por amigos como Zé Wilker, Giovanna Antonelli, Leona Cavalli, Debora Bloch e Malu Valle, entre outros, além do governador, senador, prefeito e suas famílias!

Resolvemos então triplicar o número de apresentações, todas lotadas, até que tivemos que deixar o teatro por compromissos já contratados com outras funções, como palestras e escolas particulares de balé. Mas havia outro teatro, pequeno, bem no centro de Rio Branco, e nos mudamos para lá, onde fizemos mais uma temporada lotada. Tinha gente que ia a todas as apresentações! Foi nesse teatro que fui entrevistado para o primeiro número do renascimento da revista *Rolling Stone*.

Aproveitando uma folga nas gravações, fui me apresentar em Porto Velho, Rondônia, num teatro de uma entidade do Sistema S, como o Sesc e o Sesi, de que eu nunca ouvira falar, o SEST (Serviço Social do Transporte). A produtora local era completamente maluca, uma paulista adicta numa pasta de coca que fumava com tabaco, e não fazia divulgação nenhuma da peça. Mas o pessoal do teatro foi muito prestativo e tomei as rédeas da produção. Fui visitar rádios, tevês, contratei aqueles carros com alto-falante que percorrem os bairros e usei — recurso destinado a momentos de necessidade e que sempre funcionava — o artifício de gravar um anúncio, com minha voz, claro, usando o nome do personagem da última novela que eu havia feito: "com José de Abreu, o Josivaldo da novela *Senhora do Destino*". Lotamos o teatro.

A minissérie *Amazônia – De Galvez a Chico Mendes* me deu mais um *upgrade* na Globo. Eu adoro fazer esses coronéis machões, desumanos, criminosos e ricos, muito ricos. As maldades desses personagens queimam meu carma de mau como ser humano, se é que me entendem. A cada personagem, uma nova encarnação. As maldades que eles fazem são minhas maldades, mas têm direção, limite e falsidade, afinal, são ficção. Mas acontecem. Meu núcleo, do lado da família, era composto por Debinha Bloch, Malu Valle, Juca de Oliveira e Leona Cavalli. Do lado dos seringueiros, vítimas de minhas maldades falsas, Giovanna Antonelli e Jackson Antunes. Só fera.

Foi durante as gravações de *Amazônia – De Galvez a Chico Mendes* que li a biografia do banqueiro judeu nascido em Munique, o barão Moritz von Hirsch auf Gereuth, mais conhecido entre os patrícios por barão Hirsch. Me apaixonei pela história do milionário que, ao ter seu único filho morto por tuberculose, resolve se desfazer de todo seu patrimônio para salvar seu povo dos *pogroms* promovidos pelos cossacos por ordem do czar russo Nicolau II, principalmente na região da antiga Bessarábia, atual Moldávia. Quem viu o filme ou a peça *Um Violinista no Telhado* sabe do que estou falando.

Pois o barão Hirsch resolveu tirar os perseguidos de lá, onde passavam fome e viviam como miseráveis pelas restrições impostas pelo czar, e mandá-los para colônias agrícolas em terras por ele compradas em vários países do mundo: EUA, Argentina, Austrália, Nova Zelândia e, no fim da vida, no Brasil. Através de uma associação fundada e financiada por ele, a JCA (Jewish Colonization Association) criou a Colônia Phillipson, em Santa Maria, e a Colônia Quatro Irmãos, na região da atual cidade do mesmo nome, ambas no Rio Grande do Sul.

Meu interesse pela história começou numa conversa com a historiadora dra. Ieda Gutfreind, do Instituto Cultural Judaico Marc Chagall da FIRS (Federação Israelita do Rio Grande do Sul) e se estendeu depois com um primo da Nara, o escritor Moacyr Scliar. Os quatro avós dela vieram da antiga Bessarábia para as colônias, assim como as famílias Steimbruck, Sirotky, Scliar e Seligman, só para citar algumas. Dra. Ieda me indicou um livro chamado *Le Moïse des Amériques – Les aventures du munificent baron de Hirsch*[8], escrito pela hoje minha amiga a psicossocióloga francesa Dominique Frischer, uma obra-prima de estudo, pesquisa e escrita.

---

8. O Moisés das Américas – As aventuras do generoso barão de Hirsch (T.L.)

Pelo livro, fiquei sabendo que o barão Hirsch era uma figura exótica, completamente fora dos padrões. Engenheiro, foi um dos sócios da estrada de ferro *Orient Express*, que ligava Paris a Constantinopla, e responsável pela construção do seu último pedaço, exatamente o mais difícil, graças às propinas solicitadas pelo Império Otomano. Criador do Banque de Paris, depois juntou a ele o Banque des Pays-Bas, formando o Banque de Paris et des Pays-Bas, que hoje, por obra de algum publicitário criativo, virou o sem sentido Paribas.

Entre as aventuras do barão também teve a compra de um imóvel enorme ao lado do Palácio do Governo francês, na rue de l'Élysèe, onde construiu outro verdadeiro palácio, hoje sede do Serviço de Segurança do presidente francês. No terreno que dá para a avenue Gabriel, fez um jardim magnífico e costumava dizer que era para que Napoleão III, ao abrir a janela de seu quarto no palácio todas as manhãs, visse o seu jardim.

De outra feita, sabedor de que o fechadíssimo Club de Paris — famoso pelas bolas brancas e pretas que seus sócios davam para os pretendentes a entrar — lhe daria mais bolas pretas, simplesmente comprou a hipoteca do prédio que abrigava o clube. Só não o tirou de sua sede por interferência de amigos e de sua esposa, que achavam que tal gesto drástico poderia gerar na *high society* parisiense um antissemitismo desnecessário.

Um caso abalaria as estruturas dos milionários judeus que haviam optado por morar numa França sem antissemitismo — que respeitava o *Liberté, Égalité, Fraternité* da Revolução Francesa — e entraria para a História como uma impensável perseguição antissemita. E que, por tabela, segundo o livro de Dominique Frischer, ajudou na criação do Estado de Israel: o famoso caso Dreyfus.

O capitão do exército francês Alfred Dreyfus, de origem judaica, foi condenado por traição por supostamente ter vendido informações secretas ao governo alemão. A partir de uma investigação do serviço secreto francês, que comprovava que o exército usara documentos falsos para incriminar o capitão, numa clara demonstração de antissemitismo, os escritores Émile Zola e Anatole France botaram a boca no mundo. O primeiro com o histórico artigo *J'accuse!*, na verdade uma carta aberta ao Presidente da República, denunciando o Alto Comando Militar e os tribunais que haviam julgado Dreyfus culpado. A carta tocou fogo na França, protestos se multiplicaram em todo o país. O presidente, movido pela opinião pública, anistiou Dreyfus. Um jornalista austro-húngaro, ex-autor teatral malsucedido em Viena, fora para Paris — assim como os principais jornalistas do mundo — para cobrir *l'Affaire Dreyfus*, de curiosidade mundial. Seu nome, Theodor Herzl. Ele acompanhou os protestos, os julgamentos, as discussões sobre o caso e o antissemitismo que ele revelara — isso num dos países mais abertos do mundo aos judeus — e teve um insight: os judeus só teriam paz se tivessem seu Estado, preferencialmente na Terra Prometida, a Palestina.

Após idas e vindas entre Paris e Viena, acabou marcando um encontro com o barão Hirsch, que já tinha àquela altura comprado terras, inclusive na nossa vizinha Argentina, para seu plano de colônias agrícolas. Um achava que os judeus precisavam ser reunidos em um estado próprio, o outro que eles deveriam ser "assimilados" pela humanidade. O encontro foi um desastre. Herzl se irritou com as certezas do barão — ele sabia que na Palestina a malária proliferava, ela pertencia ao Império Otomano, um dos mais difíceis de se negociar por causa do eterno pedido de propinas pela família de seu dirigente — conhecimento adquirido pela experiência nos tempos da construção do *Orient Express*.

Encurtando a história: os dois discutiram, o barão ficou bravo, Herzl se desculpou dizendo não ser bom com a palavra falada, pois sua especialidade era a escrita. Hirsch então pediu que lhe mandasse uma carta com suas ideias e projetos. Segundo a autora, Herzl demorou tanto elaborando a carta que, logo depois que a mandou, soube que o barão havia morrido. Reescreveu a tal carta, ampliando o destinatário para todo o povo judeu, o que virou o embrião do seu livro definitivo, O Estado Judeu, que deu origem ao moderno movimento sionista internacional e que culminou com a criação do Estado de Israel.

É, o barão não era fácil. Claro que deu vontade de filmar essa história, tão incrível e praticamente desconhecida. Comecei a pesquisar mais sobre a JCA. O Instituto Cultural Judaico Marc Chagall havia colhido muito material sobre as colônias no Rio Grande do Sul, gravado depoimentos dos colonos que vieram para o Brasil, coletado fotos, documentos, enfim, coisa à beça para um documentário.

Comecei a entrar na vida dos colonos, era fascinante. Me lembrava do final do filme Um Violinista no Telhado, quando os judeus partem da Rússia rumo à América, sem a menor noção do que seria o continente. E alguns chegaram na cidade gaúcha de Santa Maria da Boca do Monte como russos, mas falando um alemão esquisito, segundo constataram os colonos germânicos que moravam na serra, perto de onde a colônia fora instalada. Eram russos, falavam iídiche, usavam roupas velhas, remendadas e pobres, muito pobres. Fui visitar as duas colônias, conversei com vários ex-colonos de ambas, me enfiei de cabeça na pesquisa. Ao mesmo tempo, li mais três livros sobre a vida do barão Hirsch.

Mais uma vez virei monotemático, só pensava e falava nisso. Assim que terminei a minissérie, fui continuar minha pesquisa na Alemanha (com patrocínio do Goethe-Institut), na França e em

Israel, sempre com apoio das embaixadas e dos consulados do Brasil, que me ajudavam a marcar entrevistas — até palestra sobre o tema eu dei, e em Tel Aviv! Moacyr Scliar me disse uma vez que eu o havia ultrapassado no conhecimento da matéria, o que me deixou muito orgulhoso. Em Munique, ou melhor, em Planegg, a cidadezinha onde o barão nasceu, na imensa propriedade de seu pai — o banqueiro do Rei da Baviera —, tive um encontro com seu sobrinho-neto no palácio onde ele havia nascido.

Em Berlim, visitei o pessoal da Berlinale, o festival de cinema, que me indicou várias produtoras da cidade que poderiam se interessar por uma coprodução. Visitei as seis maiores, com excelentes resultados. Em Paris fui recebido pela diretoria do banco Paribas e pela diretoria da AIU (Alliance Israélite Universelle), da qual o barão fora um dos maiores doadores. E mais fotos, documentos, histórias que nunca foram contadas nos livros. Ainda em Paris fui visitar seu túmulo, no Cemitério de Montmartre, e o encontrei sujo e abandonado. Depois de oferecer um *pourboire* para o encarregado da manutenção dos túmulos, demos uma geral no túmulo de Hirsch.

De Paris fui para Israel, onde visitei o escritório da JCA em Haifa. Hoje eles trabalham com jovens dependentes químicos e oferecem instrução sobre agricultura, o que tanto faltou aos colonos que vieram para a América. Consegui um encontro informal com o vice-primeiro-ministro de Israel e ministro das Relações Exteriores Avigdor Lieberman, que não gostou nada da ideia de trazer aquela história à baila. Com um "não nos interessa, o barão é do tempo do iídiche, nós estamos no tempo do hebraico", encerrou a discussão. Um fascistoide, que logo depois foi acusado de corrupção.

Decepcionado com a péssima acolhida, resolvi curtir e conhecer Jerusalém e Belém. Ao chegar a Jerusalém, vindo de Tel Aviv no carro de uma fotógrafa a serviço da revista *Caras* e subindo para o Monte das Oliveiras para tirar fotos para a revista, um barulho imenso quase me matou de susto: uns garotos árabes haviam atirado um pedaço de madeira enorme na janela do meu lado. O vidro não quebrou por milagre, mas o barulho foi assustador.

— Como sabiam que somos judeus? — perguntei à fotógrafa.

— Pela placa de Tel Aviv — respondeu ela.

Tirei as fotos e parti para Belém.

Nessa viagem me aconteceu uma dessas coisas que só podem ser obra da tal — que saco, lá vem ela... — sincronicidade, como disse Jung; *sincronismós*, como dizem os gregos. O esquema para ir a Belém é complicado. O carro para num estacionamento e atravessa-se a fronteira a pé. Outro carro, já previamente marcado, fica à espera do outro lado do muro. O muro. A saída de Israel e a entrada na Palestina (Cisjordânia) é tranquila. "Vamos ver a volta", pensei.

O motorista contratado, depois de nos levar numa imensa loja de produtos religiosos — afinal, estávamos na cidade onde Jesus nasceu — deixou-nos na porta da Basílica da Natividade, onde, no subsolo, fica a Gruta de mesmo nome. Chega-se lá descendo uma escadinha de pedra e vê-se num dos lados, embaixo de um pequeno altar, uma enorme estrela de prata de catorze pontas incrustada no solo: teria sido o local exato do nascimento de Cristo.

*Bueno*, lá estava eu descendo a tal escada quando fui barrado por um segurança particular, vestido de terno e muito educado. Ele simplesmente levantou uma das mãos com delicadeza e disse em inglês:

— *Private now, a mass for french people*[9], ou algo assim, num inglês com acento árabe.

O tal segurança estava no último degrau da escada e fiquei um degrau acima dele, de forma que podia ver um pedaço da minúscula

---

9. "É uma missa privada para franceses" (T.L.)

capela e ouvir a missa, em latim. Logo depois da comunhão, que durou pouquíssimo, pois apenas oito pessoas assistiam à cerimônia, veio o *Pai Nosso*. Não tivesse sido eu tocador de sino de igreja, coroinha e seminarista...

No que o padre começou o *"Pater noster qui es in caelis"*, eu, com o ar mais piedoso do mundo e usando minha voz de ator de teatro que tem que ser ouvido pela velhinha surda da última fila, emendei: *"Sanctificetur nomen tuum, adveniat regnum tuum, fiat voluntas tua, Sicut in caelo et in terra"*. O segurança me olhou espantado e eu, num ato inconsciente de ator, procurei, piedosamente, uma maneira de me ajoelhar na escada apertada. Eu acredito em mim quando represento e, afinal, estava onde Jesus nasceu.

Sem parar de rezar com emoção — que nessas alturas já tinha se tornado verdadeira —, olhei para o chão de mármore a poucos metros de nós e fiz um olhar de pedinte para o segurança. Ainda espantado por ver aquele cara falando a mesma língua desconhecida que o padre falava, ele fez um sinal autorizando que eu descesse e me ajoelhasse.

Em momentos como esse, penso que o tempo é apenas uma ficção. Quem estava ali não era o ator famoso de quase setenta anos, mas o moleque de Santa Rita que ia, de calças curtas, pegar gabiroba no Deserto do Alemão. Ajoelhado fiquei até o final da missa, olhando desbundado para aquelas dezenas de lâmpadas douradas — no formato de turíbulos — que desciam do teto por correntes, todas com seu pavio aceso no azeite.

Quando a missa terminou, os franceses saíram aos poucos e fui deixado lá, sozinho, por alguns minutos. Ajoelhei-me em frente à estrela de catorze pontas e vi um filme daquele lugar, dois mil anos antes, com Maria e José observando o filho recém-nascido. Vi os Três Reis Magos ao lado. Vi a vaquinha, a ovelha, tudo o que eu via nos presépios da minha infância. Viajei, o tempo parou. Até que fui tomado por uma emoção fortíssima que me fez chorar muito. Quando parei, toquei a estrela, fiz o sinal da cruz e me levantei. Quando virei, percebi que outros turistas estavam atrás de mim esperando para ajoelhar em frente à estrela. Não sei quanto tempo esperaram, mas dentro da Gruta da Natividade ninguém ia ficar reclamando, né?

Na volta para o muro, para retornar a Jerusalém, pensei na minha mãe. Tão feliz ficaria ela ao saber que seu filho estava visitando aqueles lugares, para ela tão sagrados! Foi pensando nisso que cheguei até o muro novamente. O militar israelense fez algumas perguntas idiotas em tom bravio, me olhou com cara de quem ia atirar a qualquer momento, abriu meu passaporte conferindo a foto e me ordenou que andasse. Confesso que senti medo. E acho que o papel dele é esse mesmo: amedrontar as pessoas. Quem tem alguma culpa, dança no olhar.

De volta a Jerusalém, visitei a cidade velha, onde Jesus passou parte da vida e foi preso, julgado, crucificado e morto. Jerusalém é uma porrada! Berço das três grandes religiões monoteístas do mundo, mistura mercado e Paixão de Cristo na Via Dolorosa, o caminho no qual, segundo a tradição cristã, Jesus Cristo carregou a cruz. A cidade velha é dividida em quatro partes: duas cristãs (sendo uma armênia), uma judaica e uma islâmica. Além do Muro das Lamentações, do Morro das Oliveiras, igrejas, mesquitas, lojinhas.

Ali, a primeira coisa que o turista tem que saber é que as lojas só ficam abertas simultaneamente de segunda a quinta-feira. Na sexta fecham os muçulmanos, no sábado os judeus e no domingo os cristãos, o que dá um aspecto interessante aos mercados e às lojas nas ruas. O mais impressionante é a Igreja do Santo Sepulcro, onde está a pedra em que Jesus teria sido lavado antes do sepultamento e a gruta onde foi sepultado. Mexeu muito comigo, talvez até mais que Belém.

Com Osmar Prado em Caminho das Índias,
TV Globo (2009)

# CAPÍTULO 17

Chegou a vez de *Caminho das Índias*, outra obra de Gloria Perez com direção do Schechtman. Bingo, claro! E, para mim, depois do sucesso da minissérie histórica *Amazônia – De Galvez a Chico Mendes*, nada como um mergulho na fantasia. Os indianos da novela falariam português, sim, por que não? A Cleópatra da Elizabeth Taylor não falava inglês no Egito antigo? Então!

Quando Schechtman disse que eu faria um sacerdote, confundi com um iogue e perguntei quantos quilos eu teria que emagrecer para o personagem. Ele explicou que não, os *pandits* (mestres) eram até gordos. E ricos. E que a pança era como uma demonstração de riqueza e fartura na mesa. Pandit, o genérico, virou o nome do personagem. De uma forma artificialmente ocidentalizada, significa padre. Mas ele tinha uma característica especial: de cabelo, só um minúsculo rabo de cavalo saindo do cocuruto. O resto, raspado diariamente. Topei na hora. Eu já havia raspado a cabeça para fazer o português de *Força de um Desejo*, lembram?

Poucos atores iriam gravar na Índia e eu não estava entre eles. Mas botei na cabeça que iria ao menos visitar algumas cidades e tentar contato com alguns *pandits* da vida real. Já tinha tentado ir à Índia com a Nara em 1973, de Kombi, pela rota do Magic Bus, mas paramos na ilha grega de Andros e por lá ficamos. Convenci a direção da Globo a antecipar a minha "aplicação" — um percentual que ganhamos em cima do salário-base quando estamos trabalhando —, afinal, eu ia pesquisar. O dinheiro foi suficiente para a viagem, que duraria 32 dias. Usei a mesma agência que a Globo, que fez um roteiro maravilhoso.

Parti duas semanas antes da equipe, não sem antes fazer alguns cursos rápidos de religião hindu, cantos e mantras. Era uma oportunidade de resgatar meus conhecimentos sobre a Índia e sua religião, que me chegaram, primeiramente, com George Harrison e Ravi Shankar, e depois lendo e praticando meditação quando morei na Europa em 1973.

A viagem pela Emirates — o melhor custo-benefício na época — dava direito a uma estada de 48 horas em Dubai, que usei para conhecer a cidade: um canteiro de obras, todas as 32 (acho) estações do metrô sendo construídas ao mesmo tempo, hotéis imensos, ilhas *fakes*, uma loucura! Milhares de indianos trabalhando na construção civil e morando em tendas, nas próprias construções, em condições sub-humanas — isso entrou em *Caminho das Índias*.

Fui de Dubai para Nova Délhi e em seguida fiz uma conexão para Jaipur, no Rajastão, onde se passaria a novela. Na conexão já dava para ter uma ideia do que me esperava. O ônibus que nos levou do saguão do aeroporto para a pista — *finger*? Nem pensar! — tinha todos os fios do painel expostos, alguns com esparadrapo, outros simplesmente desencapados. A partida era dada encostando duas pontas de fio para fechar o circuito. Chave? Para quê? E dezenas, centenas de carregadores de malas, auxiliares de carregadores de malas, vários funcionários para olhar — só olhar, sem checar nada — o tíquete de embarque.

Já o hotel em Jaipur era maravilhoso, antigo palácio de um marajá. Era de um luxo absurdo, contrastando de forma terrível com o que se passava do lado de fora do imenso terreno do hotel. E a comida, em que pese o alto nível de pimentas e que tais — a famosa masala, tempero sempre apimentado que cada família faz de maneira diferente de acordo com receitas de seus antepassados —, era maravilhosa. Aprendi a pedir *low spice* mas era ainda difícil, não dava para comer muito. Tinha que pedir *no spice* e ainda assim vinha apimentada, mas comível.

Os indianos são um povo muito acolhedor. Me trataram como a um *maharaj*, que é como chamam os marajás. E era tudo muito barato. O hotel tinha um carro à disposição, livre, só era preciso dar gorjeta ao motorista e pagar o combustível caso saísse do centro da cidade, o que comecei a fazer. Todos os indianos que sabiam que eu estava lá pesquisando um personagem brâmane, como eram os *pandits*, me davam conselhos, ensinavam coisas e indicavam lugares para ir.

Um desses lugares foi Pushkar, onde fica o único templo de Brahma na Índia. Na verdade, existem mais cinco, mas diz a lenda que Brahma, um dos que formam o Trimurti, ou os três deuses mais importantes do hinduísmo — os outros dois são Shiva e Vishnu

—, após manter relações incestuosas, foi meio que condenado ao esquecimento. Aos poucos foi sendo perdoado e fizeram o templo de Pushkar, que, se não é o único, é o mais antigo, mais conhecido, mais bonito e, se não bastasse, fica ao lado de um lago lindíssimo. Fui até Pushkar com o carro do hotel, dirigido por um motorista *sikh*, ou seja, seguidor do siquismo, uma religião criada na região do Punjab, considerada um sincretismo entre hinduísmo, sufismo e islamismo, famosa pelo uso de turbantes pelos seus seguidores. Todos os funcionários do hotel — com exceção dos que trabalhavam no escritório — vestiam roupas iguais, quase uniformes, que remetiam aos tempos do domínio inglês. Brancos com galões vermelhos, uma coisa meio militar, mas estilizada. O uniforme do motorista era igual, acrescido de um turbante branco, impecável como a sua barba, bem aparada.

Saímos cedinho e deu tempo de fazer tudo em Pushkar, uma das várias "cidades sagradas". Na beira do lago, há o crematório com madeira, privado, para os ricos, e o que utiliza gás, do governo, para os pobres. Como em Varanasi, que visitaria depois. Num dos *ghats*, nomenclatura para os vários degraus que levam ao lago e onde as pessoas se sentam, lavam a roupa e estendem pra secar, encontrei um guru que queria me "ler". Deixei. Durou uns 45 minutos com muitos mantras, incensos, bênçãos... Foi lindo, muitos turistas pararam para ver e tirar fotos. Mas ele não me disse nada de interessante, só generalidades.

Dois dias depois fui de van para Agra, visitar o Taj Mahal com mais turistas. Também foi muito bom, o edifício é realmente um desbunde, e mais uma vez entendi o significado das palavras monumento, monumental. E na pensão familiar onde almoçamos, comi uma das melhores comidas do mundo: caseira, maravilhosa!

Fui visitar também Nova Délhi e Varanasi, a cidade consagrada a Shiva. Délhi até é interessante, mas Varanasi é muito louca, essa sim valeu a pena! É o lugar mais sagrado da Índia, onde todos os hindus do mundo devem ir pelo menos uma vez na vida. Fui até as margens do Ganges, "os cabelos de Krishna", rio sagrado em cujas águas todos os hindus devem se banhar e, se possível, ter suas cinzas jogadas nele. Em Varanasi, fiquei numa pousada para músicos ocidentais que vão estudar música indiana, recomendada pela minha professora de mantras no Rio. Ficava num dos cantos dos *ghats* e dali era fácil se locomover pela cidade, toda estabelecida numa das margens do Ganges.

Um passeio imperdível é ver o nascer do sol de dentro do rio. Saímos às cinco da manhã de barco, umas dez pessoas, e rumamos para o lugar perfeito para vê-lo, belíssimo! Na volta, passamos pelos crematórios de madeira, com direito a descer do barco e ver a preparação dos corpos, os roteiros até as fogueiras, o início da cremação, todo o processo, já que são várias cerimônias ocorrendo ao mesmo tempo, em fases distintas. E o crematório funciona 24 horas por dia. Sim, pode-se sentir o cheiro.

É muito incrível ver a relação dos indianos com o Ganges. Durante o trajeto de barco, vi corpos de vacas boiando. E, nos *ghats*, crianças se banham e lavam suas roupas no rio antes de irem para a escola, e até escovam os dentes! É lugar-comum algum turista não resistir ao chamado do Ganges e pular no rio, deixando os outros atônitos. Para os não indianos, esse mergulho pode ser fatal. No nosso barco, uma inglesa, hospedada na mesma pousada que eu, pulou. Na volta, a dona da pousada a obrigou a tomar um banho com sabonete especial antes de entrar no quarto, apesar de correr uma lenda de que o rio tem, naturalmente, alguns componentes químicos que impedem a proliferação de agentes malignos para a saúde humana, o que dá a ele um ar divino.

Para melhor compor meu personagem, também fui consultar um *pandit*, doutor em Filosofia pela Universidade de Varanasi, cujo contato a Globo conseguiu. Fui de táxi. Acontece que, além do trânsito caótico, as ruas de muitas cidades indianas não têm nomes, nem as casas têm números. As referências são "o terceiro prédio depois do templo, em frente à farmácia", "a segunda rua depois de passar a padaria" e assim por diante. Ao chegar no bairro, o motorista vai parando e perguntando. E vai chegando. No meu caso, após a hora marcada. Levei um esporro: além de estar atrasado, interrompi, ao bater à porta, o atendimento "diferenciado" que ele estava dando a uma estudante americana, linda, que saiu do quarto ainda abotoando a blusa. Ele mandou que a moça ficasse na sala, meditando, e me levou para uma espécie de escritório, onde me atendeu.

Era uma mistura de ciência e religião. Ouvi sobre horóscopo, hinduísmo e comportamento profissional dos *pandits*, que atendem seus clientes quase como os psicólogos ocidentais. Perguntei a ele o porquê de os indianos não se revoltarem com a imensa pobreza em que vivem.

— Eles sabem que esta não é sua verdadeira vida, que é Maya, ilusão. Que a verdadeira vida virá após a libertação do corpo. Então a pobreza vira um dom divino que ajuda a pagar seu carma — respondeu ele.

O papo rolou, mas o que me marcou foi quando ele perguntou se eu lembrava da civilização persa. Eu disse que sim, claro, do xá Reza Pahlavi e sua mulher, a rainha Soraya. Então, ele me questionou o que havia acontecido com a Pérsia. Fiquei confuso, a ficha não caíra.

— Virou o Irã — respondeu ele. — Acabaram com tudo, os muçulmanos apagaram a Pérsia da História. Meu medo é fazerem o mesmo com a Índia. O número de muçulmanos aumenta todo ano e cada vez mais há conflitos nas ruas entre eles e os hindus. A pedido da figurinista da novela, fui fazer umas compras em Varanasi. Foi muito louco. Era difícil dizer não, pois os indianos têm uma técnica de venda — muito bem aprendida por Tony Ramos e apresentada na novela — baseada nos descontos. Começam com o preço lá em cima e, a cada negativa do comprador, o preço vai baixando. O vendedor, então, vai apregoando mais e melhor as qualidades do produto, num processo contraditório que deixa o cliente atônito. Isso vale tanto para um pedaço de pano para fazer um sári como para um tapete persa caríssimo. Depois de vender, correm a agradecer à deusa Lakshmi.

Numa loja maior, que vendia todos os tipos de tecido, fui atendido por um indiano descolado. Durante a conversa, falei que era ator e que estava pesquisando a vida dos indianos. Ele chamou os donos da loja, dois irmãos muito engraçados, um bem gordo e um bem magro, que demostraram bastante interesse pelo Brasil. Lá pelas tantas, deram uma ordem para o balconista, que saiu e voltou com uns pacotinhos de pó preto. Era a maconha deles, o cigarrinho de Krishna, que fumavam em cachimbos retos.

Fumamos, tomamos *chai*, comprei uns panos que tenho até hoje: colchas de cama, panos de parede, capas de almofadas. Logo mandaram buscar comida. Sentamo-nos no chão no meio da loja e degustamos uma bela refeição indiana, com as mãos — na verdade, só com a direita; a esquerda não se usa porque é com ela que se lava o traseiro, usando uma canequinha com água encontrada ao lado de toda privada na Índia. Os dois irmãos eram muito ricos, donos de um hotel que tinha um restaurante no último andar, com vista para o Ganges, e me convidaram para jantar lá. Mais uma vez tive a língua queimada, e dessa vez não por falar merda, mas pela pimenta mesmo.

Varanasi, como todas as cidades sagradas, é cheia de templos, e bota cheia nisso! É um a cada esquina, mais dois no meio da quadra. Tem o mais antigo do mundo, que fica num buraco cerca de cinco andares abaixo da rua. Tem outro que fica aberto 24 horas por dia com filas imensas para entrar sem que ninguém saiba direito o motivo, e dentro dele os guardas com aqueles cassetetes enormes da polícia indiana descendo a porrada nos crentes para organizar a loucura. E ainda tem alto-falantes e caixas acústicas entoando mantras por toda a cidade, sem parar.

Com tudo previamente marcado, a última cidade que visitei foi Mumbai. Queria encerrar com chave de ouro: o Festival de Ganesha, o deus com cabeça de elefante, adorado por dez entre dez hindus. Num determinado dia, todas as famílias levam em direção à praia uma estátua do deus num andor — com tamanho proporcional à sua riqueza — como se fosse um bloco de carnaval, cantando e dançando, até jogá-lo no mar. Alguns quase da altura de um prédio são carregados em andores enormes por dezenas de fiéis.

Ao contrário de como é no Ocidente, onde o álcool vai fazendo a festa ficar mais animada, lá vai ficando cada vez menos. Não bebem, mas fumam o cigarrinho de Krishna. As praias ficam apinhadas de gente e de Ganeshas, tem até fila para chegar ao mar. Como as estátuas são feitas de gesso e em grande quantidade, acabam provocando estragos ecológicos no Mar Arábico, que banha a cidade.

Depois disso, visitei o amigo de um amigo brasileiro, editor de áudio de cinema em Bollywood. Vivia num bairro paupérrimo, num edifício dificílimo de achar. Trabalhava na área de serviço de um apartamento onde moravam várias famílias. Dois computadores poderosos, Pro Tools instalado, uma boa internet. E uma varanda de serviço aberta, sem janela para fechar em caso de chuva.

— A gente coloca um plástico grande cobrindo tudo, como se fosse uma tenda, e espera a chuva passar. Se demorar, a gente trabalha embaixo do plástico mesmo —explicou ele.

Só não sei como fazem nas monções...

Enquanto eu estava em Varanasi e Mumbai, a equipe e o elenco da Globo gravavam no Rajastão. Quando voltei ao Rio, estavam iniciando as gravações nas externas. A cidade cenográfica havia ficado igualzinha a um bairro de Jaipur, com seus riquixás (bicicletas de três rodas tocada a pedal com um banco duplo atrás), tuc-tucs (o riquixá a motor), ônibus e caminhões supercoloridos, e vacas, muitas vacas — uma obra-prima de cenografia (de Mário Monteiro e equipe) e direção de arte (da bruxa mágica Ana Maria Magalhães). Na edição, juntando os planos mais abertos, gravados na Índia, com os fechados, gravados nos Estúdios Globo, ninguém percebia que haviam sido feitos em lugares milhares de quilômetros distantes. Os interiores das casas também eram deslumbrantes. Tinha até uma reprodução de um pedaço dos *ghats* de Varanasi, com um pedaço do Ganges!

Eu contracenava muito com o Tony Ramos (Opash), vendedor de tecidos, e com o Osmar Prado (Manu), que vendia perfumes. Criamos uma cumplicidade dentro de um sotaque que inventamos, inspirados no que tínhamos vivenciado na Índia e em outras dicas que a direção de arte nos passava. Tudo tinha um tom acima, as cores, a voz, a maneira de falar e gesticular, era tudo meio exagerado, *overacting*, e que nos fazia rir demais.

O Tony Ramos num *set* de gravação é a coisa mais engraçada que se pode imaginar. Ele não para de fazer piada com tudo e com todos, o tempo inteiro. Imagine isso com aquelas roupas estranhas, sapatos de pontas compridas viradas para cima, falando loucuras sobre vacas e deuses, e colocando no meio das falas em português expressões como *are baba, chukriá, baguan keliê, atcha-tcha-tcha-tcha!* Não tinha como não rir.

Numa gravação, na casa de Opash, estava meio elenco da novela: Tony, Eliane Giardini, Laura Cardoso, Danton Mello, Caio Blat, Flávio Migliaccio e eu. Todos sentados num sofá enorme, lado a lado, vendo algo na televisão, soltando de tempos em tempos um *atcha!* repetidas vezes e levantando as duas mãos como os indianos fazem. Quando vimos, estávamos fazendo uma *ola* sem querer. Foi a deixa para Tony nos dirigir e fazer com que a *ola* ficasse visível. Para nós, claro, não para a câmara. A cada *atcha, tcha, tcha, tcha!* era uma gargalhada. Foi difícil gravar. Mas Marquinhos Schechtman estava feliz demais com o sucesso da novela para se irritar com brincadeiras de crianças adultas que nós, atores, somos. Ganhamos com *Caminho das Índias* o primeiro Emmy internacional de melhor novela para uma produção brasileira.

Dei mais uma passada por *Malhação* — já tinha feito uma temporada pequena anos antes —, contracenando com Totia Meireles e Maitê Proença e sob direção do Mário Márcio Bandarra, colega de longa data. Fui eu que pedi a ele para viver o Professor Livramento, o diretor da escola. Gravar *Malhação* é o maior barato. Os atores iniciantes chegam, todos os dias, depois da aula. Se gravarem, tudo bem. Se não, têm ensaios com os preparadores de elenco. Os que não mais estudam chegam pela manhã. A cada temporada eles formam um grupo coeso, ficam íntimos, saem, namoram.

Os atores mais velhos chegam apenas para as gravações de suas cenas, como nas novelas, mas eu muitas vezes fui lá sem precisar, para participar de ensaios, brincadeiras... O Professor Livramento era superliberal e tinha uma secretária hilária, feita pela Angela Dippe. E, nas salas de aula, Johnny Massaro, Caio Castro, Murilo Couto, Julia Bernat, Olivia Torres, uma molecada de talento. E ainda tinha Tarcisinho e Vera Zimmermann, um luxo!

Saí direto de *Malhação* para fazer *Insensato Coração* — Milton Castelani, um cambalacheiro atrapalhado que morava no Copacabana Palace, mas não tinha um tostão. Sustentado pela filha (Maria Clara Gueiros, hilária, fazendo uma tarada sexual), acabava morando numa favela, casado com uma linda negra representada pela Roberta Rodrigues. Amigo do milionário personagem do Tarcísio Meira, Milton Castelani foi o responsável pela sua desgraça ao lhe recomendar como enfermeira a maldosa Norma (Gloria Pires).

A vilã acaba se casando com o personagem do Tarcísio e matando-o — durante uma crise de pneumonia do marido, ela abre as janelas do quarto numa noite de vento e chuva e lhe tira os cobertores. Ele piora até morrer de morte natural. Milton Castelani é morto atropelado por um ônibus em pleno Aterro do Flamengo, após tentar fugir do motorista de Norma, o então estreante em novelas Juliano Cazarré.

Quem me comunicou que meu personagem morreria foram os autores, Gilberto Braga e Ricardo Linhares. O Ricardo disse que queriam mais um crime nas costas de Norma e que meu personagem fora o escolhido. Me senti respeitado pelos dois, é muito chato o ator ficar sabendo que vai sair da novela ao ler o texto, como às vezes acontece. Gravei minha morte e armei uma viagem, como gosto de fazer quando acaba uma novela.

Com meu sobrinho Itamar Neto, minha mãe e minha irmã Maria Elvira

Foto: arquivo pessoal

# CAPÍTULO 18

Foi durante *Insensato Coração* que minha mãe faleceu. Ela já estava com 103 anos, há alguns na cama. Entrava e saía do hospital, e já havia se curado de um câncer de intestinos. Sempre sob os cuidados da Maria Elvira, minha irmã com tendências à santidade. Não era fácil a dona Gilda, precisava de "uma paciência de filó", como ela própria dizia.

Eu a visitava em São Paulo sempre que podia — ator faz novela durante a semana e teatro nos fins de — e quando calhava de gravar alguma coisa lá — antigamente, todas as novelas das 7 se passavam em São Paulo por uma questão estratégica de marketing da emissora. Eu ficava horas na casa da Maria Elvira, no Alto de Pinheiros, conversando com ela e minha mãe. E também com meus sobrinhos Itamar Neto, Bettina e Fábio, filhos dela com Itamar Bopp Junior.

Itamar Neto sofreu um enfarto e, pelo que soubemos, foi ressuscitado já fora do tempo estimado para tal procedimento. Reviveu, mas seu cérebro já estava comprometido pela desoxigenação. Viveu anos em estado praticamente vegetativo, motivo de grande dor e sofrimento para toda a família.

Bettina, a do meio, teve também três filhos: Bruna, exímia jornalista, há anos repórter e editora da revista *Tpm* e de duas revistas customizadas da editora, a da Gol e da FAAP. Além disso, é roteirista de audiovisual e produtora de conteúdo. E os gêmeos Maria e Lucca, este redator de publicidade e poeta. Como são-paulino doente e apaixonado por futebol, faz filmes e poesias inspirados no esporte. Outro gênio da raça. Pode ser lido em @_redondilhas, no Instagram. Leiam e me digam.

A Maria Bopp, gêmea do Lucca, é outra maravilha da natureza. Linda, excelente atriz, protagonizou a série da HBO *Me Chama de Bruna*, inspirada no livro da ex-garota de programa conhecida como Bruna Surfistinha. Além disso, é criadora e representa a hilária e inteligentíssima Blogueirinha do Fim do Mundo, uma *digital influencer* fictícia com uma fina ironia política. Foi um sucesso instantâneo na pandêmica quarentena *fake* brasileira.

O sobrinho mais novo, o Fábio, é policial e investigador. Sempre trabalhou em grupos especiais dentro da Polícia Civil de São Paulo e hoje é diretor do GER (Grupo Especial de Reação). Fábio fez a segurança pessoal do Obama quando ele esteve no Brasil e protagonizou um dos episódios da série do AfroReggae *Papo de Polícia*.

Ele é um policial *sui generis*: surfista, frequentador há anos dos maiores picos de surfe do mundo, virou uma espécie de xerife de Maresias, onde pega onda há décadas. Volta e meia dá cursos na SWAT americana.

Faltou falar da Bettina, já que da Maria Elvira falei no primeiro livro. A Bê fez Letras na PUC e começou a dar aulas quando entrou no pré-primário. Brincadeira, mas bem que poderia. Deve ter começado na Escola Gávea e, depois, no Colégio Palmares, duas escolas fundadas pela ímpar educadora Laura Góes — hoje, aos noventa anos, dona da Pousada Alcobaça, em Corrêas, Petrópolis. Bettina também tem o dom da escrita, herdado talvez do tio-avô Raul Bopp, somado a outro tio-avô, Macedo Miranda. Já escreveu livros, peças infantis premiadas, e é autora do blog *Praquandovoceacordar.com*, onde escreve para o irmão Ita. Nunca consigo ler um artigo até o fim de tanta sensibilidade, tanta esperança e também tanta dor. Choro muito. Para ver o trabalho da Bettina e seus filhos, deem um Google em seus nomes e confirmem o que escrevo aqui. É muito bom ter parentes assim! Tenho certeza de que minha mãe viveu o melhor dos mundos sendo cuidada por essa família.

Um dia, na época em que eu estava vivendo na Nova Zelândia, chegou a notícia de que meu sobrinho Itamar falecera. Eu estava no estúdio gravando o Livro I desta *Abreugrafia* para *audiobook* quando minha sobrinha-neta Maria Bopp me ligou. Parei de gravar e fui caminhar na praia de Devonport. Triste. Muito triste. Uns dez dias antes eu havia perguntado para a Bettina como estava a Maria Elvira. Ela me disse que havia acontecido um acidente. Minha irmã havia se engasgado com comida e fora internada no hospital. A situação se agravara e ela precisou ser entubada. Mas Maria me disse que a situação melhorara e ela fora para o quarto.

Foi nesse intervalo que Itamar morreu. A preocupação toda se voltou para Maria Elvira, claro. Itamar já estava em estado praticamente vegetativo há 15 anos, mas quando ela voltasse para casa e soubesse da sua morte seria um choque terrível. Então ela melhorou ainda mais. Tanto que, quando o médico ligou para a Bettina, ela pensou que seria para dar alta. Mas não. Foi para dizer que, no meio de uma conversa sobre ir para casa cuidar do filho, Maria Elvira simplesmente parara de viver. Sem dor, sem sofrer, sem saber que Itamar morrera um dia antes. Agora eu sou o mais velho da minha geração. Ninguém mais está vivo.

...

———

Acabando *Insensato Coração*, fui com Camila para Paris, visitar um tio dela que estava morando lá. Mais uma vez fiz um *leasing* da Citroën e fomos visitar o interior da França. Demos uma circulada pelo Vale do Loire, que eu já conhecia, tentando visitar lugares a que eu ainda não tinha ido. Fomos depois a Monte Carlo, no principado de Mônaco, com destino final em Barcelona. Mas minha relação com Camila não estava nada boa. Ainda por cima, ela tinha marcado de encontrar um casal de amigos que não tinha nada a ver conosco.

Devolvemos o carro em Barcelona e fomos para Roma de avião encontrá-los. Depois da Itália iríamos para a Grécia. Fui contra desde o princípio, mas Camila insistiu e eu, que nunca soube dizer não, concordei. Eles tinham chegado um dia antes e, assim que colocamos os pés no hotel, o cara falou:

— Já vi bastante estátua velha hoje, é tudo igual, então vamos para outra cidade! — desdenhou ele.

Estátua velha? Não, amigo, você viu escultura antiga!, deu vontade de dizer. A mulher do cara insistiu para que fôssemos a Florença, onde Camila e eu já tínhamos ido em outras ocasiões. Era alto verão, seria uma roubada. Mas, num átimo de grandeza, topei. No dia seguinte, tomamos o trem Roma-Florença. Passaríamos apenas o dia, voltando à noite. Logo que chegamos, fomos passear nas ruas centrais, que, como previ, estavam superlotadas de turistas. A mulher do cara entrava em todas as lojas que via e passava horas lá dentro. Numa loja de sandálias comuns, que poderiam ser compradas em qualquer cidade do mundo, até em Curitiba, de onde eles eram, estourei. Nunca tive saco de ficar esperando alguém fazer compras em viagens, sempre fiz acertos para reservar um dia especial para isso. Não era o caso, pois passaríamos apenas um dia lá, e eles não conheciam a cidade. Mas eu já, e bem. Disse para a mulher que eu não havia mudado meu roteiro de viagem para passar o dia dentro de lojas. A partir daí a viagem gorou. O cara era um bunda-mole e a mulher fazia dele gato e sapato.

Voltamos para Roma, estávamos no mesmo hotel. Camila e eu íamos visitar lugares como o Coliseu e o Fórum Romano, ver a Pietà e o Moisés do Michelangelo e eles iam conhecer lojas. Nos encontrávamos à noite para jantar em restaurantes que eu escolhia, uma vez que eles não falavam nem italiano nem inglês. O cara descia mais cedo e me convidava para um *drink* antes de sairmos. E, na volta do jantar, insistia para que eu tomasse um digestivo com ele antes de subir para o quarto.

No dia da partida, no fechamento da conta, vejo na minha um monte de *drinks* que eu não havia pedido. Perguntei para a funcionária do hotel o que era aquilo e ela indicou com a cabeça a mulher do cara, que estava sentada por ali, assobiando, como se não fosse com ela. A danadinha tinha mandado colocar todos os *drinks* que o marido me convidara a beber, muitas vezes insistindo para que eu aceitasse, na minha conta. Ah, rodei a baiana. E o marido só tentando botar panos quentes. Seguimos viagem sem conversar direito.

Em Atenas, a companhia também não funcionou. O casal odiava "coisa velha", o que mais tem na cidade. Enquanto eu ia visitar o Teatro de Dionísio, eles ficavam na piscina do hotel. Camila se dividia entre mim e eles, cada vez nos distanciávamos mais. A viagem seguiria para Mykonos, Santorini, a Capadócia e Istambul. Em Mykonos, outro pau entre mim e a mulher do cara, nem me lembro do motivo. Daí paramos de nos falar e acabei brigando também com a Camila. Eles passaram a sair os três, e eu, que já conhecia Mykonos, ficava na piscina do hotel, de frente pro mar.

Um dia conheci ali uma brasileira que havia sido enfermeira de um banqueiro que tinha câncer. Durante os vários anos de tratamento eles se apaixonaram e casaram. Quando finalmente a doença venceu, ela herdou dinheiro suficiente para viver tranquilamente o resto da vida. Passava os dias tomando champanhe dentro da piscina e me convidou a acompanhá-la.

Lá conheci um dos maiores *chefs* da Grécia e, num papo, comendo folhas de uva crocantes com queijo brie — sob os auspícios da viúva —, soube que o *chef* japonês Nobu estava na ilha, na filial de seu restaurante. Pedi para o *concierge* do hotel fazer uma reserva e ele me esnobou: só para o ano que vem. Pedi, então, que ligasse e me passasse o telefone. Quando atenderam, disse que queria falar com o brasileiro que trabalhava lá.

— Que brasileiro? — perguntaram do outro lado.

— Não tem um brasileiro trabalhando aí? Eu esqueci o nome dele...

— Ah, sim, o Emerson?

— Isso, o Emerson!

Quando o tal Emerson atendeu — Emerson Kim —, eu falei quem eu era e que tinha usado um truque que sempre funcionava, pois em todo bom restaurante do mundo tem um brasileiro trabalhando! Perguntei se conseguia uma mesa, ele pediu um minuto e disse que eu fosse. Fui. Lá jantei com o mito da culinária japonesa-peruana chef Nobu Matsuhisa, sentado no jardim ao lado da mesa. Conversamos, tiramos fotos.

Foi desse jeito, como fiz com o Emerson, que consegui jantar em Barcelona no badalado Tickets, do projeto La Vida Tapa dos chefs Ferran e Albert Adrià, criadores do elBulli, considerado o melhor restaurante do mundo, fechado desde 2011.

No meio da estada em Mykonos, o casal decidiu que não iria mais para a Turquia. Alvíssaras! Mas a minha relação com Camila já tinha se deteriorado muito. Cumprimos tabela no fim da viagem.

Adorei andar de balão na Capadócia e ver a exibição de pombos acrobatas que batem palmas com as asas e dão piruetas em torno do próprio eixo. Istambul, ou Constantinopla, ou Bizâncio — cidade tão antiga que já teve três nomes — também foi uma experiência fora do comum. Além da posição geográfica privilegiada — Istambul é dividida pelo Estreito de Bósforo, um canal natural que separa a Europa da Ásia —, tem também a comida, o mercado... Tudo valeu muito a pena.

A melhor coisa que nos aconteceu na Turquia foi conhecer o patriarca da Igreja Ortodoxa Grega, Teodoro II. Estávamos visitando uma igreja famosa em Istambul quando, no corredor de saída, os seguranças pediram que encostássemos na parede para que ele e sua comitiva passassem. Pois ele parou na minha frente, perguntou, em inglês, de onde eu era. Eu respondi, ele riu, disse que gostaria de conhecer o Brasil e me deu uma benção. Eu já estava com os olhos cheios d'água, a energia boa de Teodoro II é contagiante.

De Istambul, voltamos para Paris e Camila falou que iria se separar de mim. Já era a segunda ou terceira vez que ela decidia isso, mas voltava atrás depois de uns dias na casa da mãe, em Teresópolis. Dessa vez eu resolvi que seria a última: se ela fosse embora, eu não a aceitaria de volta. Ela foi para o Rio e fiquei sozinho em Paris.

Descolei um trem que fazia Paris-Moscou em dezenas de horas e resolvi topar a aventura. Quando cheguei na estação, fui reconhecido por um funcionário espanhol da companhia de trem. Mostrei o bilhete e ele perguntou se eu tinha visto para a Bielorrússia. Eu não tinha, claro, nem sabia que precisava. Pois o trem passava por lá e, sem visto, eu não poderia embarcar. Ele me ajudou a pegar o dinheiro de volta, voltei para o hotel e o porteiro me saudou, dizendo que o trem era a maior roubada, velho, cheio de gente estranha.

Fui então de avião. Visitei Moscou e São Petersburgo com guia; é impossível fazer turismo sem um na Rússia. Uma cidade mais linda que a outra, edifícios, igrejas, museus. Fui a tudo, bares, casas noturnas. Levei uma russa linda para o hotel. No final, ela me cobrou, o que eu já esperava. Não são garotas de programa, mas se pintar uma chance de ganhar algum, elas viram. Nos finais de noite nos bares, muitas vinham se engraçar e depois pediam dinheiro para o táxi, que, aliás, não existia na Rússia. Quer dizer, existia, mas sem taxímetro, ou seja, qualquer carro era um táxi em potencial. Você ficava parado com a mão levantada e um carro encostava. Entregava um papel com o endereço na mão do cara, ele dizia o preço. Se você aceitasse, ele abria a porta do carro e te levava. Se não, esperava que outro encostasse.

Conheci tudo a que tinha direito, visitei as maravilhosas estações do metrô de Moscou, construídas em homenagem aos trabalhadores do campo e das indústrias, visitei o Kremlin, a Praça Vermelha, até comi *strogonoff* no restaurante que fica no antigo palácio do criador do prato, mas o melhor do mundo é no Café Pushkin. Almocei com o embaixador brasileiro em Moscou e fui convidado a visitar o navio-escola Brasil, da Marinha, que estaria em São Petersburgo na semana seguinte. Haveria uma festa para comemorar o final da viagem do navio pela Europa.

Meu guia em Moscou era um brasileiro muito competente e fiquei satisfeito por aproveitar tanto a viagem. E ele ainda por cima me indicou um outro guia em São Petersburgo. Ah, uma coisa importantíssima, se você for visitar a Rússia: deixe essa cidade para o final! Nada vai ser melhor!

Em São Petersburgo, o guia era impagável. Parava toda hora para tomar um gole de vodca geladinha. E eu tomava junto. Certo dia conheci o filho dele, que era casado com uma bailarina de casa noturna que dançava praticamente nua em cima do balcão. Todas as garotas (des)vestidas de noivas passavam a noite seduzindo os homens em troca de dinheiro — apenas para ver, conversar, não podia tocar.

Fui lá com o guia — as garotas eram lindíssimas — e algum tempo depois, na noite da festa dos oficiais do navio-escola, levei alguns deles na casa noturna. Foi muito engraçado, os marinheiros e oficiais não acreditavam que aquelas loiras lindas, praticamente nuas, pedindo dinheiro, não podiam ser tocadas. Alguns ficaram revoltadíssimos: Como nos excitam e não dão? Rússia, amores!

Tenho um grande amigo diplomata, Sidney Romero, que estava servindo em Amã, na Jordânia. Eu já tinha passado uma temporada na casa dele em Israel, quando fui pesquisar a vida do barão de Hirsch. Liguei para ele de São Petersburgo, ele atendeu o celular em Paris. Estava passando uma temporada com a mãe na França e, antes que eu perguntasse se podia ir a sua casa, ele me convidou. Lili, sua mulher, estava sozinha e seria uma boa oportunidade para ela me mostrar a cidade e o país. Lili é uma figura, uma brasiliense casada com diplomata e que tem medo de voar!

Tomei um avião em Moscou e me mandei para Amã. Lili foi me buscar no aeroporto e, logo na primeira noite, fomos para uma feira de comidas. Como era Ramadan, a feira só abria à noite, já que de dia ninguém come. No dia seguinte fomos passar a tarde no Mar Morto, tirando fotos e lendo jornal sentados na água, boiando sem boia, quando meu telefone tocou. Número secreto, era a Globo. Mais precisamente o Ricardo Waddington, dizendo que tinha um papel para mim na próxima novela das 8, do João Emanuel Carneiro. Perguntei o que era e ele disse apenas:

— Você vai adorar!

Alguns minutos depois, ligou de volta:

— Como estão o cabelo e a barba?

— Enormes! — respondi.

— Ótimo, não corta não — disse ele.

De fato, nunca corto barba e cabelo entre uma novela e outra, pois se o próximo personagem usar, já estou pronto.

Depois de passear por Amã e suas redondezas, Lili conseguiu um motorista amigo que me levou, com seu carro, a Jerash, a Petra, locação que todo mundo passou a conhecer por causa da novela *Viver a Vida*, depois a Wadi Rum, o deserto de areias vermelhas, também chamado Vale da Lua, onde foi filmado o clássico *Lawrence da Arábia*, e por fim descemos para Aqaba, no sul do país, de onde se pode ver a cidade de Eilat, em Israel, do outro lado do mar, bem pertinho. Logo em seguida, Sidney chegou em Amã, passei mais uns dias com ele e voltei para o Brasil.

Camila havia desistido de se separar e estava na nossa casa, na Praia do Pepê, o primeiro apartamento que tive na vida. Até então eu morava sempre em imóvel alugado, o que me deu a chance de morar em praticamente todos os bairros da zona sul do Rio. Menos Botafogo, que, segundo o Miguel Falabella, não é um bairro, é passagem. Aliás, em Botafogo tem uma rua chamada Rua da Passagem.

Theo, meu segundo filho, é advogado do ramo imobiliário e havia fechado negócio com os donos de um restaurante famoso na Barra nos anos 1990, o Farol da Barra, que estava fechado há anos, para construir ali um prédio residencial. Um terreno ótimo, de esquina, na confluência de três avenidas. Theo insistiu para que eu comprasse um apartamento lá, mas eu estava, como sempre, sem dinheiro, tudo o que eu ganho gasto com filhos e viagens. A construtora, paulista, estava introduzindo um sistema de financiamento já existente em São Paulo, de pagamento em cem parcelas sem entrada, com o imóvel ainda na planta.

Theo me levou até a diretoria da construtora, me deram um desconto e comprei o apartamento. Depois de pronto, passei o financiamento para a Caixa, porque os juros eram bem mais baixos. Poucos anos depois, quando me aposentei e levantei meu FGTS, quitei o saldo devedor. Ainda hoje esse é meu único imóvel. Quando me separei da Camila, a reconheci como tendo direito a metade do apartamento, apesar de grande parte dele ter sido comprado com meu FGTS, do qual ela não participara.

Como Nilo, na novela Avenida Brasil, TV Globo (2012)

# CAPÍTULO 19

Assim que voltei de Amã, fui falar com o Ricardo Waddington, que me apresentou o Nilo. Faria par com Vera Holtz, ambos morando num lixão. Não vou entrar em detalhes sobre *Avenida Brasil*, todo mundo viu a novela. Mas pouca gente sabe que o bordão da risadinha "hi-hi-hi" do Nilo foi feito pela primeira vez para mostrar os meus dentes, que eram pintados pela maquiadora e ninguém os via por causa do imenso bigode que eu usava. Então criei a risadinha levantando o lábio superior para que os dentes aparecessem. Numa cena, no lixão, eu dizia para a Lucinda, personagem da Vera, quando ela me chamava de "cobra peçonhenta":

— Pelo visto você está com saudade de uma certa cobra. Hi-hi-hi...

O diretor José Villamarim — que dividiu a direção da novela com a Amora Mautner — disse que não dava, parecia teatro infantil. Então, negociei com ele:

— Faço outra vez sem a risadinha, mas guarda essa, não decide logo, deixa para a hora da edição. Lá você vê outra vez e resolve.

No dia seguinte, ele me disse que todo mundo na sala de pós--produção havia rido muito e que ele, então, havia conservado o que virou o grande bordão do personagem.

Com sucesso total, a novela virou matéria de capa da *Veja*, revista com a qual eu sempre brigava por suas posições reacionárias e, na maior parte do tempo, mentirosas, numa grande campanha para criminalizar o PT, muito antes dos zeros milicianos. Certa vez, a revista trouxe uma matéria que berrava na capa: "Caraca! Que dinheiro é esse?", "revelando" o caso de um auxiliar da Casa Civil que teria encontrado duzentos mil reais em sua gaveta ao chegar ao trabalho. Uma matéria tão estrambólica que ninguém levou a sério. Um dos seus jornalistas mais prestigiados, depois demitido, parente da minha amiga Nívea Maria, pediu para ela me perguntar o que eu tinha contra a revista. Como se não soubesse!

Depois de mandar um correspondente passar uma semana convivendo conosco nas gravações, a *Veja* publicou a matéria. É claro que não comprei a revista. Um dia, chegando no camarim para me trocar, vi o Cauã Reymond lendo a reportagem. Perguntei como estava e ele respondeu, sorrindo:

— Só elogiam você!

E me mostrou a revista: "Abreu está em um dos melhores desempenhos da sua carreira". Soube depois que o parente da Nívea ficou pau da vida com o elogio.

Ganhei, além de prêmios de jornais e revistas, o Prêmio APCA de melhor ator, o único realmente respeitado pela classe artística no Brasil. E, pela primeira vez, ele foi concedido a um personagem secundário, e não protagonista, como costuma acontecer. O Nilo fez história. E me deu reconhecimento e fama num nível que nenhum outro personagem havia dado. *Avenida Brasil* foi vendida para aproximadamente 150 países e rendeu à Globo um lucro estimado de dois bilhões de reais, segundo a Forbes.

...

——

Marcos Bernstein foi o roteirista que escreveu para mim uma ficção sobre as colônias judias no Rio Grande do Sul, resultado de meus anos de pesquisa sobre o assunto. Era para o longa que eu pretendia produzir e dirigir e que chamei de *Onde Porcos Comem Laranjas*, inspirado na vida do barão Hirsch e suas colônias agrícolas. Lembra que comentei anteriormente que os quatro avós da Nara tinham vindo da Bessarábia (hoje Moldávia) fugindo dos *pogroms* graças a ele e sua JCA (Jewish Colonization Association)? O filme nunca saiu do papel, por problemas pessoais, mas ficamos amigos. Marcos também morava no Jardim Oceânico, perto da minha casa.

Pois ele iria dirigir seu segundo longa-metragem, inspirado em um romance de sucesso: *O Meu Pé de Laranja Lima*, livro que marcou época no Brasil e em alguns países do mundo, como a França, que o adotava nas escolas. Seu autor, José Mauro de Vasconcelos, virou uma celebridade antes do tempo das celebridades. Foi na época em que eu tinha a livraria Biblos em São Paulo, no início da década de 1970 (contei sobre esse período da minha vida no Livro I), e, por anos a fio, o livro não parava de sair. A cada novo lançamento do autor, *Meu Pé* voltava a vender.

Numa das minhas fugas de São Paulo para me esconder da polícia política, fiquei hospedado na pousada do meu amigo santista Omar Laino por algumas semanas. Um dia, apareceu um novo hóspede, o Zé Mauro. Nos encontrávamos no café da manhã e na beira da piscina. Sujeito amável, sensível, com uma certa amargura... Anos depois, amigos disseram que ele morrera triste por nunca ter sido reconhecido como autor de mérito, justamente porque vendia muito. Pois o livro, que já fora adaptado para novela e filme no auge do sucesso, ganharia mais uma versão para cinema.

Um dia, Marcos me ligou perguntando se eu queria fazer o Portuga, grande personagem de *O Meu Pé de Laranja Lima*. Topei, apesar de saber que seria um BO — filme de baixo orçamento — com tudo o que isso significa. Filmamos em Cataguases, Minas Gerais, dentro de um projeto de polo de cinema. Mais uma vez, meses num hotel "meia boca", com a maldita cortina *blackout* menor que a janela. Tudo, tudo pela arte.

O Portuga me deu grande prazer, não só ao fazê-lo como por, até hoje, conseguir emocionar os espectadores. Volta e meia *Meu Pé de Laranja Lima*, o filme, passa na Globo e sempre recebo elogios chorosos. Uma curiosidade: passei a filmagem toda ouvindo a cantora portuguesa Mariza, fiquei absolutamente fascinado por sua arte. Um dia, em Lisboa, nos encontramos num restaurante e soube que ela também é minha fã, portanto, foi uma rasgação de seda. Sua interpretação ao vivo de Ó Gente da Minha Terra em Lisboa é de matar...

•••

Foi no palco da entrega dos prêmios da APCA para *Avenida Brasil* — que levou também o prêmio de melhor atriz para a protagonista

Adriana Esteves e o de melhor novela —, enquanto os apresentadores nominavam os ganhadores, que eu soube que Ricardo Waddington e Amora Mautner estavam precisando de um ator para fazer "o alemão", como eles disseram, numa nova novela das 6 que ela dirigiria, sob a direção de núcleo dele. Foi lá, no palco, que Ricardo disse para Amora que o alemão poderia ser eu.

Enquanto eu ouvia a conversa dos dois, chamaram meu nome; chegara a minha vez de receber o prêmio e o assunto morreu, mas voltou no restaurante onde fomos comemorar depois. Notei que o Ricardo estava me elogiando para a Amora, ele disse que eu tinha sido diretor junto com ele e Daniel Filho, havia dirigido e produzido peças de teatro etc. e tal. Amora tinha me dirigido pouquíssimo em *Avenida Brasil*, o lixão todo ficava com a direção do José Villamarim. Ela dirigia o núcleo da família do Tufão, com enorme sucesso. Perguntei que personagem era aquele, que novela eles iriam fazer. Era *Joia Rara*, das mesmas autoras do enorme sucesso *Cordel Encantado*, as queridas Duca Rachid e Thelma Guedes, e repetindo a Amora na direção. O assunto morreu novamente e fomos embora.

No dia seguinte, na ponte aérea para o Rio, embarcaram no mesmo voo que eu Amora e Joana Jabace, outra diretora. Amora explicou, então, do que se tratava e Joana me disse que eu seria um dos protagonistas, "baita papel", dizia ela, me dando força para fazê-lo. Na saída do avião, Amora disse que iria falar com as autoras. Dias depois me ligou querendo fazer um teste comigo, pois queria mostrá-lo para Duca e Thelma, que pareciam estar reticentes.

Eu nunca tinha feito um teste na minha vida — a não ser para comerciais, no início da carreira. Não é algo comum no Brasil, apesar de ser rotina em outros países, as *auditions*. Nem hesitei, disse que topava na boa. Fui e fiz o teste com a Nathalia Dill, que estava fazendo o papel que seria da Carolina Dieckmann, e Carmo Dalla Vecchia, no que seria do Bruno Gagliasso. Fizemos três cenas diferentes e Amora mandou o vídeo para as autoras. Mais tarde fiquei sabendo de uma curiosidade contada pelas próprias, aos risos: quando Amora falou meu nome, elas "viram" o Zé Mayer, que não tinha o *physique du role* do personagem. Quando viram minha cara no teste, desataram a rir e aprovaram na hora!

Mais uma vez eu iria contracenar com a Mel Maia, que havia estourado na primeira fase de *Avenida Brasil* fazendo a Nina criança. Foi um passeio, eu me casava com a Carolina Dieckmann, que já tinha sido minha filha em *Senhora do Destino* — essa vida de ator! — e tinha como principal inimigo o personagem comunista feito pelo saudoso Domingos Montagner. Como meu filho postiço e braço direito, Carmo Dalla Vecchia; como o verdadeiro, Bruno Gagliasso. E Bianca Bin como nora indesejada — eu a fiz sofrer muito. Era uma galera jovem de primeira, profissionais no último grau e de talento a toda prova.

Meu personagem, Ernest Hauser, na realidade era suíço, e não alemão. E eu me mandei para a Suíça para pesquisar os fabricantes de relógios e joias, atividade principal do personagem. Em Interlaken, nos Alpes suíços, percebi que as pessoas usavam muito o nome *Alpen Perle*, Pérola dos Alpes. Havia hotel, cerveja, escola, todos usando essa expressão. O nome da protagonista, representada pela Mel, era, coincidentemente, Pérola, e quando começamos a gravação, eu só chamava a minha netinha de *Alpen Perle*.

Mais um sincronismo na minha vida! A novela conta a história de uma criança que é descoberta longe do Tibet como a reencarnação de um buda tibetano e foi baseada numa história real, que aconteceu na Espanha, numa localidade chamada Las Alpujarras, onde eu tinha estado com a Ana Beatriz anos antes. Eu conhecera a história e a mãe da criança — que na vida real é um menino e, na novela, virou uma menina. Acho que já contei antes essa história, mas não custa relembrar!

Tivemos alguns problemas, a novela não foi lá um grande sucesso, mas, para mim, ela foi especial. Fui indicado para concorrer como melhor ator no Emmy internacional. Não levei, mas *Joia Rara* ganhou o prêmio de melhor novela. Era a segunda que ganhava o Emmy comigo no elenco.

...
—

Depois da Amora, foi a vez do José Villamarim me chamar para fazer a releitura de *O Rebu*, de Bráulio Pedroso, uma novela revolucionária, de 1974, em que toda a trama se passava numa única festa. As gravações externas seriam na Argentina, mais precisamente em San Isidro, ao norte de Buenos Aires. Um mês na capital *porteña*, nada mal. Sempre adorei Buenos Aires, desde que lá fui fazer um curso de *expresión corporal* no Studio Patricia Stokoe, nos idos de 1974. Elenco enorme, locação, hotel, diárias, comida espetacular, bons teatros, essas maravilhas que a profissão de ator nos oferece às vezes. E amigos, muitos amigos. Todos saindo juntos para comer, passear, trabalhar. E namorar, que ninguém é de ferro.

Foi lá que se formou o casal Daniel de Oliveira e Sophie Charlotte, hoje casados e pais do Otto. Meu personagem era pequeno, eu gravava pouco, passava muito tempo no hotel. Um dia, recebi uma mensagem do gerente da Caixa dizendo que eu tinha algum dinheiro na poupança — resultado de várias novelas seguidas — e oferecendo um investimento melhor, como comprar outro apartamento financiado pelo banco. Na hora me deu vontade de comprar um em Buenos Aires.

Há tempos eu queria morar fora do Brasil, para viver num lugar onde ninguém soubesse quem eu era, ser como um cidadão comum, não um "global", VIP ou essas bobagens que as pessoas inventam. Afinal, são mais de quarenta anos dando autógrafo e tirando fotografia. Mas *Avenida Brasil* acabara de passar na Argentina com enorme sucesso, maior até do que aqui. Vera Holtz foi praticamente atacada no aeroporto assim que chegou, inclusive pelos policiais federais argentinos que cuidam da imigração. Então descartei Buenos Aires e decidi que moraria na Europa. Nós gravávamos praticamente só noturnas, tínhamos o dia todo livre. Tempo para procurar apartamento pela internet não faltava.

Listei as cidades que eu mais gostava e que já conhecia razoavelmente: Barcelona, Florença, Amsterdã, Paris e Londres. Aos poucos, por motivos óbvios, e até como melhor investimento, Paris foi tomando a frente. Há dezenas de sites ingleses que vendem imóveis fora da Inglaterra para aposentados que procuram outros países para morar mais perto do sol. Um deles era dedicado à França e tinha até um livrinho, *How to Buy a House in France*, para baixar em PDF.

Baixei, claro, e li numa sentada. O livro ensinava tudo o que precisava saber nos mínimos detalhes, e bota mínimo nisso: como escolher o bairro e o imóvel de acordo com suas preferências e necessidades; conselhos de como conversar com os futuros vizinhos e os garçons do bar mais próximo; dicas do tipo "visitar o local de madrugada para ver se tem barulho ou drogados" e por aí vai. O livrinho mostrava ainda os bancos que financiavam imóveis, informando inclusive a taxa de juros com que operavam. Um espanto! E, evidentemente, indicava um correspondente em Paris, uma corretora de imóveis, para ajudar na procura.

Percebi que o dinheiro que tinha não daria e que teria que complementar com um financiamento. Mandei um e-mail para o endereço indicado; respondeu uma mulher, inglesa. O outro sócio era um americano. Achei estranho não serem franceses, mas vá lá, a agência mirava preferencialmente clientes ingleses. Pela troca de e-mails, percebi que eles não estavam entendendo minha ideia, achavam — e devem continuar achando — que eu queria "investir", quando, na verdade, eu queria morar. E isso mudava tudo. Mas, como já estávamos conversando, pedi para marcarem algumas visitas, pois eu iria a Paris assim que pudesse. Aproveitei a mudança da equipe de *O Rebu* de Buenos Aires para o Rio e me mandei para Paris por uns dias. Hospedei-me no hotel em que estava acostumado a ficar, no boulevard du Temple, no Marais.

Lá chegando, percebi que os corretores realmente não tinham nada a ver comigo. Mostraram-me apenas dois apartamentos lixo (com preço bom para investimento, mas necessitando de reforma) e, para piorar, os dois discutiam o tempo todo. Quando fui sozinho com o americano ver um terceiro apartamento, que era melhorzinho, ele foi logo dizendo que era barulhento, que não tinha nada a ver sua sócia ter nos mandado lá. *Cuma?* Desisti deles. Tinha viajado à toa.

Saí andando meio sem rumo até que passei na porta de uma imobiliária. Como todas em Paris, tinha várias fotos de apartamentos à venda na vitrine. Eu havia lido no livrinho que nem sempre se é bem recebido sem ter marcado um *rendez-vous* com o corretor, mas resolvi confiar no meu taco e arrisquei.

Eu já havia aprendido que os franceses, em geral, adoram o Brasil e os brasileiros. Mas desde que, ao entrar em suas lojas, bares e restaurantes, os cumprimentem na língua deles. Apenas um *bonjour, monsieur* ou *bonjour, madame* já é o suficiente, mas muitos brasileiros se esquecem disso. Se você disser um *bonjour* sorrindo, seguido de um ça va?, fica tudo ainda melhor. E foi o que fiz. Depois de pedir desculpas pelo meu péssimo francês, perguntei ao corretor se ele falava inglês. *Bien sûr* respondeu, e perguntou de onde eu era. Preparei meu melhor sorriso e mandei: *Riô!*

Eu já sabia o efeito que a palavra mágica Rio causa nos franceses e sempre a usava para quebrar o gelo. Pois, nesse caso, a mágica funcionou em dobro: o corretor, Nicolas, era fanático pelo Brasil e já havia estado no Rio inúmeras vezes. Inclusive falava algumas palavras em português. Conversamos sobre minha vontade de ter um *pied-à-terre* no Marais, perto do Marché des Enfants Rouges, seguindo a sugestão da infalível Vera Holtz, que havia acompanhado o nascimento daquela minha ideia em Buenos Aires. Falei também sobre minhas possibilidades financeiras, e ele marcou algumas visitas.

No dia seguinte, saí do hotel com antecedência, pegando o caminho da Place de la République pelo boulevard du Temple, onde fica o hotel, depois a rue de Temple até chegar à rue de Bretagne, onde havíamos marcado a primeira visita. Era um bom apartamento, mas detonado. Morava ali uma família russa que não pintava as paredes há 13 anos. Nem limpava muito bem o apê, e seria preciso uma boa reforma. Vimos, numa só manhã, sete apartamentos, todos compráveis, inclusive um de uma escritora paulista.

O último que visitamos, numa rua de nome Filles du Calvaire, bateu fundo assim que entrei. Tudo *haut de gamme*[10], como diria seu dono alguns dias depois. Uma boa sala, uma pequena cozinha, um quarto razoável e um belo banheiro. Pouco mais caro que o da rue de Bretagne, mas pronto para morar. Era comprar e mudar. Mas

---

10. Top de linha (T.L.)

o apartamento do casal russo era maior e ficava em frente a uma pracinha linda, o square du Temple, que tem um lago com peixes e patos, jardim florido, gramados que ficavam cheios em dias de sol e até coreto. E bem em frente à Mairie du 3$^e$ arrondissement de Paris, a prefeitura do bairro.

Dias antes, eu havia conhecido a Daniela Busarello, uma arquiteta e artista plástica brasileira que mora na Cidade Luz, e pedi para ela ir comigo rever os imóveis, para me ajudar a avaliar. Ela adorou os dois e me explicou que as reformas em Paris demandavam tempo. Tudo é tombado e os materiais melhores, como pisos, portas e janelas, revestimentos, etc. precisam ser encomendados com antecedência e às vezes demoram a entregar.

O apartamento dos russos era de fato maior, melhor localizado, mais iluminado — com janelas para a rua — e ela, como arquiteta, adoraria que eu o comprasse e desse a ela a restauração. Mas me preveniu que só poderia dar um orçamento depois de ter o apartamento vazio para fazer uma profunda vistoria nos sistemas elétrico e hidráulico, quando normalmente se encontram muitas surpresas.

Já o outro apartamento, projetado por um arquiteto para sua residência própria, tinha um charme enorme e era comprar e morar. E, com dor no coração — e no bolso —Daniela foi amiga o suficiente para me aconselhar a comprar esse que não necessitava de seus préstimos como arquiteta. Bati o martelo, mas não sem antes pedir uma redução razoável no preço, que foi aceita sem pestanejar pelo proprietário. Em 24 de maio de 2014, dia em que completava 68 anos, assinei o compromisso de compra. Resolvi comemorar no restaurante La Coupole, e na saída da estação do metrô peguei o caminho errado. Quando percebi e virei, dei de cara com a atriz Suzana Pires, que se juntou à comemoração. Foi um grande barato.

Caminhando nas ruas de Paris como um perfeito parisiense (2014)

# CA
## PÍ
## TU
## LO 20

Decidi que, assim que tomasse posse do imóvel, me mudaria para Paris. Voltaria ao Brasil apenas para trabalhar quando me chamassem. Precisava de dinheiro para viver lá, além de comprar utensílios para o apartamento. O montante foi muito além do que eu tinha na Caixa, mas resolvi arriscar. Meu dinheiro guardado seria um terço do valor do imóvel, o outro terço eu pegaria emprestado da Globo e tentaria compor o terço que faltava com uma hipoteca no Crédit Foncier de France, uma espécie de Caixa francesa, mas que não funciona como banco, apenas estimula o mercado de imóveis francês financiando a juros baixos. Indicado pelo livrinho inglês, lógico.

Depois de marcar hora com a secretária do gerente para contas de estrangeiros no Crédit Foncier, cheguei lá. Ele era português e me conhecia como ator. Pediu que eu falasse com a mãe dele, fã de novelas brasileiras, ao telefone, e eu falei. E, após confirmar meus 35 anos de trabalho na Globo, me fez assinar um pedido de financiamento. A lista dos documentos exigida era imensa, mas pelo menos não precisou ser traduzida para o francês porque o gerente falava português correntemente, o que me poupou tempo e dinheiro.

De volta ao Brasil, tive meu pedido de empréstimo na Globo confirmado e comecei a preparar a papelada pro Crédit Foncier. Pelas leis francesas, os notários (tabeliães) têm três meses para efetuar uma transação imobiliária, e entre os trâmites consta uma avaliação de todas as modificações que o imóvel passou ao longo de sua existência — pensem que tem imóveis lá com centenas de anos — até a verificação da não presença de cupins ou amianto, o que invalida o negócio. Foi até fácil em tempos de internet ter todos os documentos exigidos pelo "banco", o chato era a burocracia deles, sempre a pedir mais e mais papéis.

Foi um francês que criou o termo *bureaucratie*, que vem da palavra *burel*, um pedaço de couro que usavam para cobrir as mesas onde os comerciantes faziam contas. Por extensão, as próprias mesas passaram a se chamar *burel*, que com o tempo virou *bureau*; e, por sinédoque, passou a significar o escritório onde a mesa se encontrava. Atribui-se a Jacques Claude Marie Vincent, o marquês de Gournay, a criação do termo que une a palavra francesa *bureau* à grega *cracia*, que significa "poder". "O poder do escritório", ou "o poder do funcionário" que ficava atrás da mesa e que podia decidir o destino das coisas. Depois o termo virou até tese econômica de Max Weber e foi muito usado no regime comunista soviético se referindo aos burocratas que detinham o poder.

Os três meses não se mostraram suficientes para o notário acabar seu trabalho. Eu já havia acertado com a Globo que faria a próxima novela do João Emanuel Carneiro, cujo nome provisório era *Favela Chic*, e haveria um intervalo de quase um ano desde o momento em que comprei o apartamento até o início da novela. A Camila não estava participando muito da história de Paris, estava mais preocupada com o sonho da maternidade. Embora morando na mesma casa e dormindo na mesma cama, estávamos bastante afastados. Eu continuava decidido a não ter mais filhos e ela queria engravidar. Não houve jeito de conciliarmos uma questão tão importante e ela resolveu se separar. Concordei e assim foi feito.

Eu precisava de um visto para morar na França, ou teria apenas três meses como turista. Liguei para o consulado francês no Rio e falei com o encarregado de negócios audiovisuais, que marcou uma reunião no dia seguinte pela manhã. Cheguei na hora que combinamos e, quando saí do elevador, deparei-me com o cônsul, o cônsul adjunto, o adido cultural e o do audiovisual, que fez as apresentações.

Foi uma recepção muito agradável. Todos eles tinham visto *Joia Rara*, pois assistiam às novelas para aprender melhor o português, especialmente as de época, que não usam gírias e têm maior rigor linguístico. O cônsul adjunto chegou a levar o filho e a esposa para me conhecerem. Resultado? Um visto especial de três anos podendo ser renovado, chamado *Competences et Talents*, concedido a pessoas de reconhecida importância cultural, científica ou esportiva e que dava direito a trabalhar na França. Tudo saiu melhor que a encomenda, ainda mais levando-se em conta que o visto poderia ser renovado duas vezes e a partir do quinto ano, ou seja, antes do segundo visto expirar, eu poderia requerer residência permanente.

Uma semana antes de vencer os três meses de *bureaucratie*, a Globo Portugal me chamou para lançar *Joia Rara* em Lisboa, com direito a acompanhante. Fui, dei várias entrevistas e me mandei com destino a Paris para pressionar o notário. Convidei meu filho Cristiano para ir comigo. Chegando lá, hospedamo-nos no mesmo hotel onde eu ficava sempre, a cinquenta metros do apartamento que eu havia comprado. Tive que esperar mais uma semana para que a *bureaucratie* terminasse e finalmente, no dia 30 de agosto de 2014, tomei posse do segundo apartamento que eu comprava nos meus 68 anos de vida.

Montar o apartamento foi uma peripécia e tanto. Apesar de ter comprado a maioria dos móveis do antigo proprietário — como arquiteto, ele tinha guardado todas as notas fiscais dos móveis e, com base no que havia pago, me deu um grande desconto pelos três anos de uso — eu tinha que comprar todos os utensílios domésticos, da roupa de cama e banho aos talheres e trens de cozinha. Em francês!

Meu francês era do tempo do ginásio em Santa Rita. Tenho facilidade para línguas e minha pronúncia sempre foi boa, mas não me lembrava dos verbos e meu vocabulário era ínfimo. Claro que hoje em dia muita gente em Paris fala inglês, mas eu queria evitar, queria comprar minhas coisas em francês. Mas era difícil. Vocês não fazem ideia de quantos tipos de faca, por exemplo, existem na França; tem uma faca diferente para cada coisa que se quer cortar.

Contratei uma professora, a Dorothée Boulanger, indicada por uma brasileira que eu conhecera, para me dar aulas de francês duas vezes por semana. Pedi a ela que, em vez de ficarmos sentados numa mesa, estudando, fôssemos a museus e exposições. Ela adorava e entendia muito do assunto, foi para mim uma professora de arte, além do francês. É uma pessoa doce, mãe de uma jovem estudante de violino, separada de um marido que pouco participava da vida da filha. Dava aulas para estrangeiros na Alliance Française e tinha alguns alunos particulares. Fomos ficando amigos, nos encontrávamos fora das aulas para um chá, eu a convidava para almoçar, ver uma ópera, mas nada de envolvimento emocional.

Eu estava a fim de ficar sozinho, pela primeira vez na vida. Após quase dez anos de fidelidade, havia abandonado aquela compulsão por sexo que me acompanhou durante boa parte da vida. Mas queria ficar sozinho mesmo, não apenas solteiro, queria curtir "a solidão positiva", como diz o título de um livro do meu analista Chaim Samuel Katz, *O Coração Distante —Ensaio Sobre A Solidão Positiva*.

Numa ida a um bar conheci o Cássio, um brasileiro, mordomo do costureiro japonês Kenzo. Isso foi em 2014, assim que me mudei para Paris. Falando com ele sobre o incrível número de elementos que uma casa francesa tem — os travesseiros são de três tamanhos diferentes, por exemplo, e se chamam *oreiller* —, ele me disse que tinha na casa do Kenzo uma lista de tudo que uma casa francesa tem, dividida por ambiente: o quarto com suas roupas de cama, cobertores e edredons; a copa com suas dezenas de diferentes copos, para água, vinho tinto, branco, champanhe, coquetéis, licores, e que tais; talheres para entradas, pratos principais e sobremesa, para ostras e outros frutos do mar, para *escargots*; a cozinha com dezenas de panelas de tipos e tamanhos diferentes, além das facas, conchas, garfos, colheres de todos os desenhos e tamanhos para molhos, garfinhos para coquetéis e *fondues*. Era uma loucura!

A lista que ele me deu dias depois, escrita cuidadosamente a mão, não acabava nunca! Limei uns setenta por cento dos itens e parti para a luta, comprando apenas o suficiente para ter uma casa funcionando a contento. Mesmo assim deu muito trabalho.

Todos os anos, no final de junho, acontece em Paris a Fête de la Musique: em todas as esquinas de todos os bairros, centenas de músicos, individualmente ou em grupos, bem como bandas e orquestras, tocam nas ruas durante o dia inteiro, começando de manhã e invadindo a madrugada. É demais! Eu saí andando, sozinho, flanando pelas ruas, parando para ver e ouvir tudo que eu podia. As ruas de Paris cheias. Acabei no final da tarde no Canal Saint-Martin, não muito longe de casa, cheio de bares, hoje um lugar de alta badalação.

Entrei num bar para fazer xixi — o banheiro dos homens vazio e fila no das mulheres, como sói acontecer. Já meio chumbado de vinho francês, fiz o que costumava fazer nos áureos tempos do Baixo Gávea, no Rio: sugeri que as mulheres fossem ao banheiro masculino até que a fila acabasse, ou diminuísse bastante. Elas se trancavam nas cabines e os homens faziam xixi nos mictórios, sem problema nenhum. Pois umas meninas eram brasileiras, e a primeira que veio falar comigo foi a Val, Valquíria. A segunda, Adriane Valentim.

Naquela noite encontrei três diferentes grupos de brasileiros, todos jovens. Chamei de "expats" os que moravam efetivamente em Paris, tinham empregos, vida estruturada; de "mestrandos e doutorandos" os que passavam lá apenas o tempo necessário para completar seus estudos; de "modelos e manequins" as jovens lindíssimas e magérrimas, que tinham em Paris seu porto seguro, mas viajavam muito, de acordo com as semanas de moda das várias capitais do mundo.

Esses brasileiros me reconheciam e vinham falar comigo. Passávamos alguns minutos juntos, bebíamos um copo de vinho, trocávamos telefones e eu saía fora. Encontrava outro grupo e os papos e copos se repetiam. Quando voltei para casa, tinha anotado uns trinta telefones e tomado o número correspondente de copos de vinho.

Liguei para uns, outros me ligaram, nos encontramos e fomos nos tornando amigos. Gente dos três grupos começou a se misturar por meu intermédio, até que resolvi dar uma festa de inauguração do apartamento — uma maneira de correr com as compras e deixar tudo pronto. Soube pela amiga Adriane que há uma festa especial para inaugurar uma casa nova, a *crémaillère*. Na real, antigamente a festa de chamava *prendre la crémaillère* ou *pendaison de crémaillère*, algo como "dependurar a cremalheira" (um aparato que faz com que correntes subam e desçam as panelas na lareira, onde eram cozinhadas as comidas antigamente).

Discutindo sobre a tal festa com Adriane e com o Mauro Guidi-Signorelli, outro dos amigos novos, decidimos que seria um *brunch* dominical. Eu compraria comidinhas leves, pães, queijos, embutidos e os convidados levariam as bebidas que quisessem tomar. Começaria por volta do meio-dia e terminaria lá pelas seis da tarde, a fim de não incomodar os vizinhos. Liguei para os telefones que eu tinha anotado e convidei todos para um *open house*, avisando que podiam levar mais amigos.

Apareceram muitas pessoas, ficou igual ao apartamento do Leblon no dia da minha festa de aniversário. Sala, quarto, cozinha e, às vezes, até banheiro lotados. E o comportamento foi impecável: todo mundo ajudava a servir, lavava taças e copos, descia com o lixo acumulado. E todos trouxeram bebidas e alguma comida. Eu já tinha me dado conta de que nós, brasileiros, mudamos muito quando moramos fora, e para melhor. Somos mais solidários, respeitamos horários, adotamos o comportamento dos moradores do país em que estamos. Somos adaptáveis, enfim.

Mauro e Adriane assumiram a administração da festa e eu relaxei. De *brunch* (*breakfast and lunch*) a festa virou *brinner* (*breakfast and dinner*)! Às dez da noite ainda estava bombando. Segundo eles, até as 11 horas ninguém podia reclamar, então combinamos que nesse horário a *crémaillère* acabaria. Quinze minutos antes, espontaneamente, todo mundo começou a arrumar as coisas, recolher o lixo e lavar o que estava sujo, de modo que no horário limite a casa estava praticamente limpa. Claro que uma limpeza "meia boca", feita por um monte de brasileiros bêbados morando em Paris. Caí na cama sonhando com uma das modelos, uma negra lindíssima que, apesar de magra, tinha, digamos, estrutura.

...

Minha vida em Paris era visitar museus, exposições de arte — o Marais está repleto de galerias — e assistir a óperas, espetáculos de dança e concertos de música clássica. Gosto muito de ir ao Palais Garnier, a Ópera de Paris, que, infelizmente, apresenta raras óperas hoje em dia. O Garnier passou a se dedicar a espetáculos de dança desde a inauguração da Ópera da Bastilha — um teatro imenso, mas sem charme algum! Para concertos de música clássica, curto muito a maravilhosa sala da Philharmonie de Paris; em relação a galeria de artes, admiro a Fundação Louis Vuitton: são dois prédios espetaculares com uma arquitetura estonteante inaugurados com uma diferença de menos de um ano.

Ao teatro eu ia pouco, por causa da língua; assistia apenas a obras que eu já conhecia. E saía com amigos para *un verre* ou comer as delícias da culinária local. Aos poucos você vai conhecendo os lugares onde se come bem e barato. Nos almoços, por exemplo, pode-se comer num restaurante de um grande *chef* pagando um terço do que pagaria no jantar. As *formule du jour*, que praticamente todos os restaurantes de Paris oferecem no almoço a um preço fixo — pode ser entrada e prato principal ou prato principal e sobremesa —, quebram o maior galho. E um *verre* de vinho, de preferência do tipo Brouilly, que é leve e ótimo para quem não come muito no café da manhã, como eu. De vez em quando, numa desbundada de grana, um jantar num estrelado Michelin para conhecer de perto o nível do atendimento e a alta cozinha francesa.

Aos poucos, relaxei a respeito da minha cegueira para artes plásticas. Li alguns livros (tem um genial escrito pelo antigo diretor da Tate Modern de Londres, Will Gompertz, cujo nome em português é *Isso é Arte?*; no original, o título é bem mais expressivo: *What Are You Looking At? (150 Years of Modern Art in the Blink of an Eye)*, estudei os impressionistas, passei dias inteiros no Musée d'Orsay comparando pintores e pinturas, catálogos nas mãos. Nas minhas dezenas de giros pelo mundo sempre frequentei museus, mas nunca havia me dedicado ao estudo sistemático de algum pintor ou corrente, a não ser Van Gogh. Este, sim, estudo há décadas, desde que comecei a ir para Nova York no final dos anos 1990.

Então me aventurei a comprar quadros para a minha casa. Por indicação da Daniela Busarello, a arquiteta que me ajudou na compra do apê em Paris, fui a uma *vente aux enchères*, num centro de leilões enorme, o Drouot. São vários andares e salas, sendo que em cada uma delas acontece um leilão de obras as mais variadas, desde selos e mapas antigos até móveis, joias e, principalmente, esculturas e quadros. No dia em que fui estava rolando um leilão especial de todas as obras de um pintor-arquiteto parisiense que havia trabalhado com Le Corbusier. Ele tinha morrido havia alguns anos e a família enfim decidira vender tudo que restara no estúdio dele, desde quadros pequeninos até os grandes, num total de cerca de 120 obras.

O recomendado nesses leilões é ver os quadros — que ficam expostos — no dia anterior e anotar os que mais agradam. Foi o que fiz: anotei tudo no catálogo, fui profissional. No dia seguinte, estava eu lá, sentado no fundo da sala, nervosíssimo. No começo fiquei na minha, vendo a coisa acontecer. É muito excitante! Arrisquei um lance, fui superado, desisti.

Quando chegou a vez dos quadros pequeninos, consegui comprar dois por cerca de 120 euros cada. Na hora dos três grandes que eu havia gostado, já estava mais seguro. Consegui comprar dois e depois arrematei mais um, o mais bonito, que eu não havia notado no dia anterior. No final vieram os guaches — antes eram quadros a óleo —, bem mais baratos. Adquiri três, bem no finalzinho do leilão.

O leilão é, na realidade, um jogo viciante, principalmente para um iniciante como eu. Acabei comprando mais do que o planejado só pela excitação. Lembram que no Livro I eu contei que em Santa Rita, onde nasci, o jogo de cartas corria solto? Que eu jogava quando ainda tinha 14, 15 anos? Pois é, saibam que leilão, principalmente em francês, é mais emocionante.

No fim, me vi sozinho na sala com oito quadros, três deles grandes. Uma rapaziada que trabalhava lá me perguntou como deveria embalá-los. Eu não fazia ideia! Perguntei como se fazia normalmente e disse que queria igual. Embalaram dois a dois e fui para a rua carregando meus quadros embaixo do braço, na cabeça, onde dava. Chamei um Uber Van e lá fui eu para casa com os primeiros quadros que comprei na vida.

Outra vez fui a uma exposição de fotógrafos, num antigo mercado que fica na continuação da minha rua, o Espace des Blancs Manteaux, e vi uma foto imensa, com dois metros de altura, de autoria do Bob Wolfenson. Falei com a filha dele, que ligou para o pai para que negociássemos e comprei a bicha: um registro maravilhoso da antiga refinaria de petróleo de Cubatão, no amanhecer nublado, uma coisa linda. O prédio, antigo, é de 1947, apenas um ano mais novo do que eu. A imagem me remetia à juventude, às minhas idas de São Paulo a Santos, pela estrada velha, quando eu pensava que, para sair da cidade grande rumo à natureza, tinha que se pagar o preço de passar por Cubatão, cidade que já foi uma das mais poluídas do planeta, a ponto de lá terem nascido crianças sem cérebro, tal a dose de impureza do ar.

Na mesma exposição vi uma fotografia linda, de uma mulher africana, feita por uma jovem repórter fotográfica francesa na África. Negra retinta, usando uma roupa lilás, foto lindíssima. A jovem fotógrafa havia morrido meses antes na República Centro-Africana numa emboscada que jogou pelos ares o jipe em que ela estava com alguns soldados. A morte de Camille Lepage foi notícia no mundo todo, eu a tinha lido ainda no Brasil. Não tive dúvida em comprar.

Para receber o certificado de procedência da foto, passei meus dados ao vendedor, inclusive e-mail. No dia seguinte recebi uma carta agradecendo e contando a história de Camille, mandada pela mãe da fotógrafa, e fiquei muito emocionado. Ela jamais imaginara que um ator brasileiro conhecesse a história de sua filha. Mantivemos contato ainda por um tempo.

Quando as duas fotos chegaram, enviadas pela administração da exposição, conheci um francês louquíssimo que acompanhou a entrega das obras. Era sua função se certificar de que tudo corresse bem. Convidei o cara para um copo, ele topou, e ficamos conversando. Mostrei a ele os outros quadros e ele me disse que sua profissão principal era montar exposições. Perguntei se ele não queria pendurar meus quadros nas paredes do apartamento, ajudando-me a encontrar o melhor local para cada um.

— *Bien sûr!* — respondeu ele.

Marcamos um dia, mas ele não apareceu. Depois de várias tentativas, finalmente o francês chegou. Demorou um dia e meio para discutirmos o melhor local, medir, furar, colocar a bucha e o parafuso e pendurar os quadros, mas valeu a pena. O apartamento ficou lindo! E eu tinha comprado os quadros sozinho! Fiquei feliz como uma criança ao ganhar seu primeiro presente de Natal.

Parti então para as esculturas. Eu já tinha as mesas próprias que havia comprado do antigo dono do apartamento e saí à procura do que colocar sobre elas. Comprei duas pequenas bailarinas em ferro, *Art déco*, e uma escultura supermoderna, um globo duplo que gira em torno do seu eixo, com centenas de pontos de luz formando o símbolo do *Yin Yang*, íntimo para mim desde os tempos da macrobiótica. Cada globo tem seu próprio jogo de luzes: começam juntos depois modificam sua programação ficando cada vez mais diferentes um do outro, até que voltam a piscar juntos. Segundo o escultor, do qual fiquei amigo, simboliza o amor entre duas pessoas. Às vezes as vicissitudes da vida as separam, há de se ter paciência e trabalho para que voltem a se juntar em desejos e paixões. Adorei. Passava horas olhando para o jogo de luzes...

Num antiquário, comprei um *abat-jour* que estava perdido, jogado no chão: um círculo de pergaminho pintado, com uma luz por trás, que dava um brilho na pintura. Num jantar que fiz para amigos, Mauro estava arrumando a sala e precisava de uma mesinha. Juntou as duas esculturas *Art déco* na frente do pergaminho e eureca! Ficou ótimo! As três peças pareciam ter sido pensadas umas para as outras. Até hoje as mantenho assim.

E chegou o inverno europeu. Triste para um brasileiro que morara no Rio por mais de 35 anos. Em dezembro, o Bernardo — e sua mãe Andrea com o novo marido e o novo filho — passou um mês comigo. Andrea alugou um Airbnb ao lado da minha casa e passamos o Natal juntos, com árvore, ceia e tudo mais. Bernardo e eu passamos um mês de felicidade, pai e filho passeando 24 horas por dia, indo a museus e galerias de arte que eu já conhecia bem, parques, tudo que o inverno permitia. Meu filho estava desenhando muito bem e o ambiente favorecia. Mas as férias acabaram e fiquei de novo sozinho.

O frio aumentando, chuvas, o sol não aparecia antes das nove da manhã. Era horrível acordar às oito e ainda ser noite. Comecei a me sentir fraco, sem vontade de sair da cama. Um dia, numa das poucas aulas de francês que fizemos em casa, a Dorothée, minha professora, me perguntou se estava tudo bem. Respondi que não, que me sentia deprimido, cansado e tal. Ela imediatamente, com a experiência de seu trabalho como professora de imigrantes na Alliance Française, deu seu prognóstico: falta de vitamina D.

Eu precisava de sol ou de gotas de vitamina D. Resolvi ter ambos. Comprei um vidro da vitamina e resolvi procurar os raios solares. Onde tem sol em fevereiro, fora o Brasil? Na Ásia. Fui para a "mãe dos inteligentes" — se o dicionário é o pai dos burros — pesquisar e achei uma agência de turismo inglesa com um pacote de um mês abrangendo quatro países: Tailândia (apenas Bangkok), Laos, Vietnã e Camboja.

Foi um mês de sonho. Éramos oito ingleses do interior da Inglaterra, quatro canadenses e eu. Metade mais novos, metade mais velhos. Fora a Tailândia, nos outros três países conhecemos quase tudo. Bangkok é uma loucura, adorei o Laos e o Camboja, mas o Vietnã, apesar de lindo, tem um povo difícil, menos religioso e mais interessado em levar vantagem dos turistas. Compreensível para um país que viveu tantos anos em guerra.

Aqui vale uma informação: pensei muito se iria descrever com detalhes minhas andanças pela Terra, mas decidi não o fazer aqui.

Talvez seja assunto para outro livro, só com as minhas memórias de viagem.

Reabastecido de luz solar, voltei para Paris e aguardei a Globo me chamar para fazer *A Regra do Jogo*, o novo nome da novela *Favela Chic*. Naquela altura, eu já estava me sentindo realmente "morando fora". Tinha feito vários amigos franceses, era conhecido em vários bares, restaurantes e lojas da região onde morava. Era convidado para jantares, festinhas, queijos e vinhos. Passei Natal e Réveillon cercado de amigos. Separado da Camila havia mais de um ano, estava sem namorar pela primeira vez na vida. E feliz.

Em Paris eu não me sentia solitário como das vezes anteriores, em que sofria a síndrome de elevador — conforme ele ia subindo, eu imaginava a casa vazia e ia me desesperando. Quando isso acontecia, eu voltava para a garagem, pegava o carro de novo e ia passear pela madrugada. Ou saía a pé por aquele Leblon da livraria Letras & Expressões, da farmácia Piauí, da padaria Rio-Lisboa, tudo aberto 24 horas; sem falar da Pizzaria Guanabara e do Jobi, meus favoritos, onde todos os garçons eram meus amigos.

Numa tarde de julho, calor infernal em Paris, reunimos uma turma para beber vinho rosé bem gelado ao lado de casa, na rue de Bretagne. Junto estava uma moça chamada Priscila, com um sotaque brabo — parecia minha irmã Elvira imitando paulistano — e um ciciado que tornava o sotaque interessante. Mas do que gostei mesmo nela foi a sua mão. O vinho foi subindo, a noite caindo, o tesão aumentando, os amigos indo embora, acabamos ficando sozinhos no bar. Era noite de *blue moon*, a lua estava linda, enorme, começamos a caminhar pelas ruas para melhor vê-la e, de repente, pintou. Passamos dez dias trancados em minha casa transando. Afinal, eu havia passado um bom tempo sozinho. Mais tarde, de brincadeira, Priscila iria dizer que eu era um típico exemplo de pro-paganda enganosa — impossível repetir a performance do começo. Priscila estava morando em Paris havia três meses e o visto estava expirando. Eu tive que voltar para o Rio para fazer *A Regra do Jogo*. Ela se mudou para o Rio e passamos o período da novela juntos. Mas não tínhamos muita afinidade e o caso não durou muito. Típico "erro de pessoa".

•••<br>—

*A Regra do Jogo* foi uma novela estranha. Não sei bem o motivo, mas não deu certo. Eu havia sido reservado pela Amora para fazer a novela desde o final de *Joia Rara*. Ela queria que eu fizesse o personagem Zé Maria, um bandido pobretão, mas eu queria fazer o ricaço, "aquele que senta na cabeceira da mesa". Bandido eu já tinha feito vários, e cismei que o daquela novela deveria ser o Tony Ramos. Eu dizia pro Tony que ele tinha que fazer o bandido; ao mesmo tempo, ligava para Amora e dizia que o Tony queria fazer. Depois telefonava pro Tony dizendo que Amora o queria na novela. No fim, deu certo e ele fez.

Eu fiquei com o Gibson Stewart, milionário, de moral rígida, empresário. Soube que ele também era bandido — embora ninguém mais tenha percebido — no dia da primeira reunião com o elenco. Um *slide* do PowerPoint que a Amora usou para explicar os núcleos da novela fazia uma relação — através de uma seta — de Gibson com a turma da favela, sendo que ele era do asfalto. Se todo o pessoal do crime tinha relação com a favela, aquela seta significava que ele também teria. A Amora trocou rapidamente de slide, mas eu vi. O Pai, chefão da facção criminosa, só seria descoberto no final. Eu estava dirigindo quando o João Emanuel Carneiro ligou para dizer que eu, ou melhor, meu personagem, o Gibson Stewart, seria o Pai.

Costumo dizer que prefiro fazer vilão, porque mocinho tem que estar sempre com o cabelo penteado, camisa passada, tudo nos trinques. E, como já disse antes, fazer maldades na ficção me poupa de fazê-las na vida real: preencho minha cota e adianto meu carma. A família Stewart era composta de feras: minha mulher, Renata Sorrah, amiga de muito tempo e colega de teatro (*Grande e Pequeno*) e de tevê (*A Indomada*, *Senhora do Destino*); as filhas, a Deborah Evelyn e a Bárbara Paz; os netos, Marco Pigossi, Johnny Massaro e Bruna Linzmeyer. Beleza pura. Cada um desses atores tem uma fonte de talento e um amor pelo trabalho que volta e meia me emocionavam. As três mais experientes eu já conhecia, mas foi a primeira vez que trabalhei diretamente com os três mais novos (já tinha convivido com o Johnny na época de Malhação). Eu já havia me dado conta de que esses jovens atores são muito profissionais — o que tinha visto em Bruno Gagliasso e Bianca Bin em *Joia Rara* e Cauã Reymond, em *Avenida Brasil* — e me impressionei ainda mais.

Terminada a novela, organizei uma viagem ao Japão para ninguém botar defeito. Há anos eu queria ver a floração das *sakuras*, as flores de cerejeiras, e o festival Hanami Matsuri, uma das mais lindas festividades dos japoneses, sobre a efemeridade da vida. Segundo eu lera, era a única época do ano em que um japonês bebe em público, dança sem inibições e pode até convidar alguém para dançar com ele. Após essa temporada, eu passaria mais de um mês conhecendo o país e, de quebra, aproveitaria a proximidade de Hiroshima com Pequim e daria uma esticada até a China. Assim foi feito. Adorei ambos os países. Se eu tivesse que escolher um lugar dos tantos que conheci, escolheria Kyoto. Poderia tranquilamente morar lá. Quem sabe um dia?

Antes que eu voltasse do Japão, recebi o convite do cineasta Tiago Arakilian para protagonizar um longa sobre a terceira idade e o mal de Alzheimer. Polidoro era o nome do personagem e título provisório do filme, que virou *Antes Que Eu Me Esqueça* — roteiro maravilhoso, um personagem raro. Típico filme BO: pouca grana, baixo salário. Mas o roteiro compensava.

O longa ficou muito bom, rodamos em poucas semanas. Muitos que o viram, como o Kledir Ramil, meu amigo de anos, adoraram. Na Mostra Internacional de Cinema de São Paulo foi considerado um dos achados pelo crítico do *Estadão* Rodrigo Fonseca, que disse ser aquele o meu melhor trabalho desde *Anjos do Arrabalde*. A *Folha* publicou uma chamada do filme como uma das dez melhores atrações da cidade.

Logo depois de *Antes Que Eu Me Esqueça*, recebi um convite para participar do *Domingão do Faustão*, semanas depois que o Ary Fontoura, meu amigo, a quem respeito muitíssimo, tinha chamado a Dilma de "ladrona" no palco do programa. Achei que haviam me convidado para dar o contraponto. Mandei uma mensagem para a direção da Globo dizendo que iria para dizer o que penso. A resposta foi curta: "Ótimo!"

Foi assustador. Quando saí do palco, depois de participar do quadro Arquivo Confidencial, excitadíssimo, o telefone começou a tocar. Falei com um amigo, um diretor da Globo, uma atriz, todos empolgadíssimos também, rasgando elogios.

— Você lavou a égua! — disse-me um dos maiores diretores de todos os tempos.

No corredor que liga o estúdio aos camarins, não consegui mais atender o celular porque vários funcionários queriam me cumprimentar, algumas bailarinas também. O camarim estava cheio de gente da produção, da direção, camareiros, maquiadores e, no meio deles, os gregos Iraklis e Anna, que tinham vindo da ilha de Andros para me homenagear. A partir dali minha vida virou de cabeça para baixo.

Mensagens começaram a pipocar no WhatsApp me ameaçando de morte, porrada, cuspida, esporrada, tudo. SMSs agressivos se misturavam a outros me elogiando, estes vindos na maioria de elenco, diretores e autores da Globo, que é onde estão meus melhores amigos. Logo percebi que o número do meu celular tinha sido vazado. Aliás, se tornou público quando o fascistoide Rodrigo Constantino, numa baixada de santo macarthista, fez uma lista negra dos artistas que deveriam ser execrados, e o meu nome era o primeiro. Não sei se foi ele próprio — ele poderia ter meu número, pois uma de minhas ex-mulheres foi colega de classe da mulher dele —, mas o fato é que junto com a lista saiu o número de celular de vários de nós.

Quando chegamos ao pátio da Globo-SP para irmos a um restaurante com o Iraklis e Anna, notei uma movimentação de carros atípica. Seriam dois veículos, um para cada casal, mas havia quatro. Dispensamos um deles para irmos os quatro juntos e sobraram três. Pela movimentação dos seus ocupantes, deduzi que eram seguranças, que combinaram qualquer coisa com nosso motorista. Comecei a ficar apreensivo. Saímos com um carro da segurança na frente, outro atrás. A apreensão virou certeza: se estavam deixando mensagens dizendo barbaridades no meu celular, o mesmo deveria estar ocorrendo com os telefones, e-mails e redes sociais da Globo.

No restaurante, nos colocaram no reservado, com dois "armários" na porta, seguranças enormes, que me acompanhavam até quando eu ia ao banheiro. Chegando ao hotel depois do jantar regado a *ouzo* que o Iraklis havia trazido, encontrei mais dois seguranças: um na portaria e outro na porta do meu quarto. Cumprimentei-o antes de entrar e disse que ele poderia ficar no lobby com seu colega, mas ele respondeu que estava cumprindo ordens.

Dormi — dormi? — tenso, celular desligado, já que era impossível suportar o número de mensagens que chegava. No dia seguinte de manhã teríamos que ir, os quatro, para o aeroporto de Congonhas pegar o avião, mas uma contraordem me mandou para o Campo de Marte, onde embarquei num bimotor alugado. Quando desembarcamos no Rio, lá estavam os colegas cariocas da segurança da Globo, mesmo esquema dos dois carros. Ao chegar em casa me deram um telefone para ligar, se precisasse de qualquer coisa.

O que será que eles sabiam que eu não sabia? Pensei em telefonar para um supervisor de segurança amigo, mas desisti. Melhor não saber. Mas para a Globo montar um esquema de segurança daqueles, boa coisa não devia ser.

A presença de Iraklis no Faustão me remeteu à Grécia. A Anna, sua mulher, pessoa muito especial, insistiu muito para que eu fosse visitar Andros. Quando os levei ao aeroporto para voltarem para casa, prometi que iria assim que fosse possível. Logo voltei para Paris. Quando o frio chegou, resolvi ir de novo em busca do sol. Liguei para o Iraklis, na ilha de Andros, e perguntei sobre o tempo:

— Dezessete graus com sol — disse ele.

Em Paris, marcava uns oito graus sem sol.

— Posso ir amanhã? — perguntei.

— Deve!

Era uma sexta-feira de manhã. No dia seguinte, às 11 horas, eu estava desembarcando do *ferry boat* Theologos no porto de Gavrio, depois de 23 anos. A ideia era passar dez dias, apesar de Anna e Iraklis insistirem para que eu ficasse mais. O universo ajudou e me mandou um sinal: um dia antes do que seria o da minha partida, uma greve dos transportes na Grécia paralisou o país, atingindo inclusive os transportes marítimos, tão importantes num lugar repleto de ilhas. Mais de uma semana de greve deixou Andros desligada do mundo. Fui ficando. Cada dia na ilha me remetia a 45 anos antes, quando lá vivi com a Nara.

Aos poucos a vontade de voltar a morar lá foi aumentando. Os barcos voltaram a circular e eu ia ficando. Uma amiga da Anna de Atenas, Maria Carolina, passou conosco um fim de semana e conversamos bastante. Decidi que iria trocar Paris por Andros, ou melhor, Gavrio, a cidadezinha onde fica o porto da ilha. Meus amigos me ofereceram um quarto, mas recusei. Se fosse mesmo morar lá, eu iria alugar uma casa. Por ora, teria que voltar a Paris.

Carolina ligou de Atenas se prontificando a me pegar no porto de Rafina, onde os barcos de Andros chegam, e me levar ao aeroporto. Mas, por questões de horário de voo, eu teria que dormir na capital da Grécia. Ela me ofereceu hospedagem em sua casa, enorme, de três andares, onde ela mora com três de seus quatro filhos, numa mansarda, um ático que ela tem no terceiro andar, bem isolado.

Quando o barco estava chegando, fui para o convés e a vi, bem de longe, encostada no seu carro, uma caminhonete Willys. Tive um sentimento bom. Desci do barco, nos abraçamos e entramos no carro. Eu a convidei para almoçar, em retribuição à sua gentileza. Discutimos para onde ir e ela sugeriu Cabo Sunion, não muito longe dali, uma região que ela conhecia bem. Lá fica o Oráculo de Poseidon, ou Netuno. No meio do caminho, a gente começou a sentir uma energia muito forte, nos olhávamos com muita emoção e eu pedi para ela estacionar. Peguei em sua mão, sempre olhos nos olhos, e falei:

— Meu coração está batendo muito forte, parece que vai explodir.

Carolina concordou com a cabeça e descemos do carro para

conhecer uma praia em que ela costumava levar os filhos quando eram pequenos. Ao descer a escadaria, eu a segurei num momento de desequilíbrio e, tóim! — um raio perpassou nossos corpos. Isso mesmo, puro lugar-comum. Nós nos abraçamos, olhamos um nos olhos do outro e nos beijamos. Os sinos silenciosos começaram a tocar, as fontes secas começaram a jorrar. Voltamos para o carro colados. Chegamos em Sunion, passeamos pelo Templo de Poseidon e pedimos a benção para o nosso novo amor.

Fomos a uma taverna grega, onde comemos e tomamos vinho branco. O dia passou e nem percebemos. Saímos do restaurante sabendo muito um da vida do outro. Dormimos em sua casa, ela em seu quarto, eu na mansarda. Beijinhos furtivos apenas, os filhos dormiam. No dia seguinte bem cedo ela me levou ao aeroporto e, antes da despedida, eu a convidei para passar um fim de semana comigo em Paris. Ela ficou de pensar, me despedi com um misto de ansiedade e tristeza — parecia que já nos conhecíamos tão bem...

Carolina chegou em Paris numa sexta-feira à noite e eu, em vez de levá-la para meu apartamento, levei-a para um hotel na Île Saint-Louis, um dos lugares mais românticos de Paris. Como já disse aqui, me apaixono mesmo e adoro a tal Teoria do Reforço de Skinner: uma ilha que exala romance inspira a invenção de um amor.

Minha paixão cresceu, passamos um fim de semana abençoado pelos deuses, eu preparara uma programação intensa com ópera, museus e restaurantes. Percebi que ela era uma mulher maravilhosa, um ser humano de um caráter excepcional. Mãe dedicada à educação primorosa de seus filhos, Carolina nasceu na Inglaterra, filha de mãe escocesa e pai cipriota. Estudou Literatura Inglesa em seu país natal e resolveu dar aulas de inglês no *British Council* em Atenas. Nem o pai nem a mãe gostavam muito dos gregos, então ela, sapeca, resolveu morar lá para entender o motivo. E morava na Grécia há 26 anos, tinha 56. Casou, teve quatro filhos, separou.

Superou barras pesadas de saúde, tirou de si uma força que nem ela sabia que tinha e virou a mulher que é hoje. Pelos próprios méritos.

Meu amor por Carolina me convenceu de que estava tomando a decisão correta ao mudar de vida. Eu havia passado um ano sabático em Paris, que para mim havia sido sabático também em sexo. Fiquei um ano inteiro sem nem sequer beijar uma mulher. E sobrevivi. Com galhardia. Me senti curado. E agora os deuses me brindavam com um novo amor. Entrei de cabeça, prometendo a mim mesmo que iria amar Carolina sem contestação, sem medo, sem exigir nada em troca. Queria aprender a amar de uma maneira absoluta, me doando e doando o que tenho de mais precioso: minha liberdade, meu humor, minha alegria, minha vontade de viver intensamente, muito e sempre. Carolina voltou para Atenas e eu fiquei em Paris para finalizar alguns negócios. Tratei de alugar meu apartamento, o que consegui em 48 horas. Assinei os papéis e voltei para Andros para procurar uma casa para alugar.

Numa manhã de sol, no bar-café da filha do Iraklis, conheci uma professora amiga da Anna. Como era de Atenas, Katherina também precisou alugar uma casa e visitou várias. Foi ela quem me apontou um rapaz que estava sentado na porta de uma loja, a alguns metros da gente:

— Aquele é o Petros. Ele tem uma ótima casa para alugar, quer ir falar com ele?

Fui. Petros me pediu para atravessar a rua, até o porto, e mostrou onde ficava a casa, nas montanhas perto da cidade, em Ano (alto) Gavrio.

— Se daqui vejo a casa, de lá eu vejo o mar? — perguntei.

— *Né, né* (sim, sim)! — respondeu Petros.

— Vamos ver a casa?

— Vamos!

Era uma casa pequena de pedra com trezentos anos de idade, paredes de oitenta centímetros, reformada havia pouco mais de três anos. Dois quartos, sendo um com banheiro, uma sala pequena, outro banheiro e uma micro cozinha.

— Quanto você está pedindo de aluguel?

— Quatrocentos euros.

— Se eu alugar por um ano, pagando antecipado e em dinheiro, você me dá dez por cento de desconto?

— Dou.

— *It's a deal!*

Assim fechei o negócio. Havia, mais uma vez, dado uma guinada na minha vida. País novo, casa nova, amor novo, o que mais meu coração podia querer? Como seria morar na ilha grega de novo tantas décadas depois? O que esperar dessa nova vida?

A primeira providência foi alugar um carro, não dava para sair a pé. Até dava, mas de quando em vez, como exercício. Que nunca fiz. Iraklis, amigo de todo mundo, logo arrumou uma locadora que me fez um preço muito camarada, afinal, todos os carros estavam parados, ninguém vai para a Grécia no inverno. Só eu.

A casa tinha uma varanda enorme, que, para moradores normais, servia para estacionar carros. Mas não para mim: comprei uma mesa, cadeiras, um guarda-sol e coloquei nela. Lá seria meu principal local de trabalho — além da minha cama, onde adoro escrever nas noites de insônia. Mas a mesa do lado de fora, com vista para o mar, o porto de Gavrio, vendo os quatro *ferries boats* diários indo e vindo... Inspirador. Logo me veio à cabeça a recorrente história de escritores que vão morar em ilhas. O mais badalado, sem dúvida, é Hemingway em Cuba. Mas vários outros procuraram ilhas para se inspirar. Comigo não seria diferente: criei um personagem, o Zé Escritor, e preparei meu dia com foco no trabalho. Se em Paris eu escrevia quando me dava na telha, atabalhoadamente, em Andros eu estruturei meu trabalho.

O personagem acordava por volta das oito horas, fazia seu café da manhã, comia e começava sua lida diária. Lá pelas onze, o Iraklis ligava informando o bar em que estavam os amigos para o *drink* de antes do almoço. O almoço, num dos cinco ou seis restaurantes de Gavrio, a volta pra casa, uma arrumaçãozinha aqui, outra ali, e voltava para o novo ofício. E ia até o final da tarde, quando preparava um *ouzo* e relaxava para ver o pôr do sol. Muitas vezes, a noite caia e eu continuava escrevendo até a fome bater ou o sono chegar e eu dormir.

Eu não, o Zé Escritor; o personagem, não eu. Então, agora que estamos chegando ao final desta narrativa, é bom que se relembre: sou ator, não escritor. Representei o papel do escritor que escreveu este livro e assumo a responsabilidade, acho que o fiz bem.

Quanto ao livro, a ele, o personagem, deverão ser dirigidas as críticas ou os elogios. Eu sou apenas um ator.

# APÊNDICE

# O ATIVISTA POLÍTICO

Minha última atividade política "presencial", usando um neologismo muito em voga nestes tempos de pandemia, havia sido no comício final do Lula na Candelária em 1989, disputando o segundo turno com Collor. Alguns dias antes eu tinha ajudado a coordenar o palco de um grande show a seu favor na Praça da Apoteose, no Sambódromo do Rio, onde — além de beber quase todo o uísque do Ziraldo — tive que administrar o ego de alguns artistas que iam participar, mas não queriam esperar para cantar em favor do candidato. Mas a cada intervalo a multidão cantava o imortal jingle da campanha, *Lula-lá!* Os dois eventos foram emocionantes demais. Depois veio o anticlímax do debate manipulado e a sua versão editada da Globo — contado em detalhe por Boni em seu livro de memórias — e a vitória do "caçador de marajás". O refluxo foi enorme.

Em seguida veio o *impeachment* de Collor, Itamar assumiu, a política virou anódina. O Plano Real de Itamar garantiu a primeira eleição de Fernando Henrique Cardoso, nosso ídolo dos tempos de faculdade — seus livros eram "literatura de axila", todo mundo levava embaixo do braço. A compra dos votos para a reeleição e a própria me mantiveram fora da política da época. O segundo mandato foi péssimo e Fernando Henrique provou que era completamente despreparado para governar. Mas não para privatizar criminosamente várias empresas e ir flanar em Paris, morando num apartamento de milhões de euros na avenue Foch, famosa pelos imóveis de ditadores africanos. Mesmo nível.

Em 2002, eu estava mais motivado. Lula disputava a presidência com o Serra e o PSDB estava destroçado pelo péssimo governo dos últimos anos. Na época, eu passava uma temporada no Rio Grande do Sul gravando *A Casa das Sete Mulheres*. Estive na carreata dias antes da eleição e em cima do caminhão quando comemoramos em Pelotas a vitória de Lula, mas ainda sem querer me aprofundar no envolvimento com o PT e na política partidária. Sou muito distraído para respeitar estatutos e costumo me descrever como o "protótipo da falta de decoro". Foi o mensalão — e a percepção de que a direita iria golpear mais uma vez a esquerda — que me trouxe de volta à política.

Depois da eleição do Lula em 2002, eu fui visitar o Zé Dirceu, meu amigo desde 1967, quando entrei na Faculdade de Direito da PUC-SP. Sempre muito ocupado, ele conseguia um tempinho para relaxar falando bobagens sobre nossa vida de estudante, UNE, namoradas, essas lembranças pueris de quase sessentões. Às vezes junto estava o José Mentor, deputado federal do PT, meu amigo, como Dirceu, dos tempos da faculdade. Ele também participara conosco de tudo aquilo que relembrávamos naquelas salas da Casa Civil, sempre interrompidos por telefonemas, entradas de secretárias, garçons, assessores e que tais.

Mentor era o mais piadista dos três, sempre tinha uma tirada sacana. Me lembro de uma vez que o Palocci, ministro da Fazenda, estava esperando Dirceu para uma reunião e a secretária não parava de lembrá-lo. Na terceira ou quarta vez, ele a mandou dizer que estava com o José de Abreu na sala e que Palocci esperasse. Acho que por isso ele nunca foi com minha cara, o que, aliás, sempre foi recíproco.

Eram os tempos da farsa do mensalão. O pagamento de dívidas atrasadas de campanha em troca do apoio no Congresso era comportamento recorrente no Brasil, mas não para o PT. Para ficar com os cinco milhões que seu PTB recebera, Roberto Jefferson resolveu detonar o esquema. Hoje, passados anos, com os esquemas políticos desnudados, pode-se ver que o mensalão foi uma armação contra o PT que deu certo. A primeira delas. A última foi a prisão do Lula e a eleição de Bolsonaro, com a ajuda primorosa do Moro e dos promotores da Lava-Jato. Entre eles, o golpe contra Dilma "com Supremo, com tudo", frase de Romero Jucá que, canalhamente, foi colocada na boca do Lula no seriado *O Mecanismo*, do diretor José Padilha, que lupanarizou a História do Brasil.

Em outra vez que estive em Brasília, Dirceu já estava sendo acusado pelo primeiro *lawfare* cometido contra o PT, o prenúncio da Lava-Jato. Ele seria certamente o próximo candidato do partido à presidência, um dos brasileiros mais preparados para governar o país. Denunciado por um bandido condenado e cuja filha está presa por corrupção, Dirceu estava começando a ficar na berlinda. Numa ligação, senti que o amigo estava precisando de uma força e fui encontrá-lo.

Lá na Casa Civil, com José Mentor ao lado de mais alguns companheiros do partido, fiz uma análise da situação como um cidadão de fora do governo, leitor de jornais e espectador de canais de notícias e programas jornalísticos. No fim afirmei categoricamente que Dirceu seria cassado e talvez preso. Foi um auê! Mentor ficou puto comigo, mandou que eu falasse baixo, que era uma loucura minha e nem pensasse nisso! Mas eu, infelizmente, estava certo.

Meses depois, em outubro de 2005, ao lado de Fernando Morais e Consuelo de Castro, entreguei à CCJ (Comissão de Constituição, Justiça e Cidadania) da Câmara dos Deputados um manifesto intitulado "Em defesa da democracia e da Constituição — cassação do deputado José Dirceu é um ato de injustiça", assinado por um grupo de noventa pessoas, entre elas o jurista Dalmo Dallari, o ator Gianfrancesco Guarnieri, o cartunista Ziraldo e outros nomes conhecidos. Participei de mais alguns atos em defesa de Dirceu, no Rio e em São Paulo, mas logo em seguida ele foi cassado e eu voltei para minha ostra. Até que um dia...

Tudo começou com o advento do Twitter. Conversando com minha amiga, Alicinha Cavalcanti, fui apresentado ao passarinho azul:

— Curto e grosso, Zé — disse ela. — Bom pra gente como nós.

Experimentei e gostei, principalmente do desafio de me manifestar em 140 caracteres, incluindo espaços. Na primeira eleição da Dilma Rousseff, em 2010, a rede social explodiu. Na época, praticamente ninguém conhecia a candidata, digo, as pessoas que não eram muito bem-informadas. Eu sim, por minha ligação com o Rio Grande do Sul e, principalmente, pelo estudo para implantação da energia eólica no estado, quando Dilma foi secretária de Minas e Energia do governo Olívio Dutra. Lembro ainda que, na gravação de *A Casa das Sete Mulheres*, o Werner Schünemann — que fez brilhantemente o Bento Gonçalves — me falou de Dilma e do Miguel Rossetto como grandes quadros políticos do PT do Rio Grande do Sul.

No começo, eu passava os dias livres respondendo perguntas sobre a Dilma no Twitter. Pessoas de bom caráter tinham uma curiosidade honesta, queriam saber mais sobre o então chamado "poste" que Lula iria eleger. Outros já chegavam detonando, Dilma tinha uma fama de "difícil". Foi um trabalho árduo e complicado, especialmente porque, no período eleitoral, atores que estão "no ar" — e eu sempre estava, em novela nova ou em reprise — não podem participar de campanha política. A Lei Eleitoral proíbe, a mesma que não permite os chamados showmícios. Então eu tinha que usar um *nickname*, o que prejudicava o alcance de meus posts. Fazer o quê?

Usei vários nomes fictícios, mas todos dentro de um mesmo perfil, com meu e-mail verdadeiro. Teve primeiro o *@ZeBigorna*, "feito para bater", depois o @marcosovos, que foi o mais famoso, nem sei como surgiu — Dilma até hoje se lembra dele; e também o @MrGardener em homenagem a Peter Sellers e um de seus melhores filmes, *Muito Além do Jardim*.

Depois que o Serra resolveu baixar o nível da campanha tirando os ratos e baratas dos esgotos, começou uma guerra virtual. O caso da "bolinha" de papel jogada na cabeça do Serra por alguém que usava uma camisa exatamente da mesma cor da de um segurança do candidato virou um enorme rolo de fita que poderia até provocar um edema cerebral! Serra saiu do evento direto para um hospital, com tevês ao vivo mostrando tudo. Fez até uma tomografia computadorizada da cabeça! Para quê? Acusar o PT e criminalizá-lo, como já haviam tentado anos antes com o sequestro de Abilio Diniz e o mensalão.

Outro caso famoso dessa campanha foi quando a Monica, mulher do candidato Serra, ao se encontrar com um pastor que apoiava Dilma numa caminhada por uma cidade próxima do Rio, acusou a candidata do PT de abortista. Segundo reportagem da *Agência Estado*, Monica teria dito que Dilma era a favor de "matar criancinhas". O bicho pegou, o Twitter ferveu. A execração de Dilma foi intensa. Foi o prenúncio do *kit gay* e da "mamadeira de piroca".

Até que um dia a bailarina Sheila Canevacci Ribeiro resolveu contar que Monica, quando era sua professora de dança na Unicamp, havia dito em sala de aula ter feito um aborto, ainda no Chile, quando Serra estava exilado no país. Jovens, sem dinheiro nem garantia de futuro, eles resolveram interromper a gravidez. Sem problemas quanto ao fato, a questão era a hipocrisia. Acusar o outro do que se faz é a maior arma da direita, que sempre a usou e continua usando. Promovemos pelo Twitter a maior divulgação possível da denúncia da ex-aluna de Monica, e ainda hoje há muita coisa na internet sobre o caso.

Logo em seguida eu fui a Santiago do Chile para procurar o famoso e jamais visto diploma de graduação do candidato tucano. Dá um filme: "*O Estranho Caso do Mestre e Doutor que Não Tem Graduação*". Como se sabe, Serra cursava engenharia e era presidente da UNE quando do golpe de Estado em 1964. Fugiu para o Chile — o único presidente da UNE que fugiu em pleno mandato —, onde frequentou um centro de estudos, a Cepal (Comissão Econômica para a América Latina e o Caribe). Foi preso no golpe chileno, mas "conseguiu fugir" do estádio para onde foram milhares de chilenos e foi para os EUA com a esposa Monica Allende! Pasmem! Ele, além de ser foragido do Brasil e do Chile ditatoriais, casado com uma ALLENDE, foi convidado a fazer uma pós-graduação lá. Estranho, muito estranho. Mais estranho ainda é que ele não tinha nenhuma graduação, seja em Economia, seja em Engenharia, já que a Cepal não era uma faculdade.

Sobre isso — ter uma pós-graduação sem completar a graduação —, Serra disse em entrevista à revista *Playboy* que havia entrado no curso no segundo ano sem ter feito o primeiro, que existia para homogeneizar a formação das pessoas em Matemática. Foi um dos dois ou três melhores alunos e, quando terminou o curso, tornou-se professor da Escola de Economia. Ao mesmo tempo, tornou-se titular na pós-graduação. Então, sendo professor, tendo terminado o curso com boas notas e com tudo que já tinha estudado, o conselho da universidade deu a ele o título de bacharel em Ciências Econômicas. Com isso, ele pôde apresentar a tese de mestrado.

Qual conselho, de qual universidade? Essa história do diploma falso do Serra foi recorrente durante toda sua vida. Nunca foi devidamente esclarecida. O fato é que quando cheguei ao hotel depois de minhas investigações, fiz uma transmissão pelo Twitter direto de Santiago, que foi uma loucura. Doze mil pessoas entraram ao vivo, acho que foi a primeira *live* política do Brasil. Discursei, discuti, respondi as perguntas no chat, fui xingado, xinguei, fiz jus ao apelido de Loco Abreu, uma referência ao bravo jogador uruguaio que, segundo um petista famoso, "adora entrar em bola dividida". E li depois que lá esteve Felipe Neto — que eu não fazia ideia de quem fosse — falando sobre os *trolls* da internet e Fernanda Paes Leme perguntando sobre a regulamentação da mídia proposta pelo PT. Meu nome foi para os *trending topics* internacionais do Twitter. No dia seguinte, me ligaram, em momentos diferentes, Lula e dona Marisa e depois Dilma. Todos para agradecer pela *tweetcam*, que era como se chamavam as *lives* pela rede social do passarinho, ainda antes dos *hangouts*. Imediatamente começaram os ataques, a primeira leva, e que nunca mais pararam. Não dá para contar as ameaças de morte, surra e porrada que recebo por todos os meios digitais. Não levo a sério porque é impossível levar. Não viveria mais.

Depois teve o caso do "papagaio de pirata", no dia da primeira eleição da Dilma. Assim que votei no Rio, peguei um avião e fui para Brasília esperar a apuração, como fizeram muitos companheiros. Wagner Tiso e Emir Sader, por exemplo, encontrei-os no Santos Dumont. Me lembro que a excitação era tamanha que doei algumas milhas para que alguns companheiros da rede pudessem ir.

Chegando em Brasília, nos concentramos todos num salão de hotel para aguardar o final da apuração e festejar. Lá estavam muitos políticos, de todos os partidos da "base", que me elogiavam muito como artista e como militante "moderno", que só usava (e bem, sem falsa modéstia) a internet. A alegria foi aumentando com o final da apuração chegando e a vitória de Dilma se consolidando. Depois do primeiro operário, teríamos a primeira presidenta do Brasil.

Começou a correr o boato de que eu seria o novo ministro da Cultura. Vários jornalistas do primeiro time começaram a me ligar, a coisa foi chegando a um nível insuportável. Eu me lembro que estava ao lado do deputado federal Alexandre Padilha e disse a ele:

— Não sei o que há de verdade nisso, mas já vou avisando que não aceito.

Depois soube que Dilma fazia questão que a pasta da Cultura ficasse com uma mulher. Mas a ministra nomeada não agradou nem gregos nem troianos e voltaram a me procurar para sondar minha disposição, sempre negada. Eu justificava a não aceitação pelo fato de amar demais minha profissão. Quando Haddad foi eleito prefeito de São Paulo, houve uma campanha para que eu fosse seu secretário de Cultura e eu cortei assim que soube. Lembrei que Juca Ferreira seria a pessoa ideal e Haddad concordou.

Voltando ao dia da eleição, Dilma iria dar sua primeira entrevista como a primeira mulher presidente do Brasil no auditório do outro hotel, para onde fomos todos. Os Três Porquinhos, apelido dos três companheiros que fizeram a coordenação da campanha — Zé Eduardo Dutra, Zé Eduardo Cardozo e Antonio Palocci —, estavam esfuziantes, com razão. Eu me relacionava bem com os dois primeiros e já estava mais amigo do Dutra, gente boníssima, que faleceu algum tempo depois.

Fomos todos para o palco do auditório, já que a plateia estava lotada de jornalistas e câmeras de tevê. Quando Dilma chegou por uma porta lateral ligada diretamente ao palco, ela me viu e me abraçou, chamando-me de Marcos Ovos, um dos codinomes que eu usava para não agredir a Lei Eleitoral. Não era a primeira vez que eu a via, nós havíamos nos encontrado em algumas fases da campanha, e ainda no último debate do segundo turno na Globo, quando fui buscá-la na porta do helicóptero que a transportou aos Estúdios Globo e a levei de carrinho elétrico até seu camarim no Estúdio F, onde o debate foi realizado.

Logo veio uma ordem para que só a coordenação da campanha ficasse no palco quando Dilma fosse falar ao povo brasileiro. Quando fui descer, uma mão me puxou: era o Zé Eduardo Cardozo me trazendo de volta. Fiquei, meio constrangido, atrás dos três e ao lado de um Magno Malta chato para caramba, que ficou o tempo todo dizendo que queria que eu fizesse um filme sobre a vida dele! Numa hora daquelas, a História sendo escrita na minha cara e o sujeito me importunando como um fã desatinado!

Minha imagem ali naquele palco, atrás de Dilma, sendo fotografado e televisionado ao vivo para todo o Brasil, transformou-se numa fonte de ódio. Logo os colunistas invejosos começaram a postar as fotos e escrever artigos e mais artigos sobre a minha presença lá. E virei o mais famoso "papagaio de pirata" do país. Como se não soubessem da importância das redes sociais naquela eleição e o papel que tivemos, eu e outros colegas, no Twitter.

O mais engraçado eram os comentários que me chegavam: fulano disse que você estava no palco representando a Globo. Outros, que eu estava representando o Zé Dirceu (que estava no auditório, mas não fora convidado para subir ao palco). Mas eu estava me representando apenas. A mim e à nossa rede de tuiteiros que juntos trabalhamos 24 horas por dia, sete dias por semana, para ajudar a eleger a Dilma. E a defendê-la com unhas e dentes enquanto foi possível. Mas tinha um Cunha — outro bandido presidiário, como no mensalão — no meio do caminho.

Uma passagem foi até engraçada, para não dizer ridícula: como a mídia passou a tratar a Erenice Guerra, chamada de "o braço direito da Dilma". Deu muito trabalho tentar desfazer as denúncias "demolidoras" que pesavam sobre ela, a fim de atingir Dilma. Aos poucos foram esquecendo o nome de Erenice para se fixarem apenas em "o braço direito da Dilma". Era um tal de "braço direito da Dilma" pra cá, "braço direito da Dilma" pra lá, afinal, o melhor a ser feito para atingir o PT era dizer o nome da presidenta, não da acusada. Parecia que o "braço direito da Dilma" era um ser com vida e vontade próprias. Para repercutir uma matéria da *Veja*, a *Folha* chegou a dar a manchete "Filho de braço direito de Dilma fez lobby". Só não explicaram como um braço fez para parir.

Outro fato marcante foi o programa político do PT, o último antes do golpe. Eu estava nos Estúdios Globo gravando uma chamada para a novela *A Regra do Jogo* quando me ligaram de São Paulo:

— Precisamos de você para dividir o programa com o Lula e a Dilma.

Roubada, eu sabia. Não havia mais tempo para salvar Dilma do golpe "com Supremo, com tudo". Pedi um tempo para consultar a direção da emissora porque, como já disse, existem limitações para artistas nas leis eleitorais e a novela estava prestes a estrear. A resposta foi positiva, desde que o programa político fosse exibido antes da estreia de *A Regra do Jogo*.

Eu sabia que iria para o livro dos recordes da queimação política — eu que nunca tive um cargo político sequer —, mas a honra de estar ao lado de dois chefes de Estado da grandeza de Lula e Dilma compensava. Gravei tudo num sábado pela manhã em São Paulo. Quando foi para o ar, o programa recebeu um dos maiores panelaços da história. Lá estava eu "dividindo os louros" com dois presidentes da República, os dois únicos de esquerda da História do Brasil.

•••

Sempre que alguém me interpela em lugares públicos é para falar sobre minha arte, pedir fotos ou autógrafos (sim, ainda tem gente que pede). Nunca ninguém havia me feito uma agressão gratuita e sem sentido até o dia em que, após voltar de uma viagem maravilhosa ao Japão, resolvi ir a um restaurante japonês em São Paulo. Foi a primeira e única vez. Marcou fundo.

Era uma sexta-feira e eu estava em São Paulo para participar do *Domingão do Faustão* que seria transmitido da cidade. Cheguei ao restaurante japonês 15 minutos antes do horário de abertura, pois não havia feito reserva, e eu queria conversar com o *sushiman* sobre minha experiência com a comida e os saquês japoneses. Não era a primeira vez que eu ia ao local, e seu dono era também o proprietário do Átimo, que adoro, na época comandado pelo Jefferson Rueda, caipira como eu, hoje dono d'A Casa do Porco.

Não foi difícil conseguir uma mesinha para dois, num canto afastado do bochicho. Eu estava num astral ótimo, e de repente começo a ouvir uma pessoa que eu não conhecia me xingar de ladrão, de vagabundo, de filho da puta. A mulher que estava com o agressor também chamava repetidamente minha acompanhante de "vagabunda". A sensação foi horrível, aquilo não fazia sentido, demorou para "cair a ficha".

O caso virou uma grande confusão no restaurante e depois eu divulguei que teria cuspido na cara da mulher, o que não aconteceu. Eu estava tão nervoso, com a boca tão seca, que não tinha mais saliva. Foi apenas o gesto. No mesmo momento, minha acompanhante pegou o copo de cerveja que estava em cima da mesa deles e jogou no rosto da machista. Isso a fez se levantar para ir ao banheiro se limpar, não minha cuspida *fake*. No sujeito eu cuspi mesmo, bem na cara.

Em carta enviada ao jornalista Reinaldo Azevedo (sempre ele) após o ocorrido, o meu agressor, Thiago Marçal, afirmou que "o declarado petista Zé de Abreu, ficou ofendido por ser interpelado, os motivos pelo qual estava no restaurante Kinoshita. Uma fortuna, paga pelos bobos contribuintes... Fui ofendidos e sofri uma cusparada, à la Jean Wyllys. Me parece que a esquerda funciana assim... Todos contra esses PETRALHAS".

Foi exatamente assim que o advogado "faço mestrado em Miami, mas não consigo escrever cinco linhas sem erro de português" comunicou a seu "mito" (palavra tão vulgarizada nestes tempos sombrios) o caso da cusparada no restaurante japonês. Sua escrita, compartilhada acima *ipsis litteris*, revela muito de sua personalidade e profunda ignorância das mais simples regras de convivência (e da língua portuguesa). Eu pergunto com que direito um cidadão interpela outro cidadão, por sabê-lo pensar diferente — no caso um ator de setenta anos, com mais de cinquenta de carreira — e o chama de vagabundo, justamente por ter sido reconhecido pelo seu trabalho na tevê. E o cidadão, apesar de se dizer advogado, toma o papel do promotor e juiz e dá a sua sentença em público, em altos brados, num restaurante "caríssimo": "pago pelo bobo contribuinte".

Mas a solidariedade que recebi foi imensa! E muito melhor do que eu, quem pode falar sobre o caso é o saudoso jornalista Paulo Nogueira, ex-*Veja*, ex-*Exame*, ex-*Folha* etc., e antigo editor da Globo Livros, no artigo que reproduzo a seguir:

POLÍTICA | BRASIL | MUNDO | MÍDIA | COMPORTAMENTO | CULTURA | ECONOMIA | ESPORTE | ENTRETÊ | ESPECIAIS DCM | DCM TV | APOIE O DCM  Q -

**Aparece enfim o advogado que insultou Zé de Abreu, e ele é um PIB — Perfeito Idiota Brasileiro. Por Paulo Nogueira**

Publicado por **Paulo Nogueira** · 28 de abril de 2018

Compartilhar  Tweet   Apoie o DCM

*Aparece enfim o advogado que insultou Zé de Abreu, e ele é um PIB — Perfeito Idiota Brasileiro[11].*

*Por Paulo Nogueira*

*Ora, ora, ora.*

*Quem teria outra reação ao ser interpelado — a palavra certa é insultado — num restaurante? Zé de Abreu estava com a mulher, em busca de algum sossego e conforto em dias particularmente cruéis para alguém como ele. Você pensa que vai respirar e um imbecil começa a xingar você. Dois imbecis, aliás: Marçal e a namorada, que chamou a mulher de Zé de Abreu de vagabunda, como mostra um vídeo com imagens da briga. Que você faz? Exatamente o que Zé de Abreu fez. A cusparada saiu barata. Uma bofetada seria mais adequada às circunstâncias. Para Reinaldo Azevedo, mestre espiritual dos Thiagos deste Brasil, o advogado disse que queria saber os motivos pelos quais Zé de Abreu fora ao restaurante. (Arrumei o monstruoso português do rábula.)*

*Ele escreveu "os motivos pelo qual". Quer dizer: é da conta dele, ou de qualquer outra pessoa, a razão pela qual o casal Abreu decidiu jantar num determinado restaurante? Mas mentecaptos como Marçal,*

---

11. Disponível em: www.diariodocentrodomundo.com.br/aparece-enfim-o-advogado-que-insultou-ze-de-abreu-e-ele-e-um-pib-perfeito-idiota-brasileiro-por-paulo-nogueira/. Acesso em: 29 out. 2021.

*estimulados pela mídia, acabaram se achando nos últimos anos no direito de perguntar a figuras como Zé de Abreu porque eles estão comendo aqui ou ali. Marçal falou que a conta, "uma fortuna", foi paga pelos "bobos contribuintes". Gente como ele não pode ver um artista engajado sem invocar, às cegas, sem fundamento nenhum, a Lei Rouanet.*

*Fora a calúnia em si, é como se um ator do calibre de Zé de Abreu, com meio século de carreira vitoriosa, não fosse capaz de frequentar pelos próprios meios um restaurante entre cujos clientes estava, ou está, um advogado sofrível como ele mesmo, Marçal. Estavam ali, repito, dois Brasis. O do advogado Thiago Marçal é uma desgraça, superpovoado de PIBs, Perfeitos Idiotas Brasileiros.*

No dia seguinte aconteceu a homenagem que o *Domingão do Faustão* me fez com o quadro Arquivo Confidencial, no qual tive um bom tempo para defender Dilma e atacar seus adversários, liderados por (argh!) Eduardo Cunha. Talvez tenha sido a única vez que a política tomou conta do palco no *Domingão*. Foram 17 minutos praticamente sem ser interrompido pelo Fausto Silva. Mas já escrevi sobre isso. Só faltou dizer que Lula me escreveu uma cartinha dizendo que "ódio e intolerância não combinam com uma sociedade democrática".

O fato é que, em 2017, num interregno entre duas estadias na Grécia, gravando *Os Dias Eram Assim*, fui escolhido como "o maior influenciador político" da web brasileira, categoria "independente" numa pesquisa da Medialogue. Só perdia na categoria geral para os meios de comunicação tradicionais. Mas isso tem um preço. Eu paguei.

· · ·

Se José Dirceu de Oliveira e Silva foi fundamental, Jorge Bastos Moreno foi uma pessoa imprescindível nessa minha trajetória de ativista político. Eu o conheci há muitos anos em sua casa de Brasília aonde fui, a seu convite, comer uma piraputanga (ou pirapitinga?) regiamente preparada, como todas as comidas que ele servia. Não me lembro muito bem como foi. Se não me falha a memória, eu tinha me encontrado na Câmara Federal com o ex-secretário de Educação e Cultura de Pernambuco, o deputado Raul Henry — que eu conhecera anos antes na estreia da peça *A Mulher sem Pecado* em Recife — e Moreno o convidou, já que o jantar era em homenagem ao Jarbas Vasconcelos, uma espécie de padrinho político. Raul disse que estava comigo e Moreno me convidou também.

Eu sabia das lendas ao seu redor, mas o encontro pessoal foi muito mais incrível. Moreno discorreu sobre a piraputanga, um peixe mato-grossense saborosíssimo, mas com muita espinha, que exige certa destreza para comer. Me apresentou a Carlucia, sua chef de cozinha, me contou que iria se mudar para o Rio de Janeiro e que queria porque queria conhecer a Mariana Ximenes. Eu havia feito com ela o filme *JK – Bela Noite Para Voar*, baseado no livro do jornalista Pedro Rogério Couto Moreira, e ele sabia disso.

Alguns anos depois, já no Rio e íntimo de Mariana, nossa amizade cresceu. As comilanças que eram apenas uma parte importante de suas festas — a outra era a própria existência do dono da casa — na rua Marquês de São Vicente, na Gávea, não tinham fim. Primeiro teve o Cafofo, minúsculo, onde ele provava que o princípio da impenetrabilidade nem sempre funciona: dois corpos podiam, sim, ocupar o mesmo lugar no espaço, desde que este fosse a sala do "Cafofo do Moreno".

Depois a cobertura do prédio, grande avanço. Bem maior, com varanda e vista deslumbrante para o Hipódromo da Gávea, a Lagoa e o Cristo e que virou a famosa "Laje do Moreno". Lá a gente podia encontrar todo tipo de gente, menos os chatos. Umas festas eram recheadas de artistas, outras de jornalistas-artistas, outras de jornalistas. E outras tudo junto e misturado.

Algumas delas, as melhores, eram em *petit comité*. Moreno conseguiu uma vez juntar Zé Dirceu e o jornalista Ascânio Seleme numa mesma mesa, com Paulo Betti e eu como testemunhas, conversando animadamente sobre, por exemplo, a produção de soja no Brasil ou a exportação de minérios. Nem por isso o jornal *O Globo*, dirigido por Ascânio na época, livrava a cara do Zé. Pelo contrário, descia a lenha. (Mas adorei quando, ao publicar uma foto minha na primeira página do jornal beijando Zé Dirceu num evento no centro do Rio, a foto-legenda tinha uma frase bonita a respeito da amizade. Liguei para agradecer.)

De outra feita, Moreno me fez analisar para Renata Lo Prete — como se eu fosse um entendido nisso — sua performance como apresentadora de jornal na televisão. Fiquei na maior saia justa, não sabia onde pôr as mãos, ao contrário dela. Acho linda a maneira como Renata usa as mãos enquanto apresenta as notícias. Foi só o que eu disse.

Uma vez ele me desancou num post no Twitter, dizendo que eu como político era um bom ator, algo assim. Que eu deveria me ater a falar sobre dramaturgia e parar de falar sobre política. Alguns blogs de esquerda desceram a lenha nele, e eu levei um susto, liguei e cobrei. Às gargalhadas, Moreno me disse que "ia bem, obrigado", e com aquele seu jeito inimitável, sotaque carregado, disse:

— José de Abreu, hoje tem uma comidinha ótima em casa, a Carlucia... — e passou a descrever o menu do jantar que iria fazer para Gilberto Gil.

Acho que ele estava com alguém do lado e não quis responder. À noite, em sua casa, Moreno me explicou que precisava se mostrar um pouco distante de mim porque estava provocando ciúme — no mínimo — em certos coleguinhas. De fato, em sua coluna Nhenhenhem em O Globo eu passara a aparecer muito.

Realmente o Moreno e eu fomos amigos. Ele dizia que eu era um dos poucos que não tinha relação com jornalismo nem política partidária, o que me tornava diferente dos outros. Uma vez, passou horas me contando suas aventuras como preto, alto, corpulento e chamado... Moreno — durante muito tempo, "moreno" foi uma maneira hipócrita de se chamar um preto. Ele sempre era parado na porta dos poderes por seguranças, muitas vezes também pretos como ele. Mesmo quando ocupou um cargo importante: assessor de Ulysses Guimarães, um dos homens mais poderosos do Brasil.

Durou menos do que devia a nossa amizade. E ele sabia que ia durar pouco. Assim como Paulo Ubiratan, meu outro grande amigo, ele também sabia que seu coração não iria aguentar muito tempo. Por isso talvez aquela ânsia de viver, de comemorar, de brindar a vida. Nosso amigo em comum, o brilhante arquiteto Miguel Pinto Guimarães, escreveu em O Globo quando da morte do Moreno: "Confesso que (...) tentamos em diversas ocasiões participar dos convescotes em torno de José Dirceu, porém, de seus amigos próximos, apenas José de Abreu era convidado a sentar-se à mesa com a cúpula petista." Mais uma vez eu tinha um pé em cada canoa. Frequentava os jantares para políticos e os para artistas.

Nós dois saíamos para almoçar juntos muitas vezes, sempre em dias de semana. Normalmente no restaurante uruguaio Giuseppe Grill da avenida Bartolomeu Mitre, no Leblon. Uma "panelinha de costela de boi picada com purê de batata-baroa" de entrada — "garçom, tira a gordura, por favor, senhor" —, uma salada e "picanha suprassumo de prato principal" — a não ser quando dava culpa e ele pedia um peixinho. Nada de álcool. Ele, não eu.

Os almoços duravam horas, conversávamos muito, sobre vários assuntos, obviamente política e, principalmente, suas musas. Moreno tinha um ciúme imenso delas! Me pedia para contar com quem eu já tinha ficado e, quando eu dizia, ficava puto. Tinha ciúme até dos beijos de novela. Creio que chegou a publicar uma nota na sua coluna do *Globo* fazendo uma referência ao casamento de um personagem que fiz com um personagem da Carolina Dieckmann. Para ele era o Zé e a Carol, não os personagens. Se sentia traído! Assim como outro jornalista — de índole bem diferente —, ele também fazia uma idealização de mim como homem desejado e comido por várias mulheres que o interessavam, mas que ele julgava intocáveis. Por ele, não por mim. Era difícil convencê-lo de que eu não era assim tão tão...

Foi num desses almoços que Moreno me contou de sua tristeza por saber de colegas de muitos anos que o estavam criticando pelas festas em sua casa, porque estaria gastando muito. "É ciúme", dizia. E pelo seu público amor platônico por atrizes que ele, primeiro, personificou sob o nome genérico de Mariana Ximenes. E que, depois de conhecer pessoalmente uma a uma, foi nominando: Carolina Dieckmann, Maria Ribeiro, Nanda Costa...

Uma vez eu quis pagar o almoço e ele não aceitou, me chamando de "fonte" — era falta de ética aceitar. De outra feita, prontamente aceitou me dizendo que ele era minha "fonte" naquele dia. Disse a ele que eu, como alguns de seus colegas, não era confiável, e que não existe *off* se a notícia é relevante. Ele riu e me pediu discrição. E emendou: vai ser só por um tempo. Parecia uma premonição sobre sua saúde.

Moreno sabia tudo de todos no jornalismo brasileiro. Dos colunistas que disputavam uma notinha a tapa, inclusive as vindas dele!

Ele passava notas para os colegas e às vezes era cobrado: "puxa, deu aquela nota boa pra fulano e não deu pra mim?", e fazia aquela cara de enfado, que, para um homem daquele tamanho, era uma cara de enfado de respeito.

Foi num dos nossos almoços que ele me contou que seu colega Lauro Jardim estava chateado comigo por eu ter pedido — em um post no Twitter — sua cabeça à direção de *O Globo*.

— Se um cara desses está chateado com você, é porque te respeita, fala com ele — disse Moreno.

Dali mesmo, do restaurante, peguei com ele o número do Lauro e mandei uma mensagem me desculpando pelo exagero. Imediatamente apaguei o número sem que ele tenha pedido. Ele gostou da minha atitude. Outra saia-meio-justa foi ele me perguntar — segundo ele, curiosidade de seu amigo Ali Kamel — por que eu tinha problemas com o Diogo Mainardi:

— Porque ele me odeia pelo simples fato de eu pensar diferente dele — respondi.

Um dos criadores dos "assassinatos de reputação" quando na revista *Veja*, Diogo faz parte, ao lado de Reinaldo Azevedo e de Augusto Nunes, do trio de colunistas que tem uma fixação doentia em mim. Numa coluna, Diogo Mainardi escreveu sandices sobre vários artistas, pedindo boicote numa lista digna de McCarthy, artigo imediatamente repostado por Reinaldo[12].

Se bem que ultimamente Reinaldo assumiu preocupações democráticas e me esqueceu. Já os outros dois não, é só conferir suas publicações.

Foi também no Giuseppe Grill que Moreno me impediu de dar um soco na cara do Eduardo Cunha, pouco antes do *impeachment*

---

12. Disponível em: www.veja.abril.com.br/blog/reinaldo/veja-3-8211-diogo-e-o--mensalao-das-artes/. Acesso em: 29 out. 2021.

de Dilma. O cara de pau fez uma reunião política no restaurante, no subsolo, onde ficava a adega.

— O senhor não vai fazer isto, José de Abreu, não comigo ao seu lado! — disse ele.

Moreno estava respondendo a vários processos movidos por Cunha por só se referir a ele como o "Coisa Ruim". Isso foi no dia 20 de julho de 2015, por volta das três da tarde. Como eu sei? Ele passou a nota para seu colega de *O Globo* Ancelmo Gois e a foto publicada era minha. Foi publicada como "foto do leitor", podem dar um Google.

...

A história da minha falsa inadimplência na Lei Rouanet é ainda mais trágica. Tratava-se de um projeto no qual eu era ator, e não proponente, como em vários outros dos quais já participei. Praticamente todas as peças e filmes que se faz no Brasil usam os incentivos fiscais, e sempre os responsáveis pela administração do dinheiro público são os proponentes do projeto. No caso, era uma ex-mulher minha. Um projeto tão pequeno que foi feito por meio de pessoa física, o máximo é trezentos mil reais, uma quantia ínfima para se fazer uma peça! Comparem com outros projetos e confirmem.

Vamos aos fatos.

Primeiro: o projeto, por ser de pequeno valor, não seria submetido à análise técnica, ou seja, a prestação de contas é pró-forma. Segundo: não era patrocínio, e sim compra de espetáculos em viagem. Terceiro: a Petrobras, a empresa que apoiava o projeto, só paga em etapas, e *a posteriori*, ou seja, depois de cumprido seu compromisso, no caso específico, em três etapas, cada uma com dez cidades. A peça tinha que investir um bom dinheiro próprio para se apresentar nas primeiras dez cidades.

Depois de provar com documentos que as cidades tinham sido atendidas, a empresa pagou as dez primeiras apresentações, e assim sucessivamente por três vezes, sempre com um interregno de tempo grande, como soe acontecer com empresas estatais que conferem cada vírgula de cada documento. Eram trinta cidades em que teríamos que fazer, no mínimo, uma apresentação a preços reduzidos. E pagando salário de quatro técnicos e arcando com despesas de transporte (saindo do Rio e indo para o sul do Brasil) das pessoas e dos cenários e figurinos, e mais estadia e alimentação. E ganhando menos de 10 mil reais por cidade para cobrir tudo. O meu cachê de ator só foi pago depois. Coisa de artista que quer "ir aonde o povo está".

O projeto prestou contas à Petrobras, que só então pagou a última parcela e deu um certificado de cumprimento de projeto. Prestou-se contas para o MinC, o projeto foi aprovado e arquivado definitivamente. Mas não para mim e para minha ex. Por ser um defensor da democracia e não concordar com o golpe "com Supremo e com tudo", o pastor Malafaia resolveu me crucificar. Achou o projeto, que nunca esteve em meu nome, aprovado e definitivamente arquivado e conseguiu com um ministro da Cultura apático reabrir o projeto e desaprová-lo!

A tramoia custou o pedido de demissão de um funcionário de carreira no ministério, que se recusou a participar dela. Um dia, uma atriz amiga me mandou uma mensagem — eu estava em Andros, na Grécia — pedindo autorização para dar meu número para um funcionário do MinC que queria falar comigo. Autorizei e ele me ligou contando da perseguição a esquerdistas com projetos no MinC e que havia se demitido do Ministério por não aceitar "as novas regras". Estavam inclusive seguindo as redes sociais dos funcionários para descobrir suas preferências políticas! E isso no gabinete do ministro!

Procurei um advogado para me defender da tramoia e dias depois o escritório recebeu uma ligação de uma funcionária do MinC contando sobre a caça às bruxas e citando especificamente meu nome. Após alguns dias, numa coincidência incrível, essa funcionária — com anos de MinC — foi assassinada num assalto em frente à sua casa.

Concomitantemente, uma CPI da Lei Rouanet começou a rolar no Congresso, formada, pasmem, por membros das bancadas chamadas BBB: boi, bíblia e bala. Para terem uma ideia da coisa, o presidente da CPI era condenado por porte de arma de uso exclusivo das Forças Armadas! O alvo principal era eu. Malafaia usava seu deputado de estimação na CPI para me fustigar. Em dezenas de entrevistas, os componentes da CPI ameaçaram me convocar. Era uma doideira ver senadores e deputados purgando ódio ao vivo e em cores nas transmissões das reuniões.

Embora eu não estivesse inadimplente, chegaram a ameaçar me buscar em Paris com o jatinho da Polícia Federal! Sim, um deputado federal, o cachorrinho do Malafaia, vice-presidente da CPI — acusado de malversação de verbas públicas —, disse isso para um órgão da imprensa! Ele achava que a Polícia Federal, por ser federal, podia prender no mundo todo! Postei o ridículo da manifestação no Twitter e ele mudou de posição. Mas nunca aprovavam minha convocação, a primeira da lista desde a implantação da CPI. Era terrorismo puro e simples.

Numa ironia, um dia eu postei que só iria se me pagassem passagem Paris-Brasília-Paris em classe executiva. O representante do Malafaia ficou muito bravo e, numa entrevista para Mônica Bergamo da Folha, disse que pagaria do próprio bolso. Mas nunca pagou, porque simplesmente não me convocou, nem me convidou, porque na realidade todos sabiam que tudo aquilo era uma farsa. Eu nunca fui considerado inadimplente pelo MinC. Podem conferir no site.

Mas as entrevistas e posts na internet com a notícia "fake" continuam lá até hoje. Assim como a tentativa de me incriminar pela cuspida na moça que agrediu minha acompanhante no restaurante em São Paulo. Exigem que as feministas me crucifiquem. Nem se importam em saber quem era, se fugiu, se mereceu a cuspida, que aliás nem houve, como já disse anteriormente.

•••

A autoproclamação como presidente do Brasil, feita via Twitter — sempre ele! — em fevereiro de 2019, foi um gesto impensado, mas que teve uma repercussão absurda pela sincronicidade (mais uma vez) com o momento que o Brasil vivia. Eu estava de novo na Grécia, fazendo hora para voltar e entrar em *Segundo Sol*, novela do João Emanuel Carneiro. Havia passado dois meses em Los Angeles com dois filhos e dois netos, um mês no México com outro filho, nora e duas netas e mais um mês na Espanha com outro filho e outra nora. Da Espanha fui para Atenas, onde soube que Iraklis (já falei dele), estava passando por um problema de saúde. Estavam, ele e sua mulher Anna, na capital grega aguardando exames médicos. Eu tinha que esperá-los pois iria me hospedar na casa deles. Não fazia sentido alugar de novo "minha" casa anterior porque sabia que teria que voltar ao Brasil logo.

Fiquei num hotel pequeno no centro e foi meio difícil. Apesar de sair bastante com os amigos, tinha muitas horas de folga no quarto no hotel. A solidão bateu forte. Muito louco sentir solidão num lugar cheio de gente. Era só descer para a rua, caminhar duas quadras e estava na populosíssima praça Monastiraki. Mas havia Bolsonaro na presidência e, como eu saio do Brasil, mas o Brasil não sai de mim, a deprê bateu forte.

Depois de alguns dias difíceis — a estadia em Atenas parecia não ter fim — eu estava louco para ir para a ilha de Andros e retomar o trabalho neste livro. Em Atenas realmente eu não conseguia me concentrar. Finalmente embarcamos num sábado de manhã e chegamos na ilha pela hora do almoço. Me deu uma sensação estranha, tudo vazio. Inverno, meados de fevereiro. Muitos bares fechados. Fomos direto para a casa onde eu me hospedaria.

Tomamos uns tragos, comemos e meus amigos foram dormir. Fui para o Twitter e me deparei com a patacoada do Guaidó, o autoproclamado presidente da Venezuela. Não sei por que meu cérebro fez uma relação imediata com ditadores africanos que se declaravam presidentes. Numa atitude impensada, postei no Twitter que me autoproclamava presidente do Brasil, que não reconhecia Bolsonaro no cargo e dei as razões, toda plausíveis: a quebra da regra do juiz natural, a retirada de Lula da disputa, os vazamentos de Palocci, o pagamento ao Moro com sua nomeação como ministro etc. e tal. Fatos que hoje são públicos e caso julgado no STF.

Fiz mais uns posts dando algumas metas do meu governo e fui dormir. Eram duas da manhã lá e oito da noite no Rio, a hora que a internet ferve. Acordei algumas horas depois para ir ao banheiro e vi centenas de mensagens no celular. Ainda assim não dei bola e voltei a dormir. Acordei umas dez horas, quatro da manhã no Rio. Peguei o celular e levei um baita susto! O coração disparou. Eu estava há horas nos *trending topics* do Twitter, em primeiro no Brasil e em sexto no internacional.

Comecei a receber apoio de todos os políticos de esquerda mais importantes do país. Ao mesmo tempo que postava coisas sérias, postava brincadeiras como nomear o querido Leonardo Boff para o ministério das Relações Espirituais e Jandira Feghali para o ministério da Saúde e Percussão, já que ela, além de médica, é baterista. Eduardo Suplicy seria o ministro do Bem cuidando de tudo que diz respeito aos menos favorecidos. Lula seria ministro da Casa Civil, Militar e Eclesiástica e o lema do governo era "O Brasil ao lado de todos, nem acima nem abaixo. Nossa bandeira jamais será laranja!"

Tentei fazer o contraponto do fascismo governamental amante da morte com o amor, símbolo maior da vida. Pedia para postarem corações vermelhos nos posts e o Twitter avermelhava. Era lindo. Mas era sonho, e como todo sonho, um dia acaba. Decidi renunciar no dia primeiro de abril, já que tudo não passava de uma brincadeira — como podem ver pelos meus posts presidenciais. Mas não sem antes ver o mentecapto capitão, o genocida, pagar recibo me atacando e ameaçando me processar. Mas era balela. Quem o fez foi o seu representante, hoje arrependido, o descerebrado deputado ator pornô. Um dia vamos entender como uma figura como essa foi eleita deputado federal, tendo feito sua campanha basicamente com vídeos me atacando.

O primeiro ataque foi um dia depois do episódio do restaurante japonês: ele postou um vídeo me convidando para apanhar em frente ao restaurante, num determinado dia e hora. Eu tomei Activia com Johnnie Walker. Ele foi e fez outro vídeo na porta do restaurante, me esperando. Nem se eu quisesse: o idiota estava no restaurante errado! O processo, claro, foi arquivado por inépcia. Para encerrar este relato, copio e colo um boa-noite que postei no segundo dia de presidência autoproclamada:

"Meus caros concidadãos, vamos dormir! Amanhã será um dia de luta para incrementar a presidência. Boa noite. Fiquem em paz. E, se der, façam sexo antes."

Em *Abreugrafia Livro 1 | Antes da fama*, veja a infância vivida no interior de São Paulo e as inúmeras histórias dos seus anos de formação, muito antes de Zé de Abreu se tornar conhecido por seus personagens marcantes na TV Globo.

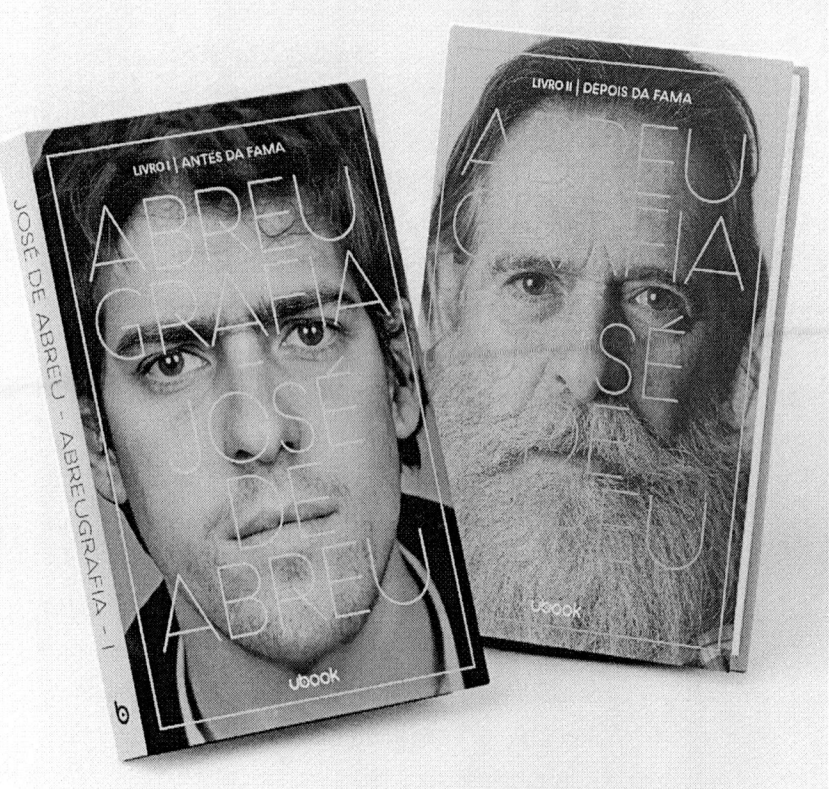